# O Céu Vai Ter que Esperar!

# Cally Taylor

# O Céu Vai Ter que Esperar!

*Tradução*
Bruna Hartstein

BERTRAND BRASIL

*Copyright* © Cally Taylor 2009

Título original: *Heaven Can Wait*

Capa: Carolina Vaz
Foto da autora: Jacqui Elliot-Williams

Editoração: DFL

Texto revisado segundo o novo
Acordo Ortográfico da Língua Portuguesa

2011
Impresso no Brasil
*Printed in Brazil*

CIP-Brasil. Catalogação na fonte
Sindicato Nacional dos Editores de Livros, RJ

| | |
|---|---|
| T24c | Taylor, Cally |
| |     O céu vai ter que esperar!/Cally Taylor; tradução Bruna Hartstein. – Rio de Janeiro: Bertrand Brasil, 2011. |
| |     364p.: 23cm |
| | |
| |     Tradução de: Heaven can wait |
| |     ISBN 978-85-286-1491-6 |
| | |
| |     1. Romance inglês. I. Hartstein, Bruna. II. Título. |
| | CDD – 823 |
| 11-1099 | CDU – 821.111-3 |

Todos os direitos reservados pela:
EDITORA BERTRAND BRASIL LTDA.
Rua Argentina, 171 — 2º andar — São Cristóvão
20921-380 — Rio de Janeiro — RJ
Tel.: (0xx21) 2585-2070 — Fax: (0xx21) 2585-2087

Não é permitida a reprodução total ou parcial desta obra, por quaisquer
meios, sem a prévia autorização por escrito da Editora.

Atendimento e venda direta ao leitor:
mdireto@record.com.br ou (21) 2585-2002

Para meus pais

# Capítulo Um

O que você faria se achasse que está às portas da morte?
a) Gritaria e avisaria a todas as pessoas próximas?
b) Não contaria a ninguém e se desesperaria sozinha?
c) Fingiria que nada estava acontecendo.
Eu ergui minha calcinha e me acabei de chorar.

Já fazia uma semana que minha saúde me deixava preocupada. Sentia-me exausta, meus tornozelos estavam inchados e meu xixi espumava como um cappuccino amarelado. De acordo com o impresso em minhas mãos, isso só podia significar uma coisa: eu tinha uma doença incurável, provavelmente fatal.

Meu casamento seria em menos de 48 horas e dar a má notícia a meu noivo era praticamente a única coisa que não constava na minha gigantesca lista de "coisas a fazer". Mas eu precisava contar ao Dan. Segundo a Internet, meu problema exigiria duas visitas semanais ao hospital, aparelhos de diálise e talvez até mesmo um transplante. Muita coisa para digerir, para qualquer homem.

Seja forte, Lucy, eu disse a mim mesma ao abrir a porta que dava para a sala. Você consegue. Apenas seja forte.

Dan estava esparramado no sofá assistindo a um documentário sobre os hábitos reprodutivos de uma aranha amarela e magra. Ele estava com os braços cruzados atrás da cabeça, o cabelo despenteado e a barba por fazer. Usava um jeans de cintura baixa e sua camiseta favorita — a preta desbotada do Jimi Hendrix que realçava os ombros largos e os braços fortes. Dan era assim, podia colocar qualquer trapo velho e ainda parecer deslumbrante. Não que se importasse com isso, pois era um dos caras menos convencidos que eu já conhecera — o que me fazia amá-lo ainda mais.

Assim que entrei na sala, ele encolheu as pernas longas a fim de abrir espaço para mim no sofá, mas eu optei por me encarapitar no braço. Quando a aranha fêmea arrancou a cabeça do macho e o comeu, Dan sorriu para mim, com um brilho divertido nos olhos castanhos.

— Entre isso e três horas de conversa depois do sexo — disse ele —, eu com certeza escolheria ter a cabeça arrancada, sempre.

Dan me olhou intrigado ao notar que eu não tinha rido; em vez disso, baixei os olhos para minhas mãos e brinquei com meu anel de noivado. Ó céus, como ele ia reagir à notícia? Ia chorar? Gritar? Desmaiar? Ou pior?

— Dan — comecei. — Tenho algo realmente importante para te contar.

— Que foi? — perguntou ele, os olhos ainda fixos na tela.

— Más notícias.

— É sobre o casamento? — Ele baixou o volume da televisão, se virou de lado e me encarou. — O que aconteceu agora? O confeiteiro pôs um lírio em vez de uma rosa no topo do bolo?

Respirei fundo.

— Acho que estou com uma doença renal em estágio terminal.

O controle remoto caiu no chão quando Dan se sentou e pegou minhas mãos, amassando o papel que eu estava segurando.

— Você o quê? — perguntou ele, seus olhos perscrutando meu rosto. — Não me contou que tinha ido ao médico.

— E não fui.

— Então como sabe que tem uma doença renal?

Apertei as mãos dele, e passei o polegar sobre seus dedos. Sem dúvida ele se recusava a aceitar. A Internet me avisara sobre esse tipo de reação.

— Porque eu li sobre os sintomas na Internet.

Ele franziu o cenho e coçou o queixo.

— Que tipo de sintomas?

Olhei para a TV. Era estranho falar sobre o estado da minha urina com meu namorado. Não é um assunto agradável, mesmo que vocês já estejam juntos há sete anos.

— Meu xixi está espumando — respondi. — Ele está cheio de bolhas e, segundo a Internet, urina espumosa é sintoma de falência renal.

Dan riu tanto que escorregou do sofá e caiu no chão. Olhei para ele de boca aberta, em seguida estiquei a mão e o cutuquei no braço — com força.

— Tá rindo de quê, Dan? Para com isso, você está me assustando.

Ele se apoiou num cotovelo e pegou minha mão.

— Desculpe, Lucy. Eu não devia ter rido, não quando você está às portas da morte. Há quanto tempo você está com esses supostos sintomas?

Fiz a conta mentalmente.

— Cerca de uma semana. Não, exatamente uma semana. Começou na última sexta-feira.

— E o que a gente comprou na sexta que, segundo você, era indispensável?

Puxei a mão que Dan segurava e o fitei. Ali estava eu, abrindo meu coração, e ele falando de compra de supermercado. Que diabos havia de errado com ele?

— Não sei, Dan. *O que* nós compramos?

— Um desodorizador de vaso sanitário que supostamente elimina os depósitos calcários com um aperto da descarga.

— E daí?

Ele ergueu as sobrancelhas.

— Você não é a única que tem visto borbulhas na urina na última semana.

— Como assim?

— Lucy, sua bobinha — falou Dan, me cutucando —, você tem feito xixi em cima do perfumador. Você o colocou na frente do vaso e ele fica um pouco para fora. É isso que tem feito o xixi da gente espumar.

Olhei espantada para ele.

— Então não tenho uma doença renal?

— Não, Lucy — respondeu ele, revirando os olhos. — Não tem.

Caí na gargalhada.

— Ai, meu Deus — falei, sem ar. — Sou tão idiota!

Dan sentou-se de novo no sofá e me puxou do braço, fazendo com que eu caísse sobre ele. Abriu um sorriso e afastou o cabelo do meu rosto.

— O que eu faria sem você, Lucy Brown? — perguntou, beijando-me com ternura.

Envolvi o rosto dele em minhas mãos e o beijei de volta. Achei que a vida não podia ficar mais perfeita. Tinha razão, não podia...

No fim do dia seguinte, eu estaria morta, mas não devido a uma doença renal.

# Capítulo Dois

Eu ainda sorria ao acordar na manhã seguinte. Dan estava aconchegado ao meu lado, o edredom macio sobre minha pele. Ele ainda dormia, os cílios longos e escuros tremelicando no sono. Corri o dedo em torno do rosto dele, em seguida beijei-lhe os lábios com ternura.

— Dan — falei baixinho —, vamos nos casar amanhã.

Ele mudou de posição, passou o braço pesado por cima do meu peito e me puxou mais para perto.

— Eu te amo — murmurou.

— Eu também te amo — respondi. Empurrei o braço dele com cuidado para minha cintura e me virei. Eram dez horas. Dez horas! Agarrei minha desesperadoramente longa lista de "coisas a fazer" na mesinha de cabeceira e gemi. Eu tinha resolvido pouca coisa e ainda precisava:

a) Anotar todos os lugares nas mesas. Eu havia optado por placas de pedrinhas "emprestadas" da praia de Brighton escritas com tinta metálica prateada.

b) Terminar de arrumar os arranjos das mesas (lírios de caule longo em jarros de vidro transparente).

c) Ligar para o fotógrafo, a fim de combinar as fotos que seriam tiradas. Eu ainda não tinha certeza se a foto com o Dan admirando minha aliança não era brega demais.

A lista era muito longa para eu fazer sozinha. Dan teria de me ajudar. Olhei de novo para ele, que roncava baixinho, a boca ligeiramente aberta, o rosto esmagado contra o travesseiro. Mesmo com o rosto marcado pelo sono, ele ainda era tão terrivelmente bonito que eu não conseguia desgrudar o olho.

Soube que me casaria com ele assim que o conheci. Na verdade, não foi bem assim — foi durante a metade do nosso primeiro encontro. Eu tinha sugerido um filme cult num cinema da vizinhança, mas era tão chato que quase dormi no meio.

— Filme interessante — Dan comentou no fim. — Muito, ahn, longo.

Não queria que ele me achasse tão chata quanto o filme, portanto tentei salvar a noite sugerindo que fôssemos comer algo. Quando Dan disse que a gente devia ir para a casa dele e pedir alguma coisa, aceitei de imediato. O encontro ainda não fora pelos ares. Eu ainda tinha tempo de impressioná-lo com minha personalidade e inteligência brilhante.

Fomos andando e conversando educadamente até a casa dele, onde nos sentamos lado a lado no sofá surrado e enfiamos a cara num prato de frango chinês. A sala estava no mais completo silêncio, afora o barulho de mastigar e engolir, e eu me sentia bastante satisfeita — até meu estômago começar a rugir de modo preocupante. Droga! De tão entusiasmada, tinha me esquecido do efeito que a comida chinesa produzia no meu aparelho digestivo.

Minha barriga estava duas vezes seu tamanho normal e o botão da minha calça estava a um passo de arrebentar. Uma visão *nada* agradável. Mudei de posição, tentando aliviar a pressão.

— Gostaria de escolher uma música? — perguntou Dan, enroscando o macarrão com o garfo, totalmente alheio ao meu suplício.

Boa ideia, isso, muito boa. Talvez andar um pouco pela sala ajudasse.

— Com certeza — respondi, levantando-me e encolhendo a barriga disfarçadamente. — Vou te mostrar que tenho ótimo gosto musical, sr. Harding.

Dan parou de comer e riu.

— É mesmo? Vamos lá, me impressione.

— Pode deixar.

Senti os olhos dele pregados em minha bunda ao atravessar a sala.

— Hum, o que temos aqui? — falei, no meu melhor tom de "especialista em música". Os CDs de cima eram um pouco heavy metal demais para o meu gosto, portanto abaixei-me para ver os de baixo.

E soltei um pum.

Foi como o soar da tromba de um elefante selvagem, só que muito, muito pior.

Congelei. Se não tivesse me mexido, isso não teria acontecido (ai, meu Deus, espero que, por milagre, Dan não tenha escutado). Levei as mãos às bochechas em brasa e disse a primeira coisa que passou pela minha cabeça:

— Seu piso estala de verdade, não é?

Dan quase engasgou de rir. Riu tanto, tanto, que começou a chorar, e achei que ele não fosse parar nunca. Comecei a rir também. Foi o jeito bobo e inconsciente da risada quase infantil dele que me fez rir. Como não podia achar aquilo engraçado? Se Dan conseguia me fazer rir de mim mesma quando tudo o que eu queria era que o chão se abrisse de tanta vergonha, então não desejava passar o resto de minha vida com mais ninguém.

Desviei os olhos do rosto adormecido do Dan, dobrei a lista e a coloquei sobre a mesinha de cabeceira. As "coisas a fazer" podiam esperar, pelo menos por alguns minutos. Tinha algo que eu desejava fazer primeiro. Saí em silêncio da cama e fui até o armário do outro lado do quarto. Lá estava ele, fechado num enorme saco à prova d'água, meu vestido de noiva. Eu experimentara vários com Anna e Jess, minhas melhores amigas, antes de decidir qual comprar. O vestido branco foi descartado de cara — com meu cabelo longo e escuro e a pele branca, ele me deixava pálida demais. Os vestidos colantes também foram descartados — a menos que você seja um espeto, eles realçam todas as gordurinhas e celulites. Foi quando o encontramos — um tomara que caia marfim, com um corpete bem estruturado e uma saia ampla e rodada, delicadamente bordada com diminutas pérolas. Nem simples nem extravagante demais. Perfeito.

— Lucy — Dan me chamou. — O que você está fazendo?

Fechei o armário e me virei.

— Você não viu, viu? Diz que não viu meu vestido de noiva!

Dan enfiou o edredom embaixo do queixo e me fitou com os olhos embaçados.

— Eu já vi.

— Mentira! — exclamei, as palavras travadas na garganta.

— Claro que não, sua tolinha. — Ele riu. — Você me proibiu de abrir aquela porta, lembra?

Ah é, eu tinha escrito um cartaz "Não abra, sob pena de tortura ou morte" e o grudado na porta. Olhei para o Dan, desconfiada.

— Então por que me disse que tinha?

— Só queria implicar com você.

Atravessei o quarto a toda velocidade, pulei na cama e o soquei através do edredom.

— Não tem o direito de implicar comigo hoje, Daniel Harding.

— Por que não?

— Porque é a véspera do nosso casamento, por isso — respondi, dando-lhe um soco no ombro.

— Então seria uma hora ruim para te dizer que também encontrei o presente que comprou para mim?

— O quê?

Ele me agarrou e me puxou de encontro a si.

— A-há! Te peguei de novo!

Eu ia chamá-lo de babaca, ou coisa pior, mas ele me beijou antes que as palavras pudessem sair de minha boca.


Às oito, depois de dez horas de telefonemas enlouquecidos, desastres com lírios, explosões de canetas prateadas e várias outras gigantescas aporrinhações do tipo, dei um beijo de despedida no Dan na porta da frente. Eu só pretendia dar um selinho, mas ele veio com um pouco mais de entusiasmo.

— Vamos subir — disse, parando no meio do beijo para agarrar minha bunda.

Afastei as mãos dele com firmeza. Ele ia passar a noite no apartamento do irmão e já estava três horas atrasado — não que tivesse me ajudado a resolver qualquer item da lista. Dan tivera de sair por cinco horas para resolver seus próprios arranjos pré-nupciais, que incluíam, como eu suspeitava pelo cheiro de sabonete em sua pele e o hálito de cerveja, uma ida à academia seguida de várias horas no pub. Qualquer pessoa diria que ele não estava nem aí para o fato de que o dia seguinte seria o mais importante de nossa vida. Olhei para o relógio. Tinha menos de uma hora para tomar um banho, preparar alguma coisa para comer e arrumar a casa antes que Anna e Jess aparecessem para a minha despedida de solteira.

— Por favor — pediu Dan de novo.

— Não. — Fui taxativa. — Você tem que ir. Ainda tenho que fazer um monte de coisas.

Ele abaixou a cabeça e me fitou com aquele olhar de cachorro pidão, grande e triste, um olhar que geralmente me derretia.

— Eu te faço uma massagem nas costas.

Fiz que não.

— Não. Vá embora, Dan. Por favor.

— Tudo bem, tudo bem, estou indo, estou indo — disse ele, enquanto eu me esquivava de sua tentativa de me dar um abraço e o empurrava para longe.

Fiquei olhando enquanto ele percorria devagar o caminho de entrada, o saco do terno pendurado de maneira displicente sobre o ombro, o gorro enfiado na cabeça de um jeito estranho. Dan parou ao chegar ao portão e se virou.

— Temos alguma coisa marcada para amanhã? — perguntou. — Estou com uma estranha sensação de que deveria ir a algum lugar.

Ergui as sobrancelhas e lancei-lhe o "olhar", o mesmo que faz as crianças pararem de gritar em um segundo. Dan sorriu.

— Que foi? Ainda podemos cancelar, você sabe.

Meu estômago revirou e fiquei enjoada.

— O que você quer dizer com *cancelar*?

— O casamento — respondeu ele. — Não é tarde demais para desistirmos.

Fitei-o, um nó apertado se formando em meu estômago. Será que ele tinha ideia do quanto eu havia trabalhado para que pudéssemos ter um casamento inesquecível? Das vezes em que tinha aberto mão da minha vida social para arrumar tudo enquanto ele saía para beber com os amigos ou ficava vendo TV com os pés para cima? E alguma vez ele me agradecera? Alguma vez me dissera o quanto apreciava todo o meu trabalho?

— Isso não é engraçado, Dan — falei. — *Realmente* não tem nada de engraçado.

O sorriso desapareceu e ele deu de ombros.

— Você precisa se acalmar, Lucy.

Acalmar? Por que os homens sempre dizem para as mulheres se acalmarem quando elas estão sendo perfeitamente racionais? Além disso, eu tinha todo o direito de estar irritada. No café da manhã, ele tentara me convencer de que ia dizer "minha terrível legítima esposa" na hora dos votos e, no almoço, jogara um pãozinho em cima de mim dizendo que ia começar uma guerra de comida durante a recepção. Agora estava brincando sobre cancelar o casamento. As piadas não iam terminar nunca? Tentei morder a língua, mas as palavras saíram mesmo assim.

— Se ainda não notou, Dan, passei o último ano organizando o casamento e não durmo direito há dias.

— Também fiz um monte de coisas — disse ele, olhando ansioso para seu Mini Cooper vermelho. — Contratei o DJ para a recepção.

— Uau! Você ligou para um dos seus amigos e pediu a ele que levasse os discos. Meus parabéns.

Dan pareceu chocado.

— Sabe quanto tempo eu gastei escutando todos os nossos discos para escolher as músicas? Queria que cada uma delas fosse perfeita, que representasse um momento especial do nosso relacionamento...

Joguei minhas mãos para o alto.

— Então você escutou alguns discos, foi isso? Meu Deus, que sacrifício, Dan. Porque você odeia escutar música, não odeia? Um fardo *e tanto*, não? Eu adoraria ter me sentado no chão com uma lata de cerveja para escutar algumas músicas, mas em vez disso tive de percorrer a cidade inteira escolhendo gravatas e flores de lapela e lembranças de casamento e...

— Podemos parar com a discussão? — Dan me interrompeu, olhando como se fosse *eu* quem o estivesse exasperando. — Achei que estava na hora de eu ir. Achei que fosse isso que você queria.

— O que eu queria, o que eu quero, é que você encare nosso casamento com seriedade. Você foi um pé no saco hoje, Dan.

Ele deu de ombros, abriu o portão e quase tropeçou nos próprios pés ao sair para a rua.

— Eu te amo, Lucy Brown — gritou, enquanto procurava pelas chaves e entrava no carro.

Fechei a porta, apoiei a cabeça na parede do corredor e inspirei fundo algumas vezes. Ó céus! O que havia de errado comigo? Não era típico de mim reagir daquele jeito a uma leve implicância, mas era como se todo o estresse dos meses anteriores tivesse se acumulado e eu não conseguisse mais aguentar. Mesmo assim, não devia ter falado daquela maneira com o Dan. Ele só fizera o que sempre fazia quando eu estava cansada ou estressada — tentado me fazer rir. Sem dúvida, ele podia ser um idiota às vezes, e bastante preguiçoso, mas ainda era o cara perfeito para mim. Era alto (eu tinha um metro e setenta), com cabelos escuros (o meu também, meio sem brilho, mas pintado) e extraordinariamente lindo. Eu amava tudo o que dizia respeito a ele; desde o bumbum firme e os amáveis olhos castanhos até o pequeno calombo no nariz, resultado de uma superentusiasmada partida de rúgbi na época da adolescência. E ele me amava também, mesmo eu sofrendo de uma profunda falta de senso de humor em momentos de grande estresse. E isso sem mencionar meu jeito ingênuo, ridiculamente emotivo, e de uma certa propensão à hipocondria.

Eu ligaria para ele antes de dormir, decidi ao subir correndo a escada, a fim de me desculpar por ser uma terrível *noivazilla*. Eu nem tinha dito "também te amo" quando ele foi embora, e nunca fizera isso antes. Sempre dizia de volta.

Parei no topo da escada e procurei no bolso do jeans a lista de "coisas a fazer". Ao lado do item número dez — presente de casamento para o Dan —, estava um ponto de interrogação feito a caneta. Eu comprara um par de abotoaduras de prata, mas isso não era especial o suficiente. Abotoaduras não dizem exatamente: "Este é o dia mais feliz da minha vida", dizem? Mais algo tipo: "Sou uma namorada sem nenhuma imaginação. No ano que vem, vou te dar uma furadeira de Natal."

Enfiei o papel de volta no bolso e entrei no banheiro. Eu tinha menos de uma hora antes que Anna e Jess aparecessem para uma reuniãozinha feminina regada a champanhe e música, e precisava me acalmar e pensar. Tirei a roupa, liguei o rádio, me enfiei na banheira morna e pensei em coisas agradáveis. Em menos de 24 horas, eu seria Lucy Harding, a sra. Daniel Harding. Adeus, Lucy Brown!

Quando já estava com os dedos das mãos e dos pés enrugados como passas, saí da banheira e peguei uma toalha. Foi quando me lembrei — o presente perfeito para o Dan estava no sótão. Eu tinha passado por um surto de arrumação duas semanas antes e ele colocara minha caixa de madeira de lembranças no sótão para mim. Ela estava cheia de recordações de nossa vida juntos:

panfletos de passeios de carruagem, fotos, bugigangas, cartas, conchas, cartões-postais e o bilhete de cinema do nosso primeiro encontro. Se eu colocasse o bilhete do filme na caixa com as abotoaduras e a desse a ele depois da cerimônia, seria perfeito — algo novo para celebrar nosso casamento e algo velho para comemorar nosso primeiro encontro.

Só precisava encontrá-lo.

Abri o alçapão do sótão com a haste de madeira e puxei a escada para colocá-la embaixo, deixando pegadas molhadas sobre o carpete. Subi até o último degrau da escada e me estiquei. A caixa estava alguns milímetros fora do meu alcance.

— Merda!

Ela estava tentadoramente perto. Se eu conseguisse me esticar um pouquinho mais, poderia alcançá-la. Fiquei na ponta dos pés e tentei agarrar a beira da caixa. A escada rangeu e balançou, e virou de lado. Gritei e tentei em vão me segurar em alguma coisa, mas a toalha se soltou do meu corpo e eu caí no vazio.

Meu primeiro pensamento enquanto despencava em direção ao carpete foi: merda, esqueci a trava. O segundo foi: isso vai doer bastante.

E doeu, mas apenas por um mísero segundo.

Minha cabeça bateu no corrimão, meu pescoço torceu e estalou, e eu caí sobre o carpete com um baque surdo.

E foi assim. Eu estava morta.

# Capítulo Três

Quando abri os olhos, tudo o que consegui ver foram pernas cinzentas e fora de foco pulando por cima de mim. Ninguém parou para perguntar se eu estava bem. Que ótimo, pensei, enquanto esfregava a cabeça, com certeza desmaiei no meio da Oxford Street. Como diabos isso aconteceu?

Ergui-me num cotovelo e olhei para meu corpo em busca de alguma pista.

E percebi que estava completamente nua.

— Nãããão — choraminguei, encolhendo-me em posição fetal. — Não, o sonho de andar pelada no shopping de novo não. — Se eu não acordasse logo, passaria para a segunda parte do sonho, em que todos os meus ex-namorados apareciam para apontar e rir.

Esperei que minhas pernas parassem de tremer e me levantei devagar, uma das mãos cobrindo o púbis e a outra os seios. Eu estava cercada de gente de todas as idades, religiões e raças. Havia pessoas de ternos, *yashmaks*, vestidos de festa, camisolas de hospital, roupas de banho, macacões e pijamas. E todo mundo era de um cinza-pálido, quase translúcido. Era como se eu tivesse sido convidada para a festa à fantasia mais bizarra do mundo.

Só que não havia música.

O lugar estava no mais completo silêncio, a não ser pelo arrastar de pés, um ocasional gemido ou lamento e um zumbido distante. Todos olhavam para a frente e, quando eu tentava um contato visual, davam a impressão de não me ver. Era como ser uma caloura na universidade de novo. Com a diferença de que não havia cerveja. Ou DJs. Ou bolas de espelhos. Não havia nem mesmo paredes; apenas uma nuvem grande e escura pairando ameaçadoramente acima de nós.

Cheguei à conclusão de que era a pior festa do mundo. Estava na hora de ir embora.

— Com licença — falei, cutucando o braço de uma jovem com um vestido vitoriano.

Ela olhou através de mim e continuou a andar. Corri atrás dela, mas parei de supetão. Minhas mãos e pernas estavam tão cinzentas quanto arroz-doce de colégio.

— O que aconteceu comigo? — perguntei, agarrando o braço de um velho com cabelos crespos e revoltos. — Por que estou dessa cor?

Ele se livrou de mim com um safanão e seguiu arrastando os pés.

— Tudo bem, chega, quero acordar — gritei. — Tenho um casamento para planejar.

Quando nada aconteceu, senti-me zonza, o corpo todo formigando. Eu não tinha um ataque de pânico desde a morte dos meus pais, mas ainda me lembrava dos sintomas iniciais.

— Lucy — uma voz masculina se destacou em meio ao zumbido. — Lucy Brown, fique onde está.

Congelei. Alguém sabia quem eu era.

— Aqui — gritei de volta, soltando um seio e balançando a mão no ar. — Estou aqui.

A multidão se abriu e eu vi o topo de uma careca dourada vindo em minha direção. Agachei-me de imediato e tentei me cobrir com as mãos.

— Deus pai, não permita que seja um ex-namorado. Por favooor.

Uns dois segundos depois, um homem baixo e atarracado emergiu da multidão e esticou a mão.

— Você deve ser a Lucy — disse, ofegante. — Desculpe pelo atraso. Eu devia estar aqui para recebê-la.

— Que diabos está acontecendo? — perguntei. — Estou nua!

— Ah, é mesmo — retrucou ele, como se isso fosse a coisa mais normal do mundo. — Quer um lençol?

Observei-o enfiar a mão no bolso interno do paletó e tirar de lá um lençol branco, tal como um mágico puxando cachecóis de um chapéu. Ele me entregou o lençol com uma expressão de desculpas. Enrolei-o em volta do corpo e me levantei. Meu novo amigo era bastante baixo e muito dourado. Ele literalmente brilhava da cabeça à ponta dos pés peludos, que sobressaíam sob o terno de tweed bem cortado. Os olhos eram emoldurados por duas sobrancelhas grossas e ele tinha um nariz largo que ficava bem no meio de duas bochechas rosadas e logo acima de uma boca sorridente. Era a cópia do Bob Hoskins.

— Isso é um sonho? — perguntei.

— Meu nome é Bob — disse o homem brilhante, esticando a mão. — Prazer em conhecê-la.

Eu sabia. Eu sabia. O estresse sempre me fazia sonhar com gente famosa, o que parece legal, mas não é — especialmente quando você sonha que está transando com Noel Edmonds. Não pude ver a versão original britânica do *Topa ou Não Topa* sem me retrair por meses depois desse.

— Hoskins, certo? — Sorri, apertando a mão dele.

— Não — ele respondeu, parecendo confuso. — São Bob, primo do Pedro. Vem comigo. — Antes que eu tivesse a chance de responder, ele agarrou minha mão e se enfiou de volta na multidão. Fui seguindo aos tropeções. — Não estamos longe — disse, ofegante. — Quase chegando.

Quando eu estava prestes a implorar-lhe que parasse para recuperar o fôlego, passamos espremidos por entre as últimas pessoas e deparamos com uma grande porta de madeira. Bob soltou minha mão e vasculhou os bolsos.

— A-há! — disse, puxando uma chave do bolso interno do paletó. Abriu a porta. — Entre e sente-se.

Olhei em torno da sala tentando localizar uma cadeira. Tudo brilhava, e eu não conseguia ver nada.

— Desculpe — falou Bob, vasculhando o paletó de novo. — Talvez isso ajude.

Ele me entregou um par de óculos escuros. Era algo que Elton John teria usado nos anos setenta, mas contive a vontade de chamar o esquadrão da moda e coloquei-os. Tudo escureceu de imediato e pisquei como um camelo enlouquecido no meio de uma tempestade de areia.

A sala era maior do que eu pensara a princípio. Tinha um teto alto e arqueado com incrustações de plantas, pessoas e animais e um piso escuro de madeira encerada. Bem no meio, havia uma gigantesca mesa de mogno com duas cadeiras de couro estilo Queen Anne de cada lado. Bob sentou-se na cadeira à minha frente.

Sorriu.

— Sente-se, Lucy, vamos conversar.

Sentei-me desconfiada na cadeira vazia, esperando que a qualquer momento ela virasse uma celebridade e gritasse: "Sai de cima de mim com essa bunda gorda."

— Isso é um sonho, Bob? — perguntei, dobrando as pernas debaixo do corpo ao ver que a cadeira não reagia.

Ele fez que não.

— Qual é a última coisa de que você se lembra?

— Subi numa escada para tentar pegar o presente do Dan no sótão — falei, cuspindo as palavras —, e então caí e bati com a cabeça. — Inspirei fundo. — Estou inconsciente, é isso?

Bob fez que não de novo.

— Estou... — continuei — estou em coma num hospital e Dan está do lado da cama tocando "My Heart Will Go On", da Celine Dion, para tentar me fazer abrir os olhos, só que ele chama a música de "My Fart Will Go On", porque depois do nosso primeiro encontro, quando eu...*

— Lucy?

— Pois não, Bob.

— Você não vai acordar.

— Vou sim.

— Não vai não.

— Vou sim.

— Lucy — Bob sussurrou, inclinando-se para a frente —, você está morta.

— Está na hora de eu ir, Bob — falei, levantando-me e caminhando em direção à porta. — Vou dizer ao Dan que o amo, que sinto muito pela discussão e que mal posso esperar para nos casarmos amanhã e...

---

\* Uma referência ao pum do primeiro encontro. Em vez de "Meu coração continuará em frente", ele brinca dizendo "Meu pum continuará em frente". (N.T.)

Abri a porta. A multidão de pessoas cinzentas continuava lá fora.

— Acorda, Lucy — falei, beliscando meu próprio braço com força.

O beliscão não doeu, então dei um tapa em meu rosto. O que estava acontecendo comigo? Por que eu não sentia nada?

— Lucy — Bob chamou —, por favor, volte aqui.

Entrei na sala de novo e agarrei as costas da cadeira.

— Me ajude a acordar, Bob, por favor. Não consigo fazer isso sozinha.

Ele se levantou, endireitou o terno e veio em minha direção. Seus lábios se contraíram num meio sorriso, porém o cenho estava definitivamente franzido.

— Você não vai acordar nunca, Lucy — disse ele. — Estamos no limbo, entre a Terra e o Céu. Você está morta, de verdade, sinto muito.

— Limbo — caçoei — é uma boate nova da cidade?

E aí tudo ficou preto.

# Capítulo Quatro

Para um homem pequeno, Bob era extremamente forte. Ele me pegou quando eu despenquei no chão e me abraçou com força. Bob exalava um calor semelhante ao de uma garrafa que acabara de ser cheia de água quente, e quanto mais me abraçava, mais em paz eu me sentia. Ao me colocar de volta na cadeira, eu me sentia tão relaxada quanto se tivesse bebido uma garrafa inteira de vinho sozinha (sem ficar enjoada).

— Você está bem, Lucy? — perguntou ele.

Fiz que sim. Eu estava morta e devia estar me desesperando. Em vez disso, sentia como se flutuasse numa nuvem sob o sol, com anjos gorduchos me abanando com suas asas.

Observei Bob voltar até sua cadeira e abrir um livro grande sobre a mesa. Ele folheou as páginas, parando após cada uma para lamber a ponta do dedo indicador.

— Eu vou para o inferno? — quis saber. Minhas palavras saíram embargadas e minha língua parecia pastosa. — Não roubei os brincos da H&M de propósito. Eles caíram dentro da minha bolsa por acidente.

Ele riu.

— Não, Lucy, você não vai para o inferno. Você está no limbo porque não estava pronta para morrer.

Não brinca, pensei, mas eu estava tonta demais para falar.

— Pois então — continuou ele, correndo o dedo pela página —, você é Lucy Brown, 28 anos de idade, filha única de Judith e Malcolm Brown, já falecidos.

Um calafrio percorreu meu corpo quando ele leu os nomes dos meus pais. Ai, meu Deus. Mãe... Pai...

Eu não os via desde os 22 anos. Tinha voltado da faculdade para o feriado da Páscoa e estava irritada porque eles iam para Rhodes sem mim. Malditas provas finais; duas semanas sozinha apenas com um gato e um livro de psicologia experimental como companhia. Não tinha nem o Dan para me distrair de mim mesma. Ele ficara em Manchester pois não queria perder o trabalho de meio-período como garçom que assumira enquanto estudava.

Eu estava em casa havia apenas dois dias quando meus pais fizeram as malas e partiram. Assim que o carro deu a partida, mamãe abaixou a janela do carro e meteu a cabeça para fora.

— Até mais, Lulu-leca — gritou. — Nós te amamos.

Dois policiais vieram até nossa casa me dar a notícia. A mulher me fez sentar numa cadeira e disse: "Sinto muito", enquanto seu colega pegava algumas xícaras na cozinha e preparava um chá. Tinha sido uma batida de carro numa estrada sinuosa da montanha, ela informou, quatro dias depois de eles terem saído de férias.

Pouco me lembro das duas semanas seguintes. Dan foi a Brighton para ficar comigo e tudo de que me recordo é de seus braços em volta de mim e sua voz gentil em meu ouvido. A morte dos meus pais foi devastadora. Pensei que estava irremediavelmente machucada e que nunca me recuperaria, mas Dan me abraçou noite após noite e disse que nunca ia me deixar. Achei de verdade que a gente ficaria junto para sempre. Não acreditava que nenhum dos dois fosse morrer até estarmos velhos e grisalhos.

— Lucy — chamou Bob, e sua voz gentil interrompeu meus devaneios. — Lucy, você está bem? Quer parar um pouco?

Levei as mãos ao rosto. Minhas bochechas estavam molhadas de lágrimas.

— Onde eles estão? — perguntei, com um nó na garganta. — Onde estão minha mãe e meu pai?

— Eles estão no céu — respondeu Bob, calmamente.

Empertiguei-me na cadeira e estiquei o braço por cima da mesa.

— Posso vê-los? Posso falar com eles?

— Pode — respondeu Bob. — Mas antes tem uma decisão a tomar.

— Que tipo de decisão?

Ele desviou os olhos e coçou a careca.

— Você precisa escolher... entre seus pais e o Dan.

— O que quer dizer com escolher? — perguntei, pulando da cadeira, já nem um pouco calma. Bob fez uma careta e ajeitou a gravata.

— Acho melhor vir comigo.

Corri atrás dele, que se dirigiu a uma porta do outro lado da sala. Era possível ver o Dan de novo. Mas como? Talvez eu não estivesse totalmente morta e Bob pudesse sacudir sua varinha celestial e me devolver a vida. Por isso eu não estava no céu com meus pais. Ou talvez ele pudesse transportar o Dan magicamente até o apartamento a tempo de ele aplicar uma ressuscitação cardiopulmonar em mim. Eu abriria os olhos e ele diria: "Graças a Deus. Ah, Lucy, pensei que tivesse te perdido", e nós nos beijaríamos e nos casaríamos e viveríamos felizes para sempre. Tudo ia ficar bem.

Prendi a respiração enquanto Bob tentava enfiar a chave na fechadura. O que havia atrás da porta? Londres? Minha rua? Meu apartamento? Um quarto de hospital? A porta se abriu com um rangido.

— Aqui — falou Bob, curvando-se ligeiramente e abrindo as mãos — estão suas opções.

Meu coração sofreu um baque. Na minha frente estavam duas escadas rolantes cinza. Uma tinha uma placa luminosa dizendo "Para cima", e a outra "Para baixo". A que subia desaparecia no meio de uma nuvem cinzenta que pairava acima de nossas cabeças e a que descia sumia em meio a uma névoa esverdeada.

Bob apontou para a escada que subia.

— Essa te leva para o céu, onde seus pais estão esperando por você.

Engasguei. Não pude evitar. Não conseguia acreditar que meus pais estivessem esperando por mim no topo da escada. Tentei engolir o nó em minha garganta, fazendo de tudo para não chorar de novo.

— E aquela? — perguntei, apontando para a que descia. — O que acontece com aquela?

— Aquela te leva de volta para a Terra.

Eu estava certa. Não estava realmente morta. Estava apenas em algum lugar estranho a meio caminho. Olhei para a escada que subia e senti meu coração apertar ao imaginar meus pais esperando no céu por mim, os rostos belos e amorosos sorrindo, os braços abertos. O que eu não daria por um abraço de urso do meu pai, alto e forte, ou um bem apertado da minha mãe, com seu cheiro de spray de cabelo da L'Oréal misturado com o perfume J'adore da Christian Dior penetrando minhas narinas. Só havia três pessoas no mundo que me faziam sentir segura e amada, e estavam me pedindo que escolhesse entre elas. Como eu podia fazer isso?

Olhei de uma escada para outra mais de uma vez, sentindo que minha cabeça estava prestes a explodir. Eu devia escolher meus pais ou o Dan? Meus pais, que tinham me amado e cuidado de mim durante minha infância e adolescência, e que eu não via há seis longos anos, ou Dan, que me amava mais do que qualquer outra pessoa no mundo e queria passar o resto de sua vida comigo?

Pensei em meus pais abraçados um ao outro, esperançosos, com um olhar de boas-vindas estampado nos rostos, e depois pensei no Dan — Dan, que encontrara meu corpo morto e nu no carpete do andar de cima; Dan, que me segurara nos braços e repetira meu nome diversas vezes, chorando e me balançando para a frente e para trás.


— Sinto muito — sussurrei para a escada que subia. — Amo vocês, muito, mamãe e papai, e há anos sonho com uma chance de revê-los, abraçá-los, de dizer a vocês que os amo, mas... — Limpei uma lágrima que escorria por minha bochecha, mas outra logo tomou seu lugar. — ... mas não estou realmente morta. Ainda não. Bob está me oferecendo uma chance de ter minha vida de volta, e Dan está sozinho e precisa de mim. Vocês entendem isso, não entendem? Nós temos outra chance de ser felizes e acho que vocês iam querer isso para mim. Mas vou voltar. Um dia vou voltar e todos ficaremos juntos e...

— Lucy? — Bob me interrompeu. — Está tudo bem?

Afastei-o da frente e corri em direção à escada que descia antes que mudasse de ideia.

— Obrigada por tudo, mas agora vou voltar para o meu apartamento.

Bob foi mais rápido do que um campeão olímpico dos cem metros depois de comer um hambúrguer estragado. Ele passou por mim e parou na frente da escada que descia, os braços escancarados.

— Espere — falou. — Não pode descer antes que eu te explique tudo.

— Explicar o quê? — perguntei, tentando em vão passar por ele. — Se eu descer, vou ficar com o Dan. Você disse que eu poderia vê-lo de novo, você disse...

— Não, não disse isso — respondeu Bob como uma criança petulante. — Disse que é melhor vir comigo. Ainda não te apresentei as opções.

— Quais são?

— Você pode ir para o céu, ficar com seus pais e esperar até o Dan morrer, ou pode voltar como uma morta-viva.

— UMA O QUÊ?

— Uma morta-viva.

Abri a boca para falar, mas a fechei de novo, tentando digerir o que Bob dissera.

— Só posso voltar se me tornar um... um... zumbi? — falei por fim.

Bob levantou a mão.

— Preferimos o termo morto-vivo, Lucy. De qualquer forma, você pode voltar como uma morta-viva, mas tem de realizar uma missão que lhe permitirá se tornar um fantasma. Só então vai poder ficar de novo com o Dan.

Eu só poderia ficar com o Dan de novo como um *fantasma*?

— Lucy — perguntou Bob —, você está bem?

Fiz que não, incapaz de falar. Se eu fosse para o céu, teria de esperar o Dan morrer, o que, se ele vivesse até uma idade avançada, significaria que eu não o veria por... contei nos dedos... *51 anos!* Eu estava realmente morta. Eu era um presunto, um cadáver, um defunto, um dodô, um... espera aí, alguma coisa não fazia sentido...

— Por que não posso simplesmente me tornar um fantasma? — indaguei. — Por que tenho de ser um zumbi primeiro?

— Uma morta-viva — corrigiu Bob.

— Tanto faz.

— Segundo a cláusula 550.3, para uma pessoa se tornar um fantasma — começou Bob, juntando as mãos atrás das costas e parecendo muito formal de repente —, precisa realizar uma missão apropriada para o bem da humanidade.

— Tal como?

— Hum. — Ele vasculhou o bolso do paletó e tirou de lá o que me pareceu uma calculadora preta de plástico. Apertou alguns botões, suspirou, e apertou mais alguns. — No seu caso — continuou, levantando os olhos para mim —, você precisa encontrar o amor para um estranho que nunca esteve apaixonado.

Só isso? Tudo o que eu precisava fazer a fim de me tornar um fantasma era encontrar um namorado para alguém?

Eu já tinha bancado a casamenteira para alguns de meus amigos. Tudo bem, nenhuma das relações tinha dado certo, na verdade uma de minhas amigas chegara a dizer que eu a deixara assustada pelo resto da vida depois do encontro com um taxidermista que eu conhecera no trem, mas isso não significava que eu não podia conseguir. Só não tivera sorte antes.

— Quanto tempo vou ter? — perguntei.

— Vinte e um dias.

— Está brincando? Três semanas para encontrar o amor da vida de alguém? Levei 22 anos para encontrar o Dan.

Bob deu de ombros.

— Vinte e um dias é o tempo padrão, Lucy. Mais que isso e o aspirante a fantasma fica apegado demais à Terra. Se a pessoa não conseguir realizar a missão e se recusar a ir para o céu, isso pode ser muito traumático. — Ele olhou em direção às figuras cinzentas atrás da gente. — Traumático e confuso.

Senti-me mal por ter ficado irritada com as pessoas que tropeçaram em mim do lado de fora da sala do Bob. Sem dúvida, elas estavam traumatizadas pelo que lhes acontecera. Não podia culpá-las. Eu acabara de saber que tinha uma chance de me tornar uma espécie de Cilla Black\* celestial e ainda não conseguia acreditar.

— Tenho outra pergunta — falei.

Bob fez que sim.

— Se eu voltar para a Terra como uma morta-viva e cumprir a missão, vou me tornar um fantasma, o que significa que poderei ficar com o Dan de novo...

— Isso — respondeu Bob. Tive a impressão de que ele estava ficando um pouco irritado comigo.

— Vou poder ir para o céu depois?

Ele fez que não.

— Se você decidir se tornar um fantasma, é o que vai ser. Se escolher assombrar um prédio, terá de ficar na Terra enquanto o prédio existir. Se for assombrar uma pessoa, será um fantasma enquanto ela viver. Só poderá ir para o céu depois que ela morrer.

— Meu Deus!

---

\* Cantora britânica, a segunda maior estrela a emergir do cenário de Liverpool depois dos Beatles. Entre seus sucessos estão: "Anyone Who Had a Heart", "You're My World" e "Alfie". (N.T.)

— Shh, Ele pode escutar.

— Desculpa.

— Quer pensar um pouco no que deseja fazer? — perguntou ele.

Fiz que sim vigorosamente.

— Me dá alguns minutos?

— Você tem toda a eternidade, mas gostaria que não demorasse tanto. Pode usar minha sala se quiser.


Larguei o corpo sobre a cadeira em frente à do Bob e apoiei a cabeça entre as mãos. Não era justo. Minha vida estava tão boa. Tudo bem, meu trabalho como designer gráfica era um pouco chato. Eu saíra da faculdade de artes sonhando em projetar belas capas de revistas e embalagens modernas e acabara desenhando caixas de sabão em pó para supermercados e panfletos para conservatórios. Somado a isso, havia o fato de que não vivíamos uma situação ideal. A casa era pequena e tinha um boiler estranho que sempre quebrava no auge do inverno, deixando-nos com frio e fedorentos por vários dias. E eu não tinha nenhum parente vivo, mas tinha amigos, e Dan. Dan, que prometera me amar para sempre. Tudo o que eu tinha feito fora tentar encontrar um presente para ele que lhe arrancasse um sorriso abobado no dia mais importante de nossa vida, e Deus decidira que esse era o momento perfeito para me matar. Isso era justo? Eu não estava pedindo tanto da vida assim. Eu só queria me casar com o homem que amava, ter uma carreira razoavelmente decente, e talvez filhos algum dia. Era pedir muito?

Uma fisgada de culpa percorreu meu corpo quando me lembrei da última vez que o Dan me viu com vida. Eu o empurrei quando ele tentou me dar um último abraço e depois reclamei por não me ajudar com os preparativos do casamento. E depois... ó céus... nem mesmo me dei ao trabalho de dizer "eu te amo" quando ele foi embora; deixei-o sair de carro achando que eu estava zangada. Essa é a última lembrança que ele tem de mim.

— Lucy?

Ergui os olhos. Bob enfiara a cabeça careca pelo vão da porta. Estava com uma expressão ligeiramente constrangida.

— Desculpe por te apressar, mas o número de recém-chegados no limbo está se acumulando. Já decidiu?

Recostei-me na cadeira e fitei Bob, olho no olho.

— Já — respondi. — Já decidi.

— Ótimo — falou ele, empurrando-me porta afora. — E qual vai ser?

— Eu realmente gostaria de ver meus pais, mas não posso ir para o céu sem ver o Dan de novo. Não posso passar os próximos 50 anos imaginando se ele está bem. *Preciso* ficar com ele, Bob. Preciso pedir desculpas e dizer que o amo.

— É a sua decisão final? — perguntou Bob, parecendo um pouquinho desapontado. — A papelada seria bem mais simples se você fosse direto para o céu.

— É a minha decisão final — confirmei, soando bem mais confiante do que me sentia e um pouco como se estivesse partici-pando de algum bizarro jogo celestial.

— Certo, Lucy. — Bob me entregou um grande envelope pardo. — Tudo o que você precisa está aqui, mas, caso eu tenha deixado algo de fora, seus novos companheiros de casa poderão preencher as lacunas.

Olhei para ele.

— Que companheiros de casa?

— Lucy, você está prestes a ingressar na Casa dos Aspirantes a Fantasmas. Daqui a pouco vai conhecer seus companheiros de casa.

Apertei o envelope de encontro ao peito enquanto Bob enfia-va uma chave num pequenino buraco na parte da frente da escada que descia. Quando a cancela listrada de vermelho e branco se abriu, ele me ofereceu um aperto de mão.

— Boa sorte, Lucy. Vejo você em 21 dias.

— Obrigada, Bob — falei, apertando a mão dele com força.

Meu coração, se é que ainda tinha um, disparou assim que pus os pés na escada e agarrei o corrimão.

— Não se esqueça — gritou Bob. — Pode voltar quando quiser. Não precisa esperar as três semanas. As instruções estão no manual.

— Manual! — gritei de volta. — Certo! Entendi!

A escada rolante vibrou e quase subi correndo os degraus de volta. Que diabos eu estava fazendo? Para quem precisava encontrar um amor? Será que Dan realmente ficaria satisfeito em me ver se eu me tornasse um fantasma?

A escada vibrou, chacoalhou e me carregou em direção à grossa névoa esverdeada. Eu estava voltando para a Terra, e não havia como desistir agora.

# Capítulo Cinco

*Primeiro dia*

—Ai! — exclamei, esfregando o nariz e dando um passo para trás. — Que diabos?

A escada parara de repente e eu tinha batido de cara numa porta branca. Nenhuma maçaneta. Fiquei olhando para ela por alguns segundos, em seguida bati de modo hesitante com a ponta do pé. Como nada aconteceu, bati um pouco mais forte.

— Olá?

Nenhuma resposta.

— Olá? — repeti, batendo com mais força ainda. — Sou eu, Lucy.

De novo nenhuma resposta. Comecei a me sentir um pouco assustada. Para começar, eu não tinha o menor preparo físico para subir uma escada rolante que desce. *Precisava* passar por aquela porta. Não havia outro lugar para ir.

Bati de novo com as duas mãos fechadas.

— Ei! Me deixem entrar!

A porta se abriu e eu me vi diante de um homem de meia-idade alto e magro, com cabelos escuros cacheados e um bigode grosso logo abaixo de um nariz grande. Ele usava uma calça de veludo, um pulôver em tom verde-limão e meias brancas com sandálias de couro.

— Posso ajudá-la? — ele perguntou.

— Sou Lucy — respondi, balançando o envelope na frente do rosto dele. — Bob me mandou.

O homem revirou os olhos e suspirou. Não era exatamente a recepção calorosa que eu esperava.

— Certo — disse ele, dando um passo para trás. — É melhor entrar.

Dei um passo para a frente e imediatamente bati com a cabeça numa haste para pendurar cabides. Pulôveres em tons pastel e calças de veludo balançaram sonoramente quando tropecei no meio deles.

— Cuidado com os sapatos — rosnou o homem.

Sob meus pés, havia pares e mais pares de sandálias marrons perfeitamente arrumadas, cada qual com um par de meias brancas enroladas. Eu estava num armário e, pela expressão do homem na minha frente, no armário dele.

— Tudo bem — falei, dando um passo para trás. — Não arranque os cabelos. Não sabia que era o seu armário.

— Apenas ande logo e saia daí.

Abaixei a cabeça, dei um pulo para a frente, tropecei nos meus próprios pés e caí de cara num encardido tapete de pele de carneiro. Ele tinha cheiro de legumes cozidos demais.

— Desculpe — pedi, pondo-me de pé e olhando em volta, aturdida. Onde diabos eu estava?

Um quarto. Sim, definitivamente um quarto. E um bem fora de moda. Num dos cantos, havia uma cama de solteiro, coberta com um edredom de Thomas, o Trem. Ao lado dela ficava uma mesinha de cabeceira cheia de livros empilhados. Todas as paredes eram tomadas por pôsteres de trens; nem um único pedacinho de papel de parede ficava à mostra.

Estava prestes a comentar a decoração quando a porta do armário bateu com força. O Homem-Trem me olhava fixamente, as mãos nos quadris ossudos. Ele não tinha a pele escamosa nem mancava, mas, ainda assim, era o sujeito menos atraente que eu já vira.

— Você é um zumb... morto-vivo? — perguntei.

— Issssssso — ele respondeu devagar. — Sou.

Olhei para ele de cima a baixo e comecei a roer as unhas. Só porque ele parecia humano, isso não significava que eu também. Olhei para minhas mãos. Elas pareciam rosadas e macias, mas isso não era garantia de que meu rosto não estivesse se despregando do osso. Dei um tapa na bochecha para verificar se havia sangue ou baba.

— Algo errado? — perguntou o Homem-Trem.

— Não sei ainda. Você tem um espelho?

O Homem-Trem fez que sim e revirou sua cômoda até encontrar um espelho de barbear.

Prendi a respiração e olhei.

Certo, eu ainda tinha cabelos castanhos, olhos azuis e sobrancelhas angulosas. Não tinha ficado de repente com uma testa gigantesca, nem minha boca estava caída como a de um zumbi gemendo. Os círculos escuros sob meus olhos me assustaram por uns dois segundos, até me lembrar de que tinha removido o corretivo antes do banho. Fiiiiu, eu ainda era eu mesma. Um pouco pálida sem a maquiagem, mas atraente numa luz favorável.

Devolvi o espelho.

— Obrigada... ahn...

— Brian. Vou apresentá-la a Claire e depois mostro seu quarto.

Havia outra mulher na casa. Graças a Deus! Talvez fosse alguém com quem eu pudesse conversar; uma amiga que entenderia como eu estava me sentindo e que me diria o que diabos estava acontecendo!

Brian saiu do quarto para um corredor estreito e eu o segui. O carpete que cobria o chão era tão encardido quanto o do aposento anterior. Onde não estava esfarrapado, era decorado com gigantescas espirais alaranjadas. O papel de parede era de um amarelo desbotado e estava soltando. Para além de uma porta aberta no final do corredor, consegui vislumbrar uma pia. Estava cinza de sujeira, parecia que não era limpa há anos.

Estava prestes a perguntar se havia um segundo banheiro quando Brian parou na frente de uma porta fechada e bateu.

— Claire, temos visita.

— A porta está aberta — gritou uma voz feminina. — Não vou morder.

Brian bufou e se virou para mim.

— Isso depende do quão perto você chega.

Dei um passo para trás quando ele girou a maçaneta. Claire, com certeza, não era a única de quem eu não devia me aproximar. Brian fedia mais do que um porco numa sauna.

— Vai entrar ou não? — gritou a voz.

Entrei no quarto atrás de Brian e parei ligeiramente nervosa ao lado da porta. O quarto estava repleto de fumaça, uma mistura enjoativa de cigarros e incenso, e as paredes cobertas de pôsteres de uma banda que reconheci vagamente. Digo vagamente porque mal dava para ver o rosto do cantor sob os beijos em batom vermelho e preto; só os olhos e o cabelo louro e encaracolado estavam visíveis. Havia um monte de roupas espalhadas pelo chão, a maioria preta, com uma eventual peça vermelha ou cor-de-rosa.

Num dos cantos, sentada de pernas cruzadas numa cama de solteiro, estava uma garota gorda vestida com leggings pretas, um pulôver de tricô extragrande, botas do exército e um tutu rosa. Ela me olhou por entre os cílios semiabertos.

— Quem é você?

— Lucy Brown.

— Claire.

— Prazer em conhecê-la.

— Tanto faz.

Ótimo, outra recepção indiferente. Na verdade, pior do que indiferente, mais para fria como gelo.

Era difícil tentar adivinhar a idade da Claire, visto que o rosto estava coberto de maquiagem, mas imaginei que tivesse por volta de 18 anos. Ela usava uma base tão branca que a fazia parecer um cadáver, e os pequeninos olhos de porco estavam contornados por um delineador preto grosso, sob sobrancelhas fininhas feitas a lápis. Era possível ver a alça do sutiã através da blusa preta de tricô e as faixas brancas em torno dos pulsos. Claire me flagrou olhando e suspirou.

— Ó céus, vamos brincar de jogo da morte de novo.

— Desculpe — falei, tentando em vão desviar os olhos dos pulsos dela. — Que jogo?

Ela revirou os olhos.

— A gente troca histórias de como morremos e a pessoa que teve a morte mais trágica volta a viver.

Prendi o fôlego. Eu tinha morrido na véspera do meu casamento. Havia coisa mais trágica do que isso? Talvez se eu ganhasse e...

— Jesus, como você é ingênua — riu Claire. — Olhe só para você. Toda doce e esperançosa.

Olhei desesperada para Brian e ele fez que não.

— Não existe jogo da morte, Lucy. Claire acha que está sendo engraçada.

— Bom, eu ri — retrucou ela, com um olhar de escárnio para Brian. — De qualquer forma, eu me suicidei e ele teve um ataque cardíaco. — Ela jogou para trás os dreadlocks cor-de-rosa.

— Quebrei o pescoço ao cair da escada — falei.

— Ooops!

Olhei para ela.

— Na véspera do meu casamento.

— Jura? — perguntou ela, olhando-me de cima a baixo. — E eu achando que você estava a caminho de uma festa de togas.

Idiota, tinha me esquecido completamente de que ainda estava enrolada no lençol. Cruzei os braços no peito e dei o melhor de mim para parecer indiferente, mas Claire continuou a rir.

— Certo — interveio Brian, levantando o braço a fim de me guiar para fora do quarto, e me acertando com uma baforada de suas terríveis axilas. — Acho melhor acabar com as apresentações por ora. Quer uma xícara de chá, Lucy?

Fiz que sim. Mesmo fedorento, a companhia do Brian era mais agradável do que a da Vaca-Gótica-Psicopata.

— Até mais, Noivinha — ela gritou ao me ver sair apressada do quarto.

— Até mais, Gótica — murmurei, fechando a porta atrás de mim. Não foi a resposta mais esperta da minha vida.

Segui Brian, que atravessou o corredor e desceu uma escada vacilante e não atapetada em direção à suposta cozinha. Um solitário fogão enferrujado e imundo repousava contra uma parede, enquanto a outra ostentava uma pia bagunçada e cheia de pratos. Todas as superfícies que podiam ser usadas como área de trabalho estavam cobertas de farelos, pratos e embalagens vazias de comida, com exceção de uma. O que devia ter sido um prato de maçãs no meio da mesa da cozinha ressecara a ponto de parecer um prato de testículos de velhos.

— Desculpe — pediu Brian, varrendo para o chão uma pilha de jornais e revistas que estavam em cima de uma cadeira de plástico. — A cozinha era razoavelmente limpa quando cheguei aqui. Mas aí a Claire se mudou.

Dei de ombros de um jeito solidário e olhei para as xícaras sujas sobre a mesa à minha frente. Havia um musgo grosso crescendo em uma delas. Aquilo me fez lembrar vagamente da primeira refeição que eu preparara para o Dan (um desastrado prato de frango ao curry tailandês).

— Já vi piores — menti, sentando-me.

— Essa área — falou Brian, apontando para a única superfície limpa da cozinha — é minha, assim como esse armário. Vou pedir a Claire que esvazie um dos outros armários para você.

— Obrigada — respondi, embora secretamente suspeitasse de que as chances de ela fazer aquilo eram ainda menores do que eu pegar emprestado um par das sandálias de Brian para uma saída com minhas amigas.

— Há quanto tempo está aqui? — perguntei, enquanto ele tirava duas xícaras limpas do armário e enchia a chaleira.

— Cinco dias.

— E como está se saindo em sua missão?

Brian deu de ombros.

— Não quero falar sobre isso.

Ele obviamente seria de muita ajuda com relação à minha própria missão, o que me fez lembrar que eu ainda não tinha aberto o envelope.

— Posso abrir isso agora? — perguntei, balançando o envelope na frente do Brian.

— Ainda não abriu? Os outros aspirantes a fantasmas costumam abrir ainda na escada.

Eu não me sentia como um aspirante a fantasma. Na verdade, sequer me sentia propriamente morta. Sentia como se estivesse na faculdade e acabasse de me mudar para a pior república do mundo. Enfiei a mão no envelope e puxei devagar o conteúdo, tomando cuidado para que nada caísse naquele chão imundo.

No topo da pilha, havia uma folha com os seguintes dizeres "Detalhes da missão: Lucy Brown". Passei os olhos pelos detalhes:

Nome do aspirante a fantasma: Lucy Brown

Idade: 28

Causa da morte: pescoço quebrado (isso me fez estremecer)

Motivo para querer ser um fantasma: assombrar o noivo Dan (um tanto assustador, escrito dessa forma)

Missão: encontrar para um estranho o amor de sua vida

Nome do estranho: Archibald Humphreys-Smythe

Idade: 30

Ocupação: Programador

Local de trabalho: Computer Bitz Ltd, 113, Tottenham Court Road, Londres

— Ó céus — observei. — Ele é um *geek* e parece ser esnobe.

Brian pôs uma xícara de chá sobre uma caixa velha de cereal.

— Quem é um *geek*?

— O sujeito da minha missão. O nome dele é Archibald, pelo amor de Deus! Que tipo de família batiza uma criança de Archibald?

— Meu pai se chamava Archibald — falou Brian.

Encolhi-me.

— Merda, desculpe.

— Não tem problema. — Ele deu de ombros. — Ele já morreu.

Senti as bochechas quentes e rapidamente passei para a folha seguinte. Era um documento encadernado, com quase oito centímetros de espessura, e estava intitulado "Regras e regulamentos para os aspirantes a fantasmas".

— É melhor ler isso aí — comentou Brian. — Tem muita coisa que você não pode fazer.

— Tipo o quê?

Brian me olhou de um jeito estranho e sorriu. Os olhos desapareceram por trás das pálpebras enrugadas e os lábios sumiram por baixo do bigode. Foi possível ver os pelos do nariz com mais nitidez também e... argh... alguma coisa agarrada a eles. Estranho que alguém tão crítico no tocante à limpeza da cozinha pudesse ignorar completamente a própria higiene pessoal.

— Vou deixar que descubra sozinha.

Peguei minha xícara de chá e olhei para o líquido dentro dela.

— Posso beber isso ou o líquido vai passar direto pelo meu corpo?

Brian pegou a própria xícara e tomou um gole.

— Você ainda não é um fantasma, Lucy. Por enquanto é humana, quero dizer, mais ou menos. Pode comer, beber, dormir e defecar.

— Ótimo.

— Você perguntou.

— Não quanto a fazer cocô, não perguntei não.

— Perguntou o quê? — Claire apareceu na porta, e nos observou com uma expressão de tédio.

— Não te interessa — rosnei.

— Não mesmo?

Antes que eu me desse conta do que estava acontecendo, Claire deu um pulo e agarrou a primeira folha com minhas instruções. Quando tentei pegá-la de volta, ela escapou para perto da porta, a fim de analisá-la a uma distância segura.

— Motivo para querer ser um fantasma — Claire leu em voz alta —, assombrar o noivo Dan. Noivo? Alguém queria casar com você?

Olhei para a manteigueira que estava ao lado da caixa de cereal. Será que a Claire podia morrer de novo se eu enfiasse a faca da manteiga nela?

— É, parece que sim — falei.

— E você quer assombrá-lo?

— Não, assombrar não. Só quero ficar com ele. Tem coisas que eu preciso dizer.

Ela riu. Uma risada absurdamente aguda para uma garota tão bem proporcionada.

— Mentirosa! Quer verificar se ele já arrumou outra.

— Não, não é isso — falei, pulando da cadeira e agarrando a folha de papel da mão dela. — Não tem nem 24 horas que eu morri, pelo amor de Deus!

— E quando foi que você morreu, senhorita Nunca Serei Uma Noiva?

— Ontem. Sexta-feira, 23 de março, por volta das 19h30.

— E o que você diria — continuou Claire, erguendo as sobrancelhas feitas a lápis — se eu te dissesse que hoje é sábado, 27 de abril?

— Diria que você é uma mentirosa.

— É mesmo?

Saí do caminho quando ela se abaixou para verificar a pilha de jornais e revistas que o Brian havia jogado no chão.

— A-há! — disse, brandindo uma cópia do *Daily Herald* na minha frente. — Eis a prova.

Agarrei o jornal.

— Deixe-me ver isso.

E lá estava, no canto superior direito — Sábado, 27 de abril. Engoli em seco e me sentei. Ela estava certa.

— Brian — murmurei. — Como isso aconteceu? Como pode ter se passado um mês?

— Lá em cima é a eternidade — explicou ele, colocando a xícara de volta na mesa e apontando com o dedão para cima. — Lá não existe esse negócio de tempo.

— Então estou morta há um mês?

— Sinto dizer que sim.

— Pobrezinha — ironizou Claire, ainda na porta. — Preocupada que o Dan possa ter arrumado outra, não é?

— Brian — falei, ignorando-a. — Gostaria de ver meu quarto agora, por favor.

— É claro.

Achei que a Claire fosse pular em cima de mim com suas garras negras quando passei ao lado dela e saí da cozinha atrás do Brian. Ela não fez nada disso, mas murmurou "Nunca será uma noiva" quando eu já me encontrava perto da escada.

Virei-me de volta.

— Claire, rearrume estas palavras: foder por que vai não?

Ela ergueu uma sobrancelha e olhou para mim. Encarei-a de volta, determinada a não ser a primeira a desviar os olhos. Eu era boa nesse jogo de não piscar. Sempre vencia nosso gato.

— Você esqueceu a palavra *se*, Lucy.

Ah!

Droga!

— Seu quarto — anunciou Brian, depois que subi correndo a escada — fica ao lado do meu.

— Ótimo — falei, ofegante. — Que bom!

E era, mesmo com o cheiro estranho de ovo que saía por debaixo da porta dele. Quanto mais longe eu ficasse da Claire, melhor. Não ia admitir isso para o Brian, mas o comentário dela sobre eu querer verificar se o Dan já tinha arrumado outra havia machucado de verdade. Pura besteira, é claro. Dan me amava, queria casar comigo, e eu só estava morta há um mês. Claro que ele ainda não tinha arrumado outra.

— Uau! — exclamou Brian, atravessando o quarto e se sentando na minha cama. — Você realmente gosta de ter um monte de coisas em volta, não gosta?

Como assim? Do que ele estava falando? Ai, meu Deus! Eram os sapatos do Dan, esparramados em volta do cesto de roupa suja? E ali em cima da cama não era o gigantesco elefante cor-de-rosa que ele tinha ganhado para mim no Brighton Pier? E tinha mais. A solução para as lentes de contato, uma pilha de CDs e o PlayStation atravancavam a mesinha de cabeceira do lado dele e, do meu, perfeitamente arrumados, o livro que eu estivera lendo, uma caixa de lenços e meio copo d'água. Agarrei o batente da porta, com uma súbita sensação de que ia desmaiar.

— É o meu quarto — falei. — Meu quarto, meu e do Dan.

Brian olhou-me, surpreso.

— Bem, é. Eu te disse que era.

— Mas é igualzinho ao que eu tinha quando estava viva.

— Legal, não? — perguntou Brian, quicando com tanta força na cama que as molas rangeram. — Não sei como eles fazem isso, mas todo mundo que chega ganha uma réplica perfeita do quarto que tinha antes de morrer.

— Por quê?

— Não faço ideia. Talvez eles pensem que isso ajuda a gente a se sentir em casa.

Achei aquilo uma coisa horrível; como participar de um episódio distorcido do *Big Brother*, onde, em vez de o obrigarem a realizar tarefas idiotas e depois o expulsarem da casa, eles matam você e depois o torturam, transformando sua vida numa réplica da anterior.

— Acho isso doentio — comentei.

Brian levantou da cama e veio em minha direção. Por um desesperado segundo, achei que ia me abraçar. Em vez disso, passou por mim e abriu a porta do próprio quarto.

— Achei uma bela consideração, para falar a verdade — disse ele ao desaparecer quarto adentro. — Eu sentiria falta dos meus pôsteres de trem.

Estava prestes a ir atrás dele quando levei um susto por causa de um rangido na escada e pulei, batendo com o quadril na penteadeira. Gemi de dor e me agarrei ao móvel, quase derrubando minha caixinha de joias ao me desequilibrar. A caixinha estava exatamente onde eu a deixara, a tampa permanentemente aberta, já que a dobradiça havia quebrado devido a uma queda. Ela estava abarrotada de colares enrolados, vários brincos solitários (o par perdido para sempre) e com o bracelete de prata e jade que Dan me dera de presente de aniversário se equilibrando no topo de modo precário. Olhei para o dedo anular da minha mão direita. Ah, não! Meu anel de noivado tinha sumido.

Procurei na caixa, jogando brincos e colares no chão. Onde estava o anel? Onde? Abri as gavetas, jogando tudo no chão também. Eu tinha certeza de que estava com o anel quando me despedi do Dan na porta da frente e depois... depois... tirei a roupa no quarto e fui para o banheiro. Por favor, pensei enquanto cruzava voando o quarto em direção à minha mesinha de cabeceira, por favor, ele tem de estar lá.

E lá estava ele; um pequeno círculo de platina com um solitário de corte quadrado, estilo princesa. Dan o escolhera sozinho numa loja da Bond Street e depois o escondera no bolso quando fomos acampar em New Forest no ano passado.

* * *

Eu estava cansada da viagem e tudo o que queria era entrar na barraca e dormir, mas ele insistira para a gente armar uma fogueira antes.

— Vai ser divertido — disse, enfiando a mão na mochila e tirando de lá um pequeno acendedor, um molho de gravetos, dois espetos de metal e um saco de marshmallows. — Olha só, o céu está estrelado. É uma noite perfeita para marshmallows.

Dan estava com um sorriso tão grande e uma expressão tão entusiasmada que não consegui dizer não, e logo me pus a acender a menor fogueira do mundo enquanto ele enfiava os marshmallows nos espetos.

— Lucy — ele me chamou. Eu estava de costas revirando o fogo.

— Ahn?

— Lucy, quer um marshmallow?

— Só um minuto. Estou tentando...

— Lucy Brown...

Alguma coisa no jeito carinhoso como ele pronunciou meu nome fez meu coração saltar. Quando me virei, Dan estava de joelhos, e um anel de diamante balançava no topo de um grande marshmallow cor-de-rosa.

— Lucy Brown, quer se casar comigo?

Não me lembro do que aconteceu depois — é tudo uma névoa de lágrimas e beijos e sim, sim, sim e mais lágrimas e mais beijos — até que Dan colocou devagarinho o anel no dedo anular da minha mão direita.

— Se isso é um sim — riu ele —, você acaba de me fazer o homem mais feliz do mundo.

\* \* \*

Peguei o anel na mesinha de cabeceira e o pressionei contra os lábios enquanto lágrimas me inundavam os olhos e escorriam pelas bochechas. Se eu quisesse ter alguma chance de sobreviver à Casa dos Aspirantes a Fantasmas e completar minha missão, precisava fazer uma coisa primeiro. Precisava ver o Dan.

# Capítulo Seis

Desci correndo a escada, abri a porta da frente e dei uma olhada na rua. O céu parecia pintado de laranja, vermelho e dourado, e logo me vi envolvida pelo zumbido dos postes de luz que começavam a se acender. Um plano. Eu precisava de um plano. Que tal... espere aí... por que meus dentes estavam batendo? E por que um velho do outro lado da rua me olhava de boca aberta como se estivesse diante de um rei mago?

Droga! Eu ainda estava usando o maldito lençol.

Suspendi-o, fechei a porta e corri de volta para meu quarto. Roupas, eu precisava de roupas legais, adequadas. Mas que tipo de roupa vestir quando você está planejando visitar um namorado de luto para dizer: "Oi, aposto que você achou que nunca mais me veria de novo?"

Abri uma das gavetas e tirei uma calcinha preta, um sutiã combinando, meu jeans da Gap, um par de meias listradas e um confortável pulôver cinza. Vesti tudo rapidamente, contorcendo-me para entrar no jeans e murchando a barriga como se fosse uma noite normal. Sorri ao ver meu reflexo no espelho de corpo inteiro que ficava ao lado da porta. Tinha voltado a ser eu mesma. Eu — Lucy Brown, um metro e setenta e pouco, tamanho 40 (chegando a 42 quando eu estava de TPM), olhos azuis e cabelos castanhos na altura dos ombros. Estava exatamente como Dan se lembraria de mim.

Só depois de sair e fechar a porta da frente foi que me dei conta de que não tinha ideia de onde eu estava. A rua parecia com qualquer outra rua de Londres — casas com terraços e pequenos jardins na frente (alguns cobertos de lixo e outros bem arrumados, com piso de cascalho), pombos ciscando chicletes agarrados no chão e o lamento distante dos carros de polícia e dos bombeiros — mas onde exatamente? Um homem vinha descendo a rua do outro lado, com uma expressão grave. Atrás dele, uma mulher trotava sobre os saltos altos, gritando: "Mike! Me espera!", sempre que ele se afastava demais. Pensei em segui-los, mas eles desapareceram em uma das casas antes que eu criasse coragem.

Pistas, precisava de pistas, ou de alguém que pudesse me fornecer alguma. Vi três adolescentes um pouco mais para o fim da rua. Eles estavam sentados sobre um muro de tijolos em frente a uma casa, conversando, gesticulando e rindo histericamente. Andei em direção a eles, tentando não me sentir nervosa. Fique fria, falei comigo mesma. Pense no rap, malandragem, ar insolente. Olhei para meu reflexo no vidro de um carro. Eu parecia o Eminem depois de um derrame.

— Com licença — falei ao chegar perto dos adolescentes —, onde estou, que lugar é este?

Um dos garotos, o que usava um boné da Burberry, piscou para mim.

— Se deu bem ontem à noite, foi?

— Não, eu...

— Gosta de um programinha, hein? — perguntou a garota, enfiando os dedos no cós do jeans de cintura baixa e deixando entrever a barriga bronzeada e adornada com um piercing.

— Pode falar — disse o outro garoto.

— Sai fora, Jase — disse a garota, virando-se para ele. — Você é que gosta de um programa.

— Por favor — pedi. — Podem me dizer onde estou? Preciso ir para casa.

— Por dez libras, eu te digo — replicou a garota, esticando a mão de unhas pintadas.

— Esquece. — Suspirei. — Eu descubro sozinha.

Eles riram enquanto eu me afastava. Ainda conseguia escutá-los gritando e vaiando quando alcancei o final da rua, virei a esquina e quase bati de cara num ponto de ônibus. Olhei para os números na placa. Ai meu Deus, estava em Kilburn. A apenas dez minutos de West Hampstead, onde Dan e eu morávamos.

Vasculhei a bolsa em busca de dinheiro ao ver um ônibus dobrar a esquina, e dei uma olhada na carteira. Duzentas libras! De onde tinha vindo aquele dinheiro? E onde estavam meu cartão do banco, os cartões de crédito, a carteira de motorista e o cartão da biblioteca? Tudo o que tinha meu nome desaparecera.

Idiota, pensei, ao pagar o motorista e entrar no ônibus, eu devia ter lido o maldito manual. Fiz o trajeto observando o movimento das ruas. Para onde quer que eu olhasse, havia pessoas caminhando, conversando, discutindo e rindo; elas se reuniam em pequenos grupos do lado de fora das casas lotéricas, ou fazendo fila para usar os computadores dos cibercafés ou entrando e saindo de pequenos mercados, carregando sacolas plásticas repletas de leite, pão e cerveja. As luzes nos apartamentos acima das lojas iam sendo acesas à medida que as pessoas chegavam do trabalho e se aconchegavam na frente da TV, ou levavam pratos de comida para a sala ou fechavam as cortinas, bloqueando minha visão. Todas prosseguiam com sua vida normal como se nada tivesse acontecido. E, na verdade, nada tinha acontecido. Não era como se eu fosse a princesa Diana, Anna Nicole Smith ou Heath Ledger. Eu não era famosa nem importante, e o público não me amava. Era apenas Lucy Brown, 28 anos de idade, nascida em Londres. Apenas um punhado de gente no mundo sabia que eu tinha morrido e ninguém, exceto meus novos companheiros de casa, estava ciente de que eu havia voltado.

A velha sentada a meu lado começou a vasculhar a bolsa e eu me virei para olhar. Ela era pequena e franzina, tinha cabelos azulados e usava um chapéu de chuva enfiado até a metade da testa enrugada. Pobre mulher, pensei, quando a velha tirou um caramelo amassado do fundo da bolsa e o enfiou na boca, ela deve ter pavor de morrer. Solitária, também. O mínimo que posso fazer é conversar com ela e tentar aliviar seus medos. Afinal de contas, podemos dizer que sou uma especialista em morte.

Pigarreei.

— Com licença.

Ela me olhou e sorriu.

— Quer um caramelo? — ofereceu, enfiando de novo a mão na bolsa. — Devo ter mais um.

— Não, obrigada. Só queria conversar com a senhora.

— Está se sentindo solitária? — perguntou ela, batendo nas costas da minha mão com seus dedos ossudos. — Não tem problema, querida, todos nos sentimos solitários às vezes.

— Não, não — respondi. — Só queria conversar com a senhora sobre a morte.

— Morte? — repetiu ela, franzindo o cenho.

— É — falei, apertando sua mão delicada com os olhos marejados de lágrimas solidárias. — Só queria que soubesse que não precisa ter medo da morte. Todos os que amou e perdeu estarão esperando pela senhora no céu. Tudo o que precisa fazer é...

— Socorro! — gritou a velha, afastando-se de mim e olhando em volta do ônibus. — Por favor, alguém me ajude. Estou sendo recrutada para um culto. Socorro! Socorro!

— Não — falei com o coração disparando, enquanto todos se viravam para olhar para mim —, a senhora me entendeu mal. Eu só queria...

Antes que eu me desse conta do que estava acontecendo, um homem de meia-idade atravessou o corredor e colocou um dedo acusatório na minha cara.

— Sua gentalha! — gritou, o rosto vermelho de ódio. — Quando não está batendo às nossas portas a qualquer hora do dia ou da noite, fica incomodando idosos nos ônibus. Você devia se envergonhar.

— Eu... eu... — gaguejei, olhando para fora da janela enquanto procurava uma explicação que não me fizesse parecer completamente maluca. — Eu... ah, esse é o meu ponto!

Segundos depois, o ônibus parou com um solavanco. Levantei do banco, atravessei rapidamente o corredor e pulei para a rua. O sol desaparecera no horizonte, substituído por uma neblina noturna quebrada apenas pelas luzes da rua que tremelicavam e zumbiam, clareando partes do calçamento com um acolhedor brilho alaranjado. E lá estava ela, a placa branca escrita com letras pretas que fez meu estômago revirar: White Street, NW6. Minha casa.

Esperei que um grupo de pessoas passasse pelo ponto do ônibus e segui atrás até alcançar o poste mais próximo da nossa casa. Parei e me escondi nas sombras.

A luz estava acesa e as cortinas abertas, e era possível ver o brilho intermitente da TV num dos cantos. No fundo da sala havia duas estantes, uma com meus livros e a outra com os DVDs e jogos de computador do Dan. Em cima das estantes ficavam o elefante de madeira que eu barganhara durante as férias na Tailândia, dois candelabros pretos de metal com velas de igreja, um troféu de prata do London Advertising Awards que a equipe do Dan havia ganhado e um clorofito meio murcho. O sofá ficava na frente das estantes. Havia alguém enroscado num dos cantos, com uma almofada embaixo de um braço e as pernas dobradas sob o corpo.

Era o Dan.

No ônibus eu tinha me imaginado correndo até a porta da frente, apertando a campainha e me jogando nos braços dele. Em vez disso, minhas axilas estavam suadas e minha boca seca. O que eu ia dizer? O que ele ia dizer? Não é todo dia que sua namorada volta dos mortos e bate à porta.

Ainda estava tentando reunir coragem para fazer alguma coisa quando a TV tremeluziu e iluminou o rosto do Dan. Ele estava olhando o que me pareceu ser uma foto. Seus ombros tremiam e lágrimas escorriam-lhe pelas faces. Meu coração apertou e pensei que fosse desmaiar de dor. Nunca o vira chorando daquele jeito. Nunca.

Aproximei-me da janela e bati.

— Dan — murmurei. — Estou de volta.

Ele levantou os olhos, com uma expressão de surpresa e alegria no rosto vermelho e inchado.

— Sou eu! — gritei, pulando e acenando freneticamente. — Voltei! Desculpe pela discussão, Dan. Fui uma idiota. Não quis dizer nada daquilo, juro.

A expressão dele mudou diante dos meus olhos. O entusiasmo virou decepção e ele franziu o cenho. Congelei, as mãos parando no ar. O que havia acontecido? Por que ele não estava mais sorrindo? Estaria zangado comigo? Corri pelo caminho de entrada e esmurrei a porta.

Anda, pensei, vendo a luz do corredor se acender e escutando a madeira ranger sob passos pesados. Anda, Dan, me deixa entrar.

A porta se abriu lentamente.

— Pois não — ele falou, olhando pela fresta. — Posso ajudá-la?

— Ah, muito engraçado — retruquei, sentindo como se fosse explodir de tanta felicidade. — Me deixa entrar e me dá um abraço.

— O quê? — Dan franziu o cenho. — Não consigo te escutar. Pode repetir?

— Sei que morri — falei, ainda sorrindo como uma louca —, e continuo morta, quero dizer, mais ou menos, mas voltei para ficar com você. Só tenho de completar uma missão primeiro. Tenho de...

— Quem é você? — perguntou ele, me olhando de cima a baixo. — O que você quer?

Fiquei enjoada. Alguma coisa na expressão do Dan não estava certa. Ele me pareceu frio e distante, nem um pouco entusiasmado em me ver.

— Dan, sou eu — falei, passando o braço pela fresta da porta e acariciando o rosto dele. — Sou eu, Lucy. Você está bem? Está em choque?

Dan deu um pulo como se eu o tivesse queimado e afastou minha mão com um tapa.

— Que diabos pensa que está fazendo?

— Me deixa entrar — supliquei quando ele começou a fechar a porta. — Para com isso. Você está me assustando.

— Se perdeu a voz — disse Dan —, tem uma farmácia no final da rua.

Em seguida, bateu a porta na minha cara.

— Dan — gritei, esmurrando a porta pintada com as duas mãos. — Dan, sou eu, Lucy. Me deixa entrar.

A porta se abriu de novo.

— Olha só. — Ele estava com uma expressão de repulsa. — Não sei quem você é ou o que quer, mas não preciso dessa merda. Vai embora.

Ele fechou a porta de novo e fiquei olhando para a tinta azul brilhante e a pequena placa prateada com o número 33. Engoli as lágrimas. O que tinha acabado de acontecer? Por que ele não me reconhecera e me deixara entrar?

Bati com tristeza à porta mais umas duas vezes, chamando-o, mas ele me ignorou. Desesperada, fui até a janela e bati no vidro. Dan estava sentado de novo no sofá, a cabeça entre as mãos.

— Eu voltei, Dan — solucei. — Voltei para ficar com você.

Ele se levantou e atravessou a sala, os olhos fixos em mim. Por um mísero segundo, achei que tivesse me reconhecido. Mas então ele fechou as cortinas e desapareceu.


Não voltei imediatamente para a Casa dos Aspirantes a Fantasmas. Fui andando até Primrose Hill, sentei num banco no escuro e olhei as luzes luzindo e tremelicando acima de Londres. Seria uma bela visão se eu não estivesse me sentindo tão profundamente sozinha e desesperada.

Não conseguia tirar da cabeça a imagem do Dan chorando. Nunca, nunca o tinha visto com uma expressão tão desolada. Na verdade, naqueles sete anos só o vira chorar quatro vezes:

1) Quando foi ficar comigo após a morte dos meus pais.

2) Quando a mãe dele contou que estava com câncer de mama. Ele não chorou na hora, na frente dela, mas depois, abraçado a mim, tentando esconder as lágrimas na curva do meu pescoço.

3) Um ano depois, quando a mãe dele falou que estava oficial-mente curada.

4) Quando assistimos ao filme *A lista de Schindler* no DVD. No final, quando Schindler pega um anel feito para ele pelos judeus e diz "Eu poderia ter salvado mais, mais um judeu, mais dois", Dan deixou escapar um soluço alto. Ao reacender as luzes, vi que os olhos dele estavam vermelhos.

Isso provavelmente é muito choro para a maioria dos homens, e eu nunca tinha visto um chorar antes. Observar o Dan entrando em colapso por eu ter morrido foi a coisa mais terrível que eu já tinha visto e soube, naquele centésimo de segundo em que ele olhou para mim pela janela e quase me reconheceu, que havia tomado a decisão certa ao voltar para a Terra. Nada, percebi enquanto a London Eye brilhava no horizonte, era mais importan-te do que ficarmos juntos novamente. Ele me apoiara tantas vezes quando eu estava viva, e agora precisava de mim. Mesmo que fosse para ser apenas um fantasma, pelo menos ele saberia que eu estava cuidando dele.

Levantei-me, repleta de determinação. Para cumprir minha missão, eu precisava retornar à Casa dos Aspirantes a Fantasmas e descobrir por que o Dan não me reconhecera. Não havia tempo a perder.

# Capítulo Sete

Como todas as luzes estavam acesas na Casa dos Aspirantes a Fantasmas, simplesmente virei a maçaneta e empurrei. Trancada.

— Brian — gritei, através do buraco para correspondência, com medo de ser deixada do lado de fora mais uma vez. — Sou eu, Lucy. Pode me deixar entrar?

Escutei um estrondo vindo do andar de cima, seguido pelo som de passos, e então a porta se abriu.

Brian estava vestido da cabeça aos pés com roupas de combate: camisa cáqui, jaqueta e calças camufladas, e com um par de botas do exército pendurado no ombro. Havia três listras pretas grossas em cada uma das bochechas.

— Ah, Lucy. Graças a Deus você chegou!

— Fico feliz que tenha sentido a minha falta — falei, aliviada por ele saber quem eu era. — Preciso te perguntar um monte de coisas. Em primeiro lugar, preciso saber por que...

— Podemos conversar mais tarde — replicou ele, erguendo uma mão. Primeiro precisamos salvar a Claire.

— De quê?

— Exatamente o que ela disse — respondeu Brian, calçando as pesadas botas pretas. — Vou fazer a vaca engolir a própria cabeça. Anda, vem me ajudar.

— Como assim?! — exclamei. — Não vai ajudá-la a bater em ninguém, vai?

— Claro que não — respondeu ele, empurrando-me porta afora e batendo-a atrás da gente. — Vou impedi-la. E você vai me ajudar.

— Não vou não — protestei. — A Claire foi uma perfeita vaca comigo hoje cedo e... — Mas Brian já tinha passado pelo portão e descia a rua como um enlouquecido bonequinho do Comandos em Ação.

Virei-me para a porta e a empurrei de leve, depois com mais força, mas nada, ela não se mexeu. Filho da mãe! Olhei para o Brian. Tinha duas opções: ir atrás dele ou passar o resto da noite sentada no degrau esperando que meus companheiros voltassem.

Corri atrás do Brian, minhas coxas balançando a cada passo, e senti uma fisgada no lado do corpo. Morta e ainda molenga e fora de forma. Isso não era muito injusto?

— Brian — chamei, ofegante, ao nos aproximarmos do ponto de ônibus. — Você por acaso já esteve na força-reserva do exército britânico?

Ele fez que sim, passando a mão na testa seca.

— Estive sim. Como você... — Ele apontou para o fim da rua. — Ônibus!

De fato, um ônibus vermelho de dois andares estava virando a esquina e parou na nossa frente. Brian pagou e subiu para o andar de cima. Segui atrás, segurando o corrimão e me forçando a subir os degraus. Ele parou no topo da escada e olhou em volta, os olhos dardejando de um lado para o outro, como um juiz num campeonato de pingue-pongue.

— Estou procurando um banco onde ninguém possa escutar nossa conversa — sussurrou ele, como se estivéssemos numa espécie de missão militar secreta.

Passei por ele, desesperada para sentar, e me deixei cair num banco na parte da frente.

— Se sentarmos aqui — falei, puxando-o pelo pulso —, poderemos olhar pela janela e checar se nenhum submisso está nos seguindo.

— Acho que você quer dizer subversivo, Lucy — corrigiu Brian, sentando-se com cuidado na ponta do banco, de modo que nossos corpos não se tocassem.

Corei.

— Isso.

— Não estamos procurando por subversivos — disse ele, franzindo o cenho. — Estamos procurando pela Claire. Ela me disse que estava no pub Dublin Castle, em Camden.

Olhei para o Brian espantada, temporariamente sem reação diante do que ele acabara de insinuar. Não fazia diferença o fato de a Claire ser uma vaca ou de ele ser fedorento, porque podíamos no comunicar por telepatia. Legal, não?

— Pode ler minha mente também, Brian? — perguntei, esperançosa. — Pode dizer o que estou pensando agora?

— Claro que não. — Ele se afastou ainda mais, e me olhou como se eu fosse louca. — Falei com a Claire no telefone, Lucy. Tem um no armário do corredor, perto da cozinha.

— Ah.

Ficamos em silêncio e olhei pela janela, abrindo e fechando minha bolsa. Nas ruas abaixo de nós, o norte de Londres ainda fervilhava; motoristas zangados buzinavam, jovens recostados em balcões de lojas de kebab fumando cigarros olhavam para as garotas que passavam. Homens de ternos, desesperados para chegar em casa, tentavam atravessar multidões de adolescentes risonhos, e casais, de braços dados, paravam do lado de fora dos restaurantes para dar uma olhada nos cardápios.

— Brian — falei por fim —, como pode isso? Estou com duzentas libras na carteira, mas todos os meus cartões desapareceram.

Ele me lançou um olhar de desaprovação.

— Você ainda não leu o manual, leu?

— Não tive tempo — respondi, olhando para um casal que se beijava apaixonadamente ao lado da janela de um pub. — Fui procurar meu noivo.

— E?

— Foi horrível. — Meu lábio inferior tremeu e eu me esforcei para não chorar de novo. — Ele não me reconheceu, Brian.

— Ah, Lucy — ele suspirou. — Se tivesse lido o manual, saberia que isso ia acontecer.

— Mas ainda tenho a mesma aparência — falei, virando-me para ele. — Verifiquei no espelho.

— Sei que tem — replicou Brian, com um olhar tranquilo de solidariedade —, e eu vejo a mesma pessoa que você. A Claire também. Mas os outros, as pessoas vivas, elas nos veem um pouquinho diferente, Lucy. É o que chamam de distorção temporal da percepção.

— O que é isso? — perguntei. Soava assustador.

— Imagine que estou segurando um modelo de barro de um ser humano. — Brian abriu as mãos. — E então o aperto ligeiramente. — Ele juntou as mãos. — Ainda é um modelo de barro de um ser humano, mas com uma aparência ligeiramente diferente. É o que acontece com a gente.

— Mas o Dan me reconheceu — repliquei. — Por um segundo assim que me viu.

Brian fez que sim.

— A distorção temporal não acontece de imediato. Sempre ocorre um pequeno atraso.

— Ela também afeta nossa voz? — quis saber. — Foi por isso que ele também não conseguiu me escutar?

— Não. Isso é mutismo familiar — respondeu Brian. — Regra 512.6: se tentar se comunicar com qualquer pessoa que a conheceu em vida, suas tentativas serão frustradas. Falar faz com que você fique mudo, e escrever vira um monte de palavras sem sentido. Se tivesse lido o manual, você já saberia isso, Lucy.

— Manual. Eu sei, Brian, você falou.

Ainda estava tentando entender aquele negócio de distorção temporal quando o ônibus virou na Camden High Street e, em seguida, na Parkway. Pessoas saindo para comemorar a noite de sexta-feira amontoavam-se do lado de fora do metrô de Camden. A música vibrava nas boates, pubs e restaurantes, e os adolescentes góticos, roqueiros, punks, metaleiros e adeptos do hip-hop, aliados aos mendigos, espalhavam-se pelas calçadas. Estávamos cercados de vida e energia. Não era de admirar que a Claire não conseguisse ficar longe daquilo tudo.

— Vi minha mãe em Covent Garden uma vez — falei, engolindo em seco —, ou pelo menos achei ter visto. Cerca de um mês depois da morte dela. — Virei-me para Brian. — Você acha que isso significa que ela voltou à Terra para cumprir uma missão?

— É bem possível — respondeu ele.

— Mas ela nunca se mostrou para mim como fantasma. Será que não conseguiu cumpri-la?

Ele balançou a cabeça.

— Às vezes as pessoas conseguem cumprir, mas decidem não virar fantasmas.

— Por que não? Isso não faz sentido. Por que ter toda essa dor de cabeça e não se mostrar para a pessoa que am...

Brian ergueu a mão e se levantou.

— Chegamos.

O Dublin Castle estava lotado. Fui me guiando pela cabeça escura e despenteada do Brian, que seguia se espremendo entre a multidão de bebedores em direção à porta nos fundos do salão, onde havia uma placa preta e vermelha escrita LU$T BOYS com a fonte mais horrenda que eu já tinha visto. Ao nos aproximarmos, um sujeito magricela com uma camiseta preta apertada e jeans mais apertados ainda levantou a mão.

— Quantos? — perguntou ele, olhando-nos por debaixo da franja lisa que batia na ponta do nariz.

Brian abriu a carteira e tirou uma nota de 20 libras.

— Dois.

O Sujeito Magricela agarrou a nota e carimbou nossas mãos com um marcador preto.

— Podem entrar — falou.

A porta se fechou às nossas costas e meus ouvidos foram bombardeados por um barulho infernal e ensurdecedor de gritos e batidas de bateria. O ambiente era escuro, fedia a cerveja e suor e não havia lugar para ninguém respirar, muito menos se mover (conseguia ser pior do que o limbo). Brian se colocou nas pontas dos pés e olhou através da penumbra.

— Lucy — ele gritou no meu ouvido. — Achei a Claire, e tem sangue em volta.

— Sangue — repeti. — Merda!

Segui na direção para onde Brian apontara, espremendo-me em meio à multidão, ignorando os cotovelos e botas que me acertavam enquanto tentava abrir caminho. De repente, algo atingiu minhas costas. Senti um líquido morno empapar meu pulôver e escorrer pela espinha em direção ao "cofrinho".

Meu Deus, espero que seja cerveja, rezei, prosseguindo na direção do palco.

Não foi difícil localizar a banda. Um cantor baixo, de cabelos oxigenados, gritava num microfone enquanto um baterista gorducho brandia as baquetas como se estivesse tendo um surto psicótico. Apenas o baixista permanecia completamente imóvel, de olhos fechados, o dedilhar das cordas como o único sinal de que não estava dormindo em pé.

— Olha — falou Brian, agarrando meu ombro. — Lá está ela.

Claire estava estirada de costas no chão, as botas pretas balançando no ar, a saia enrolada na altura da cintura, deixando exposta a bunda coberta por uma meia arrastão. Uma das narinas estava coberta de sangue e vários dos seus dreadlocks haviam se desfeito. Uma loura com um sutiã vermelho estava montada sobre ela, batendo sua cabeça no chão. Claire revidava puxando-lhe as roupas e desferindo socos mal direcionados. Ambas estavam ofegantes e com os rostos vermelhos.

Era como assistir a duas beterrabas góticas participando de uma luta da World Wrestling Federation.

Brian parecia enraizado no lugar, a boca escancarada.

— Ei — falei, cutucando-lhe o braço. — Faça alguma coisa! Acabe com isso.

Ele deu um passo à frente, parou, e deu outro passo para trás.

— Não tenho certeza se o treinamento militar básico me preparou para isso, Lucy.

Revirei os olhos.

— Ah, pelo amor de Deus! Apenas separe as duas. Eu te ajudo.

A adrenalina, somada à estupidez, me fez abandonar a multidão e me enfiar no meio da luta.

— Agarre ela — mandei, apontando para a loura esquelética. — Eu pego a Claire.

Brian atacou e envolveu a loura com os braços, levantando-a no ar, enquanto eu agarrava uma das mãos da Claire para tentar erguê-la. Antes que tivesse tempo de reagir, sua mão livre girou no ar e me acertou direto no queixo. Cambaleei para trás, ligeiramente tonta, mas em seguida fui para cima dela de novo.

— Sai daqui — berrou Claire, os dreadlocks girando em torno da cabeça como se fossem as cobras da Medusa. — Posso cuidar de mim mesma.

— Pelo amor de Deus, Claire — gritei de volta, esfregando o queixo. — Estava tentando impedir que você fosse morta.

— Não posso morrer — rosnou ela. — Lembra?

— Isso — gritou um sujeito na multidão. — Vamos todos viver para sempre. Rock and roll!

Na pista de dança, a loura esquelética se contorcia nos braços do Brian, batendo-lhe no lado da cabeça com os punhos fechados. Ele estava com os dentes cerrados, mas deu para ver que estava com dor.

— Claire — gritei. — Quer que o Brian se machuque também?

Ela olhou para ele e sua expressão abrandou um pouco.

— Tudo bem — concordou Claire, levantando-se do chão. — Resolvo esse assunto com *ela* amanhã.

A multidão ainda nos vaiava quando atravessamos o pub e saímos pela porta da frente, a Claire rindo histericamente sem parar.

— Olha — falei, assim que nos vimos na rua. — Lá vem nosso ônibus.

— Foda-se — retrucou Claire. — Estou cheia de gás. Vou para casa correndo.

— Claire — gritei quando ela se mandou. — Para!

O ônibus passou por mim e eu fiquei apenas olhando.

Merda.

O próximo ônibus só dali a uma hora, se viesse. O que eu devia fazer? Observei Claire desaparecer ao longe e tomei uma decisão. Tinha de ir atrás dela. No fundo, ela era apenas uma criança. Segurei meus seios com um dos braços e comecei a trotar. Ótimo, pensei, lá vamos nós correr de novo.

— Me deixa em paz — Claire resmungou quando a alcancei.

— Não posso — respondi, ofegante, quando ela parou de correr e se pôs a caminhar. — Perdi o ônibus.

— Ótimo.

— Ótimo.

Prosseguimos em silêncio, as palavras ecoando em minha mente. Não sou boa com longos períodos de silêncio, eles me deixam desconfortável. Quanto mais longo, maior o risco de dizer o que estou pensando numa explosão ao estilo síndrome de Tourette. Olhei para Claire. Vaca-Vagabunda-Gorda-Egoísta-Filha-da-mãe-Gótica-Vulgar.

— Pois então — falei, forçando um sorriso —, vai me dizer o que aconteceu hoje à noite?

— Por que eu deveria? — perguntou Claire, apressando o passo novamente.

Fui trotando ao lado dela, determinada a não desistir.

— Porque tentei ajudá-la e você me deu um soco, por isso.

— Intrometida, isso sim — retrucou ela, erguendo uma sobrancelha. — Já que quer saber, a vaca loura dormiu com o

Keith. Não pude dizer nada por causa daquele negócio de mutismo, então, em vez disso, bati nela.

— Quem é Keith?

— Jesus, Garota-Lençol! — Claire olhou para mim. — Além de chata é retardada? Keith Krank é o cantor dos Lu$t Boys. Ele estava no palco esta noite, sua idiota.

— E por que você se importa que ela tenha dormido com ele? — perguntei, deixando passar o comentário de idiota.

— Porque ela dormiu com ele meia hora depois de mim.

— Hoje?

— Não, três horas antes de eu morrer.

— Mas você...

— Me suicidei. É.

Que resposta eu podia dar? Nunca havia conversado antes com alguém que tivesse cometido suicídio. Na verdade, nem com qualquer pessoa que tivesse morrido.

— Keith era seu namorado? — arrisquei.

Claire deu de ombros.

— Não sei. Transar com alguém cinco vezes conta?

— Não tenho certeza.

— Keith é um poeta, você sabe — continuou ela, olhando-me com desconfiança. — Ele é muito doce e sensível, e trabalha num abrigo de cães quando não está tocando com a banda.

— Abrigo de cães — repeti. — Certo. E como o conheceu? Você é uma tiete?

— Não! — Ela me olhou como se eu a tivesse acusado de ser fã do Westlife. — Fiz um teste para entrar na banda. Não fique tão surpresa, Lucy. Sou um verdadeiro ás com a guitarra.

— E por que eles não te aceitaram?

— Quantas gordas você vê em bandas? — retrucou ela, virando do a esquina.

Pensei um pouco. Precisava dizer algo que a fizesse se sentir melhor. Tinha de citar alguém que pudesse ser um modelo de inspiração.

— Que tal a Mama Cass do *The Mamas and The Papas*? — sugeri. — Ela era gorda e talentosa, mas não se matou. Morreu comendo um sanduí...

— Vai se foder, Lucy — rosnou Claire. — Você é uma babaca.

Ela não falou mais comigo até chegarmos em casa.

# Capítulo Oito

*Segunda-feira, 29 de abril*
*Terceiro dia*

"Bom-dia, Lucy", dizia o bilhete pregado na geladeira. "Fomos até a lanchonete da esquina tomar o café da manhã. Venha se encontrar com a gente. Brian. PS: Hoje é <u>Segunda.</u>"

Esfreguei os olhos e li o bilhete de novo.

O quê?! Segunda-feira. Como isso era possível?

Desmaiei na cama no sábado à noite depois de voltar para a Casa dos Aspirantes a Fantasmas com a Claire, e ela havia subido para o quarto e tocado LU$T BOYS a todo volume. Eu não podia ter dormido o domingo inteiro. Podia?

Liguei a chaleira e peguei uma jarra de cerâmica engordurada no parapeito da janela. Café. O café me ajudaria a entender o que estava acontecendo.

Abri a tampa e olhei. Vazia. Maldição. Se quisesse alguma cafeína, teria de me juntar a Brian e Claire na lanchonete. Ótimo, teria de aturá-la um pouco mais, tudo o que eu precisava numa segunda de manhã. Ainda assim, pensei enquanto agarrava o envelope com a missão e saía, pelo menos o bilhete provava que Brian tinha chegado em casa vivo (bom, tecnicamente morto, mas vocês sabem o que eu quero dizer).

Como acabei constatando, Claire ficou surpreendentemente quieta durante o café. Ela levantou os olhos quando entrei na bem iluminada, porém um pouco detonada, lanchonete, e os abaixou de novo quando me aproximei da mesa, os finos dreadlocks caindo sobre o rosto ao morder uma salsicha.

— Olá, Lucy — Brian me cumprimentou com um sorriso enquanto eu puxava uma cadeira e me sentava.

Ele estava com uma aparência horrível. O olho esquerdo roxo e inchado como um ovo, e a bochecha toda arranhada.

— Meu Deus — comentei. — Você está horrível.

Claire sequer teve a decência de corar ou parecer um pouquinho culpada — apenas continuou ali, tomando o café da manhã.

Brian deu de ombros.

— Parece pior do que é.

Pedi um prato completo de legumes e o engoli. Trinta e seis horas de sono tinham me deixado com um apetite enorme. Entre uma bocada e outra, perguntei ao Brian o que havia acontecido quando saímos da boate. Ele foi irritantemente vago, mas pelo visto a loura não tinha gostado muito do tratamento e afogara a frustração no rosto dele antes de eles serem postos para fora sem a menor cerimônia pelos leões de chácara.

— Depois voltei para casa — concluiu Brian. — E fui direto para a cama.

Tomei um gole do café, apreciando o sabor do líquido morno e amargo.

— Por que dormi tanto? Nunca dormi tanto assim antes.

— Uau, vamos ligar para o *Guinness* — murmurou Claire.

Olhei para ela.

— Como?

— Sai fora, Lucy.

Abri a boca para responder, mas Brian levantou a mão.

— Acho que seu longo sono foi resultado da transição do limbo para a Terra. Dormi quase o dobro disso quando cheguei aqui. Você diria que os santos deveriam levar isso em conta e nos dar um tempo um pouco maior do que os 21 dias.

— É mesmo — concordei. — Estou um pouco preocupada com essa questão do tempo. Hoje já é o terceiro dia e ainda não fiz nada para encontrar o Archie sejaláqualforoseunome.

— Não seja tão exigente consigo mesma — disse Brian, passando uma grossa camada de manteiga na torrada. — Você teve um primeiro dia difícil, e uma noite pior ainda.

— É mesmo, a noite passada foi bem louca.

De repente, Claire soltou a faca e o garfo no prato e empurrou a cadeira para trás tão abruptamente que ela guinchou sobre o piso.

— É melhor eu ir embora, e deixar vocês dois sozinhos para falarem mal de mim pelas minhas costas. Isso te faria feliz? Faria, Lucy?

— Eu... — comecei, mas ela já estava na metade do salão.

— Pelo visto, vou ter de pagar pelo café dela de novo — disse Brian quando a porta da lanchonete se fechou com um estrondo.

Olhei para ele.

— Qual o problema dela comigo?

Ele passou o dedo pelo lábio superior, tirando um pedaço de ovo que ficara agarrado ao bigode. O ovo deu um giro no ar e caiu num bule de chá na mesa ao lado. A velha que o estava segurando gritou e o deixou cair.

— Ela tem problemas com todo mundo — respondeu Brian, ignorando completamente o fato de que agora duas aposentadas tentavam resgatar seus biscoitinhos de um rio de chá quente. — Não é só com você.

Limpei a boca com o guardanapo e peguei o envelope.

— Preciso ler o manual, e ver se tem algum jeito de fazer o Dan me reconhecer...

— Não tem. — Brian me interrompeu.

— Depois — continuei, ignorando o senhor Sabe-Tudo-Bigode-de-Ovo. — Preciso descobrir mais a respeito desse Archie. Tem algum computador em casa com acesso à Internet?

Brian fez que não.

— Não, não que eu saberia como usá-lo se tivesse. Sou mais um cara de caneta e papel. Por que não tenta na biblioteca?

— Na biblioteca? Certo.

— Vou deixá-la com seus afazeres, Lucy — disse ele, levantando-se. — É melhor eu ir cuidar da minha própria missão.

— Ótimo. — Sorri, abrindo o manual. — Divirta-se.


O manual tinha sete seções diferentes:

1) O que você pode fazer
2) O que você não pode fazer
3) A chegada: um guia de orientação
4) Regras de manutenção da Casa dos Aspirantes a Fantasmas
5) O que fazer se você completar sua missão
6) O que fazer se você não completar sua missão

7) O que fazer se você mudar de ideia quanto a completar a missão

A segunda seção — "O que você não pode fazer" — era a mais grossa e meus olhos imediatamente caíram sobre a parte que dizia que você não pode contatar pessoas que o conheceram quando estava vivo. Ela dizia: "É proibido tentar entrar em contato com qualquer um que tenha conhecido em vida. Isso inclui, mas não se restringe a: pais, irmãos, companheiros, amantes, primos, tias, tios, chefes, empregados, amigos, conhecidos, sócios, colegas do clube, da academia e de passatempos, jornaleiros, donos de lojas, funcionários dos correios, médicos, policiais...".

A lista era gigantesca, assim sendo, pulei uma parte.

"Se tentar entrar em contato com qualquer um que o conheceu:

1) Eles não vão te reconhecer

2) Eles não vão te entender (veja mutismo na página 566)

3) Qualquer sinal ou contato que tentar iniciar será mal interpretado ou mal compreendido

4) Qualquer tentativa de se comunicar através da escrita, símbolos, letras ou tecnologia se tornará ilegível e não será compreendida

5) Qualquer tentativa de passar uma mensagem por meio de uma terceira pessoa será incompreensível (veja também médiuns na página 673)

Então esse era o motivo do Dan ter sido tão estranho comigo. Ele não estava sendo cruel nem tinha sofrido lavagem cerebral; apenas não fazia ideia de quem eu era.

Brian estava certo.

Não havia jeito de fazer o Dan me reconhecer — ou entender uma palavra sequer do que eu dissesse. Droga. Se a única maneira de ficar com ele era virando um fantasma, eu precisaria completar a missão. Não havia como fugir disso.

Folheei o manual e suspirei. Seria impossível ler aquilo tudo, a menos que passasse os próximos 18 dias lendo. Eu teria de improvisar e ver o que aconteceria. Mas primeiro: Descobrir Mais Sobre Archibald Humphreys-Smythe.

Quem sabia que as bibliotecas disponibilizam acesso à Internet? E homens gentis com gravatas dos Simpsons que o conduzem até um computador e mostram como fazer o login? Eu não, mas até então parecia bem fácil. Agora tudo o que tinha a fazer era digitar o nome inteiro do Archibald no Google e pressionar enter, e conseguir um endereço de e-mail ou, se tivesse bastante sorte, um número de telefone, e então era só...

**Sua pesquisa — Archibald Humphreys-Smythe — não encontrou nenhum documento correspondente.**

O quê? Nada? Como assim, nada? O Google podia encontrar até Osama bin Laden se você procurasse bem.

Tentei de novo, dessa vez digitando "Computer Bitz" na área de busca. Por favor, supliquei em silêncio ao apertar o enter, é onde ele trabalha. Tem de ter alguma...

**Computer Bitz (Londres) — Especialistas em Projeto e Desenvolvimento de Software**

Isso!

Ah, ótimo, um link "Sobre a empresa" que podia me dizer quem trabalhava...

Não. Nada a respeito do Archie, nenhuma menção a empregado algum; apenas várias baboseiras sobre software que passaram direto pela minha cabeça. Cliquei freneticamente em todos os outros links.

Nada. Nada. Nada.

Como diabos eu ia encontrar o Archie se:

a) Não sabia como ele era

b) Não tinha o telefone dele

c) Não tinha o e-mail dele?

Minha única opção era ligar para a Computer Bitz e pedir para falar com ele, mas o que eu ia dizer: "Oi, quer conhecer garotas e encontrar um amor?" Ele pensaria que eu era um anúncio brega de televisão da madrugada.

Ah, espera aí, eu tinha deixado passar um link. Estava escrito numa fonte bem pequena, semiescondido no canto inferior direito da página.

**Carreiras**

Por favor, estejam precisando de um designer gráfico, por favor... ah...

**Precisamos de web designer. Deve ser perito em Photoshop, HTML, Javascript e CSS. Bom olho para detalhes essencial. Experiência prévia essencial.**

**Para mais detalhes entrar em contato com Graham Wellington no telefone 0207 437 9854.**

A única experiência com Internet que eu tinha era comprar designers descartados no eBay, mas meu passado como designer gráfica significava que eu tinha um amplo conhecimento de Photoshop e olho bom para detalhes. Podia arrumar alguns livros sobre web design e contornar as outras três exigências. Afinal de contas, eu aprendia rápido. Não podia ser tão difícil, podia?

Peguei uma caneta emprestada com o Homem-Gravata-dos-Simpsons e anotei o telefone nas costas do manual. Tudo o que tinha de fazer agora era falsificar e imprimir um currículo, comprar uns dois CDs e encontrar alguns sites que pudesse apresentar como trabalho meu. Depois era só voltar para casa e ligar para o tal Graham Wellington, quem quer que fosse ele.

Senti meu estômago revirar. Era só um telefonema. Fácil, fácil. Certo?

# Capítulo Nove

 — Brian? — gritei ao voltar para a Casa dos Aspirantes a Fantasmas. Em seguida, mais hesitante: — Claire?

Nenhuma resposta.

— Brian? Claire?

Não havia ninguém em casa. Graças a Deus! Não queria dar um telefonema tão importante com a Claire murmurando comentários maldosos ao fundo, e tinha a nítida impressão de que o Brian não aprovaria as mentiras deslavadas que eu pretendia contar. Não precisava de público, só tinha de me apressar e ligar logo antes de perder a coragem.

O telefone ficava no armário sob a escada, exatamente onde Brian dissera. O fio era curto demais para puxá-lo até o corredor, portanto tive de me espremer e entrar. O armário fedia a naftalina e meias, e minhas costas doeram ao me curvar sobre o telefone, mas consegui linha. Bom começo.

— Alô — uma voz respondeu do outro lado da linha. — Computer Bitz. Graham Weelington às suas ordens.

Às minhas ordens? O que ele era — um mordomo?

— Olá, sr. Wellington. Meu nome é Lucy Brown. Estou ligando por causa do trabalho como web designer.

Houve uma pausa. Uma pausa longa. Pude escutar a respiração dele através do bocal.

— Pois então — continuei, gaguejando. — Tenho muita experiência e obviamente possuo todos os conhecimentos que o senhor listou no site. Estava imaginando se preciso mandar meu currículo ou se...

— Você é uma garota boazinha, Lucy Brown?

Ergui as sobrancelhas, ainda dentro do armário.

— Como?

— Você é uma garota boazinha ou malvada? Na Computer Bitz só empregamos pessoas boazinhas.

Ai, meu Deus. Que sujeito era esse?

— Sou uma... — Ó Pai, eu ia ter de dizer, não ia? — ... sou uma garota muito boazinha.

— Ótimo, ótimo. — O sr. Wellington ronronou. — Pode vir aqui hoje à tarde, às três? Podemos ter um pequeno tête-à-tête, uma conversinha, para nos conhecermos melhor.

— Certo, uma conversinha — repeti, checando o número que eu tinha discado. Não, definitivamente não começava com 0898. Não tinha ligado acidentalmente para um telessexo. — Então o senhor gostaria de me entrevistar hoje à tarde para o trabalho de web designer?

Graham suspirou.

— Ah, Lucy, Lucy, Lucy, entrevista é uma palavra tão formal. Quer que eu te explique como chegar aqui?

— Não, não precisa, obrigada. Já imprimi um mapa, só para me precaver.

Ele emitiu um som semelhante ao de uma locomotiva a vapor.

— Organizada, também. Muito bom.

Não soube o que responder. Por sorte, Graham não pareceu se importar.

— Vejo você às três, senhorita Brown. Estou ansioso para conhecê-la.

— Certo, hum, eu também.

A linha ficou muda e eu permaneci ali, olhando para o telefone. Que diabos tinha acontecido? Pelo menos eu dera o primeiro passo a fim de conhecer Archibald Humphreys-Smythe, portanto, isso devia ser uma boa coisa.

Passei a maior parte da tarde tentando decidir o que vestir. É fácil quando se trata de uma entrevista normal: um terninho, saltos altos e cabelos presos. Mas o que usar para uma "conversinha"?

Será que jeans seria informal o suficiente ou muito desleixado? Que tal jeans e uma jaqueta? Ou uma saia e um pulôver? Um biquíni e uma canga?

Esvaziei o armário e a maioria das gavetas sobre a cama e experimentei dúzias de combinações antes de finalmente escolher uma roupa; suéter preto de gola rulê, saia vermelha na altura dos joelhos e meias pretas opacas com botas pretas. Casual sem ser desleixado. Franzi o nariz ao me olhar no espelho. Teria de servir.

E quanto a joias? Devia usar meu anel de noivado ou não? Apertei-o de encontro aos lábios e pensei. Por um lado, ele me fazia sentir mais próxima do Dan, mas, por outro, não queria correr o risco do Graham me fazer perguntas esquisitas, como: "Pois então, senhorita Brown, vai usar uma bela lingerie de renda na sua noite de núpcias ou uma provocante calcinha de nylon? Aqui na Computer Bitz só gostamos de belas calcinhas." Precisava que a entrevista fosse o mais objetiva possível. Principalmente porque estava prestes a soltar as maiores mentiras sobre minha experiência e qualificações.

Tirei o anel do dedo e o coloquei com cuidado sobre a mesinha de cabeceira.

— Desculpe, Dan — sussurrei. — Boto de volta quando terminar a missão, prometo.

Certo, está na hora de ir, antes que eu mude de ideia. Agarrei o casaco, desci correndo a escada e saí pela porta da frente.

E dei um encontrão no Brian.

— Ai, meu Deus, desculpe — disse, dando-lhe um tapinha no braço. — Você está bem?

Ele resmungou e passou direto por mim.

— Brian? — chamei, um pouco mais alto. — Está tudo bem?

— Ahn? — Ele se virou de volta para mim. — Você disse alguma coisa, Lucy?

— Você está bem?

— Estou.

Não parecia. Até mesmo o bigode estava com um aspecto murcho. Olhei para o relógio. Só me restavam vinte minutos.

— Tenho uma entrevista de emprego, mas volto logo. Então podemos conversar.

— Se você quiser...


O suor escorria pelas minhas costas ao percorrer a Tottenham Court Road, lendo em voz baixa os números dos prédios. 59... 61... 67... 91...

Era um choque, juro. Morava em Londres havia seis anos e ainda não conseguia ler um maldito mapa. Quantas vezes já me perdera a caminho da Computer Bitz? Muitas, para falar a verdade, e tinha quase certeza de que ainda estava perdida... Ah... 113. Até que enfim!

Abri a porta e meu sorriso de júbilo desapareceu de imediato. Na minha frente estava a escada mais íngreme que eu já tinha visto. Sequei a testa com a manga do suéter e gemi. Mais quente um pouco e eu acabaria me afogando no meu próprio suor. Olhei de novo para a escada. Não, tudo bem, eu podia conseguir.

Fui subindo, degrau após degrau, até finalmente deparar com a porta da Computer Bitz. Olhei para o relógio: 14h59. Bem na hora. Com um pouco de sorte, a recepcionista ficaria com pena de mim, me deixaria sentar e me ofereceria um copo d'água antes da entrevista. Talvez até tivesse tempo de escovar o cabelo e deixar de parecer uma desmazelada fedorenta para virar uma eficiente web designer.

Respirei fundo, abri a porta e preparei o "melhor" sorriso que consegui.

— Olá — cumprimentei. — Sou Lucy Brown.

Uma sala cheia de homens virou-se para mim. Nunca tinha visto tantos sujeitos de cabelos compridos, barba, óculos ou uma combinação dos três. E todos me olhavam de boca aberta, como se eu tivesse acabado de me materializar, vinda do Planeta Mulher. O único cara barbeado, com cabelo curto e sem óculos usava uma camiseta da *Red Dwarf — A nave vermelha*.

Ponte que partiu mesmo.

— Com licença — falei para o sujeito barbudo mais próximo. — Sou Lucy Brown. Tenho uma entrevista marcada com Graham Wellington para as três horas.

Barbudo me olhou através da cortina de cabelos grossos.

— Logo ali no canto. — Ele apontou com a cabeça. — Acho que ele está no telefone.

Andei na direção apontada, terrivelmente consciente de estar sendo observada por uma dúzia de pares de olhos. Ai, meu Deus! Archie estava em algum lugar da sala. Se eu gritasse o nome dele, ele reagiria e eu saberia quem era.

Mas não podia fazer isso. Era uma ideia estúpida.

Se começasse a gritar "Archie, Archie" a todo volume, ele provavelmente fugiria correndo pela saída mais próxima e eu nunca conseguiria brincar de Cupido. Tinha que ficar fria.

— Não — berrou uma voz possante, típica do norte, o que me fez dar um pulo —, você está errado. Eu sou o especialista em software de ativação de voz, e não você.

Na minha frente, debruçado como quem não quer nada sobre uma mesa grande, estava um homem ruivo, de meia-idade, com uma generosa pança que caía por cima de calças pretas apertadas demais. Seu rosto estava tão vermelho que ele parecia a ponto de explodir alguma coisa, e não apenas as calças.

Limpei a garganta, educadamente.

O Homem-Pança me olhou de cima a baixo.

— Isso — falou para o telefone —, isso é aceitável. Agora, se você tivesse sugerido desde o começo da conversa que eu devia ficar responsável pelo marketing, teríamos nos poupado um tempo valioso.

— Lucy Brown. Estou aqui por causa da...

— Sente-se. — O Homem-Pança apontou para uma das cadeiras enfileiradas perto da parede, na frente da mesa dele.

Sentei, sentindo como se estivesse prestes a ser repreendida pelo diretor da escola. O Homem-Pança fechou o celular num gesto brusco e afundou na cadeira.

— Graham Wellington — disse, sorrindo para mim. Ele tinha os dentes mais brancos que eu já vira.

Ajeitei-me na cadeira, tentando não demonstrar inquietação.

— Sou Lucy. Falei com o senhor mais cedo.

Graham recostou-se e cruzou as mãos atrás da cabeça. Quase esperei que ele pusesse os pés em cima da mesa e soltasse um sonoro bocejo. Não aconteceu. Em vez disso, disse:

— Ah, sim, a boazinha senhorita Brown.

— Sou eu.

— Entããããão, Lucy...

Ia começar — a primeira pergunta da entrevista e provavelmente uma que eu não saberia responder. Relaxe, Lucy, pensei. Obrigue-se a relaxar.

— Gosta de vinho, Lucy, ou prefere cerveja?

— Vinho — respondi sem hesitar. Uma pergunta estranha, admito, mas pelo menos eu sabia a resposta.

Graham sacudiu a cabeça.

— Errado! Aqui na Computer Bitz gostamos de um belo copo de cerveja depois do trabalho. Mas a questão é: devemos abrir uma exceção para você, boazinha Lucy Brown?

Hum. Sem dúvida uma pergunta capciosa, mas qual seria a resposta certa? Teria de arriscar.

— Acho que devem, sim. Igualdade de oportunidades e coisa e tal.

Graham riu.

— Aaaaah. Igualdade de oportunidades. Muito feminista. Você é lésbica, Lucy Brown?

Se eu fosse um personagem de desenho animado, minhas sobrancelhas teriam se desprendido do rosto e dançado acima da minha cabeça. Em algum lugar do escritório, alguém caiu na gargalhada.

— Estou brincando, senhorita Brown. — Graham inclinou-se para a frente e me olhou fixamente. — Senso de humor é importante nesse trabalho. A senhorita tem senso de humor, não tem?

— Tenho — respondi. — É claro. Hahaha.

Continuei a rir, sem saber ao certo quando parar, até que Graham me interrompeu.

— Temos mais um membro na equipe do gênero feminino, mas ela trabalha em casa. Contadores, ahn? Devoradores de números, é o que eles são.

— Devoradores de números. — Ri. — Ah, sim, muito engraçado. Boa piada.

Graham anuiu e pareceu satisfeito. Graças a Deus!

— Pois então — continuou —, me fale um pouco de você, Lucy.

Finalmente, uma pergunta pertinente. Eu tinha até ensaiado essa no metrô, as mentiras e tudo o mais. Estiquei o braço e entreguei a Graham uma pasta de plástico com meu currículo, um CD e exemplos impressos de vários sites que encontrara na Internet. Nenhum deles tinha marca de copyright, portanto estava quase certa de que podia me arriscar a dizer que eram meus. Achado não é roubado, e coisa e tal.

— Bom — comecei, enquanto Graham os folheava. — Projetei websites para um monte de gente, desde bandas a corretores imobiliários, fotógrafos, lojas de construção, atores...

Graham ergueu a mão.

— Esse negócio chato não, Lucy. Já sabemos que você entende do riscado.

Sabemos?, pensei. Eu não.

— Me fale de você — continuou Graham. — Me conte coisas interessantes.

— Eu... — O que diabos eu ia dizer? Não podia contar que era uma quase-noiva morta, que meu noivo achava que eu era muda e que vivia com um aficionado por trens e uma gótica e... — Sou solteira — menti.

Graham balançou a cabeça de modo encorajador.

— Continue.

— Gosto de ler, dançar e cantar em karaokê, embora não seja uma grande cantora, e gosto de ir ao cinema e ao pub. Adoro viajar nas férias, em particular para lugares de praia.

Olhei para Graham. Estava dizendo a coisa certa? Ele estalou os dedos, levantou e deu a volta na mesa. Estava, percebi com um súbito arrepio de terror, se dirigindo para uma das cadeiras a meu lado.

— Pois então — disse, sentando e pressionando a coxa generosa contra a minha —, me fale dessas férias na praia.

A loção de barba dele era sufocante. Um misto de musk, pimenta e laranja. Pigarreei.

— O que gostaria de saber?

Graham coçou a cabeça, deixando entrever as abotoaduras da camisa. Algemas de prata. Uau. Baixei os olhos para o carpete e tentei não parecer assustada demais.

— O que gosta de fazer durante as férias na praia? — perguntou ele.

Ó céus! Se fosse qualquer outra entrevista, teria dado uma desculpa e ido embora. Na verdade, teria saído no minuto em que o Graham perguntou se eu era lésbica, mas precisava desesperadamente daquele emprego. Precisava dele para poder conhecer o Archie. Era a única pista que eu tinha.

— Gosto de praias — falei. — Gosto de nadar e tomar banho de sol.

Graham aproximou-se ainda mais. Estava tão perto que eu podia contar os poros em seu nariz.

— Gosta de nadar pelada, Lucy? — indagou ele, quase me cegando com seus dentes "fosforescentes".

Certo, estava na hora de mandá-lo se catar e fugir. Rápido. Em vez disso, respondi:

— Não, não gosto.

— Que pena — disse ele, olhando para meus peitos. — Você tem um belo par.

Slept!

Minha palma aberta acertou a bochecha dele antes que eu soubesse o que estava fazendo. Graham deu um pulo para trás, levou a mão ao maxilar e me encarou, os olhos arregalados.

— Hum — falei, levantando. — Hum.

Em seguida, eu me virei e saí correndo do escritório e escada abaixo. Só parei de correr quando já estava no meio da rua.

Então gritei:

— Meeeeeeeeeeeeerda! — A plenos pulmões.

# Capítulo Dez

Beber, pensei ao abrir a porta do White Horse, meu pub favorito em West Hampstead, bem perto da minha antiga casa... e da nova. Beber muito. O mais rápido possível.

— Uma taça de vinho branco seco, por favor — pedi ao primeiro barman que olhou para mim. — Bem grande.

Ele ergueu as sobrancelhas.

— Dia difícil?

— Pode-se dizer que sim. — Suspirei.

Levei meu drinque para o canto mais escuro do pub e me joguei numa cadeira. O que eu ia fazer? Quem dá um tapa no chefe em potencial durante a entrevista mais importante de sua vida? Só eu mesmo. Tinha destruído minhas chances de completar a missão e só estava no terceiro dia.

Podia ligar e pedir desculpas, mas um humilhado "sinto muito!" não mudaria coisa alguma. As chances do Graham responder: "Ah, que gracinha, uma desculpa. Não acho mais que você seja uma vaca psicótica dos infernos. Quer o emprego?", eram menores que zero.

Merda, merda, merda, merda. O que foi que eu fiz? Como diabos vou conhecer o Archie agora? Não sei nada a respeito dele a não ser o lugar onde trabalha.

Apoiei a cabeça entre as mãos e olhei em torno do pub. Ele não havia mudado nada desde a última vez que eu estivera lá com o Dan. Ainda tinha paredes revestidas de madeira escura, um piso de carvalho grudento devido à cerveja derramada e vigas tão baixas que o Dan precisava se curvar ao entrar. Ao contrário da luz clara e dura das adegas, o White Horse era tenuemente iluminado por luminárias de parede com cúpulas vermelhas empoeiradas e garrafas de vinho decoradas com velas sobre as mesas e os parapeitos das janelas. Havia algo de relaxante e aconchegante com relação aos cantos escuros do pub, um lugar onde você podia beber seu drinque sem ser perturbado por horas a fio. Talvez esse fosse exatamente o motivo para eu e Dan termos visto tanta gente famosa naquele lugar. Era um lugar para se esconder. Não que Peter Doherty ou Sadie Frost estivessem ali no momento, apenas o pessoal de sempre. O Dorminhoco estava em seu cantinho favorito, de boca aberta e com meio copo de cerveja escura na frente. A Consumidora estava sentada a uma das mesas redondas no meio do salão, com duas sacolas de comida ao lado dos pés. E Bob, o Falante, como sempre sentado ao balcão, sendo ignorado pelos atendentes. Apesar de minha terrível situação, era bom estar de volta a um local conhecido. Fazia com que me sentisse segura. Eu ia só beber e observar as pessoas, decidi ao tomar outro gole do vinho, até ficar bêbada. Não havia nada que eu pudesse fazer em relação ao Archie. Teria de esperar até o quarto dia.

O sino acima da porta soou com força e eu levantei os olhos. O vinho balançou no copo e quase o derramei. Anna e Jess tinham acabado de entrar.

*Minhas* Anna e Jess. Minhas melhores amigas em todo o mundo.

Observei de boca aberta elas se aproximarem do balcão. Estavam com uma ótima aparência. Jess, minha melhor amiga na universidade, trabalhava como maquiadora no teatro. Continuava exatamente como me lembrava — pequena, bonita e desleixada —, usava os cabelos negros num rabo de cavalo malfeito, preso com uma fivela de prata, uma jardineira preta sobre uma camiseta branca e um par de botas ridiculamente pesadas. E parecia feliz. As coisas deviam estar indo bem com Stuart, pensei. Ótimo!

Jess estava com uma ótima aparência, mas foi Anna quem realmente me deixou de queixo caído. O cabelo estava mais curto e mais liso do que o normal. Os cachos louros tinham sido substituídos por um corte chanel na altura do queixo. Ela também trocara as saias rodadas e vaporosas com blusas largas e sem ombro por jeans, saltos altos e uma blusa justa azul com um decote cavado que deixava à mostra a junção dos seios fartos. Estava magnífica, não havia outra palavra para descrevê-la. Todos os homens babaram em suas cervejas quando ela passou no meio deles e encostou a bunda no balcão. Uau, pensei, será que ela arrumou um novo namorado?

Eu conhecera Anna na festa de um amigo do Dan três anos antes, e nos demos bem de cara. Ela havia me feito rir sem parar e era simplesmente a pessoa mais fascinante que eu já encontrara. Tinha trabalhado como dançarina erótica por um ano ao sair da universidade, a fim de juntar dinheiro para uma viagem ao redor do mundo, onde nadara com golfinhos, vivera com uma família nepalesa, trabalhara num orfanato romeno, percorrera o Caminho Inca e aprendera quatro idiomas. Depois voltara a Londres e conseguira um emprego fantástico na cidade, e com um salário alto.

Pouco antes de eu morrer, ela estava procurando um doador de esperma. Estava obcecada em engravidar antes que completasse 35 anos e o velho relógio biológico começasse a tiquetaquear mais rápido. Só que Anna não estava procurando um marido. Na verdade, nem um namorado.

— Estou farta dos homens — dissera ela quando a relação de um ano e meio com Julian terminou porque ele a traía. — Eles não valem os problemas que causam. Não preciso de um para ter um bebê. Só preciso do esperma.

Ela, então, formulara uma lista com os "requisitos básicos" que seu doador de esperma em potencial precisava ter, a qual incluía:

1) Um belo rosto

2) Altura (não menos do que 1,82m e não mais do que 1,98m)

3) Inteligência (diploma imprescindível, de preferência com um QI acima de 135)

4) Senso de humor

5) Uma personalidade gentil e arrebatadora

6) Um seleto grupo de amigos

7) Boa saúde (muito, muito importante)

8) Nenhuma doença sexualmente transmissível (óbvio)

O plano da Anna consistia em encontrar o homem certo, sair com ele por tempo suficiente para saber se ele se enquadrava nesses critérios, convencê-lo a ir até uma clínica fazer o exame para checar se tinha alguma DST antes de transarem pela primeira vez, e depois alegar que estava tomando pílula. Em seguida, transaria com ele até engravidar e terminaria o relacionamento (sem contar sobre a gravidez). Simplesmente deixaria de atender os telefonemas, "desapareceria" da vida dele e seguiria com a gravidez sozinha.

Jess e eu tínhamos tentado demovê-la dessa ideia, mas quando Anna decidia alguma coisa, pronto — não havia como dissuadi-la. Ia conseguir — custasse o que custasse. Já havia tentado de tudo em sua busca pelo homem perfeito. Já tentara *speed dating*, encontros via Internet, jantares às cegas ("assustador demais"), encontros para solteiros em zoológicos, festas para solteiros ("muitos idiotas de classe alta, carecas e gargantas") e encontros arriscados ("a montanha-russa deixa você toda desgrenhada"), mas nenhum reunia as características desejadas.

Fiquei olhando enquanto as duas atravessavam o salão, cada uma com seu drinque. Será que ela havia encontrado alguém desde a minha morte? Seria esse o motivo da transformação?

Ai, meu Deus! Elas estavam vindo na minha direção. Talvez me reconhecessem...

Não. Os dois homens na mesa mais próxima estavam acabando de esvaziar seus copos e Anna e Jess ficaram ali esperando. Um deles flertou com a Anna ao se levantar.

— Olá, sexy — disse ele, ajeitando a gravata.

Anna lançou-lhe um olhar de desprezo.

— Pode ir sonhando, idiota.

— Quem perde é você! — O homem deu de ombros.

— Só se eu estivesse cega — devolveu Anna. — Já se olhou no espelho recentemente?

Jess riu enquanto os homens se afastavam. Ela se sentou de costas para mim, mas estava tão perto que pude sentir seu perfume. Usava o mesmo aroma doce e floral havia anos, a ponto de eu associá-lo a ela.

Tremi. Estava sentada *pertinho* das minhas melhores amigas e não podia dizer nada. A maldita mudez significava que eu não podia nem dizer o quanto sentia a falta delas.

— Então — falou Anna, inclinando-se na direção da Jess. — Como você está?

Jess brincou com a fivela do cabelo.

— Mais ou menos. Estou trabalhando na nova produção do *As You Like It*. Tem sido uma loucura e algumas atrizes têm me enchido bastante a paciência, mas há coisas mais importantes na vida do que trabalho. Tenho pensado muito nisso desde que...

Ela olhou para Anna, que completou a frase:

— Lucy morreu.

— É. As coisas mudaram desde que ela morreu. Eu mudei. Eu e Stuart. Estamos muito mais próximos agora.

A expressão da Anna se abrandou.

— Entendo o que quer dizer com mudar. — Ela tocou no cabelo. — Quando meu cabeleireiro perguntou se eu queria experimentar algo diferente, falei que sim. Senti que mudei depois que a Lucy morreu, e meu estilo não combinava mais comigo. Acha isso estranho?

— Sim e não — respondeu Jess. — Não estava falando de uma mudança superficial, Anna, eu...

Anna riu.

— Está me chamando de superficial?

— De jeito nenhum. — Jess apressou-se em dizer.

— Sinto falta dela — disse Anna, correndo o dedo pela borda da taça de vinho. — Você sabe que ela me ligava todo domingo às dez da manhã? Disse a ela para só me ligar de tarde, porque gosto de dormir um pouco mais aos domingos, mas ela continuou. Isso costumava me deixar muito irritada, e agora sinto falta disso. Acordo às dez todo domingo, só que o telefone não toca.

Ah. Ah, Anna. Meu vinho travou na garganta e o engoli rápido, antes que engasgasse e chamasse a atenção para mim.

— Tem visto o Dan? — perguntou Jess. — Tenho vontade de ligar para ele, mas não sei se devo.

— Na verdade, liguei uns dois dias atrás — falou Anna, colocando a taça de volta na mesa. — Ele disse que tinha acontecido algo bastante assustador e que precisava conversar comigo a respeito. Combinamos de tomar um drinque aqui na quinta à noite.

Eu, pensei, quase pulando da cadeira. Eu sou a coisa assustadora. Ele acha que me viu do lado de fora da casa. É por isso que quer conversar com você, Anna. Quinta, repeti mentalmente. Voltar ao pub na quinta. Ai. Meu. Deus. Vou ver o Dan de novo.

— Fico feliz que vá se encontrar com ele — replicou Jess. — Quando falei com o Dan no enterro, tive a impressão de que ele não queria conversar com ninguém.

Anna suspirou.

— É, bom, não se pode culpá-lo, pode?

— Acho que não.

Elas ficaram em silêncio novamente, e Anna brincou com a borda da taça. Era estranho ver as duas sozinhas. Sempre saíamos as três juntas, ou então eu e Anna ou eu e Jess. Elas se davam muito bem quando estávamos juntas, mas nunca se encontravam sem a minha presença. Era como se a amizade delas não existisse a não ser que eu estivesse junto. Contudo, era bom ver que as duas estavam finalmente se conhecendo melhor.

Anna apoiou o queixo entre as mãos e olhou para a parede acima de minha cabeça. Falem de mim, pedi em silêncio. Falem sobre o que aconteceu quando me encontraram. Sei que parece mórbido ficar obcecada com o que aconteceu depois da minha morte, mas tenho tantas perguntas sem resposta... Quem me encontrou no chão do corredor? Havia muita gente no meu enterro? Fui enterrada ao lado dos meus pais?

— E então — Jess falou por fim. — Como anda a caça pelo doador de esperma? Ainda está procurando?

Anna ergueu as sobrancelhas e deu de ombros.

— Ainda, mais ou menos. Parte de mim acha que preciso resolver isso logo, para o caso de eu morrer antes...

Ri, não consegui evitar. Claro que não soou como uma risada bacana, e sim como um daqueles risos que a gente tenta abafar e saem pelo nariz. Anna me olhou, franziu o cenho, e virou-se para Jess.

— Que foi? — perguntou Jess.

Anna olhou para mim de novo.

— Nada. O que eu estava dizendo?

— Parte de você acha que precisa resolver isso logo, para o caso de morrer...

— Ah, é. E a outra parte acha que não devo me preocupar com isso. Conhecendo a minha sorte, eu teria um menino que cresceria para se tornar um completo idiota.

Jess riu e bateu com sua taça na da Anna.

— Senti sua falta, Anna. A gente devia fazer isso toda semana.

Anna sorriu.

— Eu adoraria, Jess. A propósito, adorei sua jardineira. Onde a comprou?

Elas continuaram a falar de roupas, sapatos e compras por mais uma hora, e eu parei de prestar atenção. Quando se está morto, ninguém se importa com o que está vestindo (com exceção da Claire, é claro). Comprei mais várias outras taças de vinho e fiquei "entrando e saindo" da conversa das meninas, esperando que elas voltassem a falar de mim ou do Dan. Em determinado momento, elas começaram a relembrar uma viagem de acampamento particularmente desastrosa que tínhamos feito juntas, em que eu levantei para ir ao banheiro no meio da noite sem levar uma lanterna, tropecei na corda de outra barraca e caí sobre um casal que estava transando. Tive de usar todo o meu autocontrole para não tentar entrar na conversa.

Por volta das dez, eu já estava completamente bêbada. Deitei a cabeça na mesa. Só queria fechar os olhos por uns dois...

O barman me acordou.

— Ei — disse ele. — São onze e meia. Hora de ir para casa, Garota Dia Difícil.

Fitei-o com os olhos enevoados.

— Ahn?

— Já esqueceu o dia difícil, foi? Isso é bom.

Verdade, tinha mesmo. Esquecera completamente que tinha dado um tapa no Graham Washington e destruído minhas chances de conhecer o Archie.

Olhei para a mesa de Anna e Jess. Elas já tinham ido embora.

# Capítulo Onze

*Terça-feira, 30 de abril*
*Quarto dia*

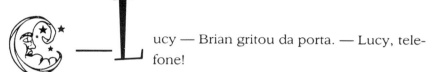

— Lucy — Brian gritou da porta. — Lucy, telefone!

— Que dia é hoje? — murmurei, fitando-o com olhos sonolentos.

— Terça. Tem uma pessoa no telefone querendo falar com você.

Desmoronei de novo sobre o lençol e fechei os olhos.

— Diga que eu morri.

Brian bufou.

— Parece importante.

— Quem é?

— Um sujeito chamado Graham alguma coisa. Wellington, acho.

— Merda! — Sentei num pulo.

O que ele poderia querer comigo? Será que uma garota morta podia ser presa por agressão? Ó céus! Como eu ia realizar a missão se isso acontecesse?

Levantei da cama, saí do quarto e desci a escada. A porta do armário estava aberta e o telefone fora do gancho. Atendi.

— Alô.

— Lucy Brown? — perguntou uma voz familiar.

Esforcei-me para engolir.

— Sou eu.

— Lucy Brown, quem está falando é Graham Wellington.

— Ai meu Deus, Graham, quero dizer, sr. Wellington, sobre o que aconteceu...

— Lucy — ele me interrompeu, a voz séria. — Posso te chamar de Lucy?

— Pode.

— Lucy, me fizeram ver que minha conversa com você ontem foi um pouco antiprofissional.

— Bom, é. Foi, mas...

— E fui avisado de que certos tribunais trabalhistas não veem com bons olhos alguns elogios antiquados.

O quê? E desde quando "você tem um belo par" era um elogio antiquado?

— E, sendo assim — continuou ele —, e obviamente em decorrência de suas excelentes qualificações profissionais, eu gostaria de...

Ele fez uma pausa.

— Gostaria de quê? — perguntei, meu coração pulando no peito como uma criança num trampolim.

— Oferecer-lhe o emprego. Quando pode começar?

Caí na gargalhada. Não consegui evitar. Aquilo tudo era profundamente ridículo. Eu tinha mentido sobre minhas qualificações, o homem havia me insultado e eu lhe dera um tapa. E acabei conseguindo o emprego!

— Isso é um não? — Havia medo na voz do Graham Wellington.

— Não — respondi. — É um sim. Posso começar amanhã.

— Pode? — Ele guinchou. — Isso é fantástico. Pelo visto, você é uma garota muito boazinha mesmo, Lucy Brown. A gente se vê amanhã.

— Certo. Tchau.

— Tchau.

Eu ainda estava rindo ao entrar na cozinha e encher a chaleira de água. Brian apareceu na porta e ergueu uma sobrancelha.

— Está tudo bem, Lucy?

— Está, Brian — respondi, enchendo uma caneca suja com água e detergente. — É brilhante. Consegui um emprego.

— Conseguiu? Meus parabéns! — Ele franziu o cenho. — E por que isso é tão bom?

— Porque amanhã vou conhecer Archibald Humphreys-Smythe. Estou um passo a menos de completar a missão.

— Ah, bom para você. — Ele sorriu, mas o sorriso não chegou aos olhos — Bom para você.

O resto do dia se arrastou. Não havia TV na casa, e o pequeno e estranho rádio que ficava na cozinha chiava intermitentemente, o que tornava impossível escutar qualquer coisa por mais do que alguns minutos sem gritar. Claire tinha saído (para onde, eu não fazia ideia) e Brian se trancou no quarto, só saindo a cada duas horas para preparar uma xícara de chá ou usar o banheiro.

Fiquei oficialmente entediada.

Às seis, incapaz de aguentar minha própria companhia por mais um segundo que fosse, bati à porta do Brian.

— Pode entrar.

Ele estava deitado na cama de cuecas, segurando um livro intitulado *A Enciclopédia dos Trens Elétricos: 1879 aos dias de hoje.*

— Oi, Lucy. Sente-se.

Andei até uma cadeira, parando ao passar pelo armário. Era o mesmo de onde eu tinha saído aos tropeções ao chegar do limbo.

— Brian, se importa se eu der uma olhada no armário?

Ele concordou com a cabeça.

— Hum, humm. Vai em frente.

Abri a porta e olhei o interior. As calças de veludo e os pulôveres em tons pastel ainda estavam lá, assim como as fileiras bem arrumadas de sandálias e meias. E quanto à escada rolante? Ainda estava lá?

Afastei os cabides e estiquei o braço em direção à maçaneta no fundo do armário.

— Não! — gritou Brian. — Você vai morrer!

Dei um pulo para trás como se tivesse sido eletrocutada.

— Como assim?! — falei, olhando para minha mão.

— Brincadeirinha. — Ele riu.

— Muito engraçado. — Olhei de volta para a maçaneta. — O que acontece se eu girá-la?

— Nada.

— Jura?

— Sério, nada. Só dá para abrir se houver alguém do outro lado.

Girei a maçaneta e empurrei. Nada aconteceu.

— Mas e se eu quiser voltar? — perguntei, empurrando a porta.

— Você tem de usar a outra porta — respondeu ele, virando uma página do livro.

— Que porta?

— A do *seu* armário.

Hum. Interessante, e ao mesmo tempo terrivelmente tentador. Se eu decidisse desistir da missão, bastava entrar no meu armário e voltar para o limbo. Não que eu fosse fazer isso, é claro.

— Sente-se e relaxe — falou Brian, enquanto eu fechava a porta do armário. — Você está me deixando estressado.

Desabei numa cadeira de vime ao lado da janela, puxei os joelhos de encontro ao peito e olhei em torno do quarto do Brian, desesperada por alguma coisa para me distrair. Havia algo mais chato do que aqueles pôsteres? Como alguém podia se comover com a visão de um trem?

— Brian, você voltou para assombrar um trem?

Ele me olhou por cima do livro.

— Não, a Paddington Station.

— Uma estação?

— É, a Paddington oferece um posto privilegiado para a observação dos trens.

Estava me enrolando? Ergui as sobrancelhas, mas ele não riu. Brian realmente queria assombrar *uma estação de trem*.

— Hum, certo. E você está aqui há... nove dias?

— É.

— E como está indo com a missão?

— Não quero falar sobre isso, Lucy — murmurou ele, levantando o livro de modo a cobrir seu rosto.

— Por que não? Talvez eu possa aju...

A porta do quarto se abriu com um estrondo e eu dei um pulo. Ah. Ótimo. Claire estava de volta. E não parecia feliz.

— Pode dar o fora? — perguntou ela, encostando-se no beiral da porta. — Preciso ter uma palavrinha com o Brian. Sozinha.

Olhei para meu companheiro de casa, porém ele ainda estava escondido atrás do livro. Covarde.

— É só me pedir com educação — comentei, com um sorriso irônico.

Claire simulou um sorriso.

— Cai fora.

— Viu — falei ao passar por ela. — Não dói ser educada, dói?

— Tchau, Noivinha — replicou Claire, batendo a porta com força às minhas costas.

Fiquei por ali mais uns dois segundos e decidi pressionar o ouvido na porta do quarto. O que era tão particular que a Claire não podia dizer na minha frente? Hmmnnnggg, Brian falava baixo. Hmmnnnggg. Hmmnnnggg. Hmmnnnggg. Não conseguia entender nada do que ele ou Claire estavam dizendo. O que eu ia fazer agora para me distrair?

Fui para meu quarto, abri o armário e dei uma olhada. Brian estava certo. Atrás dos cabides e das roupas havia outra porta branca, idêntica à do armário dele. Segurei a maçaneta.

Abrir? Não abrir? Qual a pior coisa que podia acontecer?

Eu podia ser enviada de volta para o limbo e nunca mais ver o Dan, que passaria o resto da vida imaginando se eu tinha morrido achando que ele era uma perda de tempo.

Ah. Certo. Isso seria bastante ruim.

Joguei-me na cama e agarrei a foto da mesinha de cabeceira. Era uma da nossa primeira viagem juntos para Minorca. Dan ostentava um sorriso idiota e eu ria de me acabar. Foram férias perfeitas. A areia branca, o mar frio e límpido e o sol glorioso. Numa das tardes em que o Dan se sentia particularmente cheio de energia, ele me desafiou para uma competição de natação.

— Está vendo aquela boia lá? — perguntou, apontando ao longe.

— Estou.

— Vamos apostar quem chega primeiro.

Apertei os olhos para enxergar a boia. Ela estava a uma boa distância, e eu não nadava tão rápido assim.

— Só se for de peito. — Foi minha condição.

— Tudo bem — concordou Dan, erguendo a mão. — Vamos lá.

Atravessamos a areia correndo, nos jogamos na água fria e começamos a nadar. Conseguimos nos manter lado a lado a princípio, mas então Dan mergulhou a cabeça e assumiu a dianteira. Antes que eu percebesse, ele estava cerca de dez metros na frente. Não havia como eu ganhar.

Parei de nadar, me virei de costas e boiei. Estava tão quieto que quase podia escutar minha própria respiração. Na praia, as pessoas pareciam formiguinhas andando de um lado para o outro, sacudindo a areia das toalhas e se aboletando nas cadeiras. Senti como se fosse uma espécie de sereia ou deusa do mar, observando meu mundo. Uma delícia.

— Ei. — Uma voz desapontada soou às minhas costas. Era o Dan, com o rosto vermelho e ofegante. — Você desistiu.

— Não desisti não — retruquei, cobrindo os olhos quando ele me jogou água. — Só parei para apreciar a vista.

— Uau! — Dan olhou de volta para a praia. — É realmente fantástica.

— Eu sei.

Acima da gente, uma gaivota passou planando e grasnou.

— Como você acha que é o céu? — perguntou ele, boiando ao meu lado, os dedos peludos dos pés despontando na superfície.

— Não sei. Campos de papoulas, sol brilhando, nuvens fofinhas e parentes correndo ao meu encontro?

— Acho que é como isso aqui.

Sorri.

— Jura?

— Juro.

— Então como vai ser quando a gente morrer? — perguntei. — Eu vou viver num campo de papoulas e você num paraíso marinho?

Dan me pegou e me puxou para perto. Passei as pernas em torno da cintura dele e a gente ficou balançando para cima e para baixo na água, as ondas batendo à nossa volta.

— Espero que o céu seja um pouco dos dois — falou ele. — Aí poderemos ficar juntos.

— Gosto dessa ideia — repliquei, dando-lhe um belo beijo na boca.

O som de gente falando alto e de uma porta batendo me arrancou do meu devaneio.

— Brian! — gritou Claire. — Brian, volta aqui.

Pulei da cama e atravessei o quarto correndo. Minha companheira de casa estava no topo da escada, chamando Brian aos berros, o qual se dirigia a passos largos para a porta da frente, gritando: "Me deixa em paz!", a plenos pulmões.

— Ei. Que diabos está acontecendo, Claire? O que você fez com ele?

Ela me encarou.

— Não fiz nada. Apenas perguntei se ele podia me ajudar com minha missão e ele se irritou e saiu correndo.

Não tinha certeza se acreditava nela.

— Vou atrás dele. Fique aqui.

— Faça o que quiser — resmungou ela. — Não dou a mínima.

Quando finalmente consegui vestir o casaco e sair, Brian já estava na metade do quarteirão.

— Brian — gritei, chamando-o. — Brian, espere.

Em vez de responder ou de diminuir o passo, ele acelerou, descendo a rua como um homem numa missão.

Droga. Que diabos havia de errado com ele?

Segui-o por uns bons dez minutos, escondendo-me nos jardins das casas e atrás dos arbustos sempre que ele atravessava a rua e olhava para ambos os lados. Quando alcançamos a estação do metrô, uma luz se acendeu em minha cabeça. Brian estava indo para a Paddington Station. Podia apostar.

Esperei até que ele pegasse o metrô para sair correndo da escada e entrar no vagão adjacente. E a porta fechou, prendendo a beira do meu casaco.

Merda!

As pessoas no vagão riram quando o metrô se pôs em movimento e eu dei um puxão no casaco.

— Vamos lá — falei. — Vamos lá, meu chapa.

Apoiei o salto na porta para usar de alavanca e puxei. Vamos lá! Vamos lá! Meu casaco se soltou, eu cambaleei para trás, tropecei na maleta de alguém e caí no colo de um homem de negócios que estava dormindo.

— Desculpe — pedi, ofegante, ao vê-lo acordar com um resmungo. — Desculpe, desculpe.

Lutei para me levantar e agarrei a barra horizontal do teto. Anna Friel sorriu para mim de um cartaz de uma peça do West End.

— Sai fora, sua vaca convencida — murmurei por entre os dentes —, pegaram leve com você em *Pushing Daisies*.

— Paddington — anunciou o segurança quando o metrô diminuiu e parou. — Ponto de transferência para a estação de trem da Paddington, as linhas District e Circle e a Hammersmith & City.

As portas se abriram e dei uma olhada. Brian dirigia-se para a saída. Rápido, atrás dele. Pulei para fora do vagão e corri pela plataforma.

A escada rolante me deixou no meio da Paddington Station e olhei em torno, confusa. Para onde o Brian tinha ido? Em silêncio, entrei em pânico e passei as pessoas em revista. Ele tinha dito algo no quarto sobre a Paddington ter o melhor posto de observação. Olhei para o telhado. Mas onde? Teria de perguntar a um dos seguranças.

— Com licença — falei, aproximando-me do primeiro que vi. — Por favor, poderia me informar qual o melhor lugar para observar os trens?

Ele me olhou de cima a baixo e sorriu.

— Esqueceu o seu anoraque.

— Na verdade — repliquei, sentindo as bochechas ficarem vermelhas. — Não sou fã dos trens, estou procurando uma pessoa.

— Ah-hã — concordou ele, apontando ao longe, mas sem parecer muito convencido. — A maioria fica por lá.

— Certo, obrigada — agradeci, partindo em direção aos fundos da estação. Ah, lá estava ele. O cabelo escuro e desgrenhado despontando em meio a uma multidão que atravessava a ponte.

Subi a escada e atravessei a multidão ao seu encontro. Brian estava debruçado sobre uma parede baixa de metal, observando os trens entrando e saindo da estação. Parecia ter chorado.

— Brian — chamei, colocando a mão sobre o ombro dele. — Sou eu, Lucy. Você está bem?

Ele deu um pulo e secou os olhos com a manga do pulôver.

— O que está fazendo aqui?

— Estava preocupada com você.

— Não devia — disse ele, virando-se de volta para os trens. — Você já tem problemas demais.

— Mas eu me preocupo — repliquei, comovida por aquele rosto triste e inchado. — As únicas pessoas que tenho neste estranho mundo de mortos-vivos são você e a Claire. Precisamos cuidar uns dos outros.

Brian bufou.

— Acha que Claire vai cuidar da gente?

— Certo, ela não, mas ainda assim me preocupo com ela. É como se ela fosse a irritante irmã caçula que eu nunca tive.

Era verdade. Tinha começado a pensar em Brian e Claire como minha pseudofamília. Claire era a irmã caçula irritante e Brian, o tio esquisito e fedorento. Talvez houvesse outros mortos-vivos no mundo, mas não sabíamos quem eles eram ou onde viviam. Só tínhamos uns aos outros para conversar sobre o que estávamos passando.

— O que foi que aconteceu, Brian? — perguntei. — Venha, vamos sentar em algum lugar e conversar.

Por um segundo, achei que ele ia me mandar cair fora e deixá-lo sozinho. Em vez disso, Brian deu de ombros.

— Tudo bem — concordou ele. — A cafeteria da plataforma 1 faz um ótimo chá.

Sentamos a uma mesa ao lado da janela, Brian com seu bule de chá e eu com uma xícara de café e um crepe (sou ótima numa crise, só preciso de alguma coisa doce para me ajudar a contorná-la).

— Pois então — comecei. — Qual é o problema? É com a sua missão?

Brian fez que sim de modo triste e olhou para fora da janela.

— Nunca vou conseguir completá-la.

— Por que não? Não conseguiu encontrar a pessoa da sua lista de objetivos da missão?

— Eu o encontrei, sim.

— Já é um bom começo — falei com entusiasmo.

Brian soltou dois cubos de açúcar em sua xícara e os amassou com a colher.

— Não é não.

Deus do céu, às vezes conversar com o Brian era como arrancar um dente.

— Por que não me conta o que aconteceu? — sugeri.

— Tudo bem, não que isso vá ajudar. — Ele suspirou e mexeu o chá. — Tenho de fazer um garoto de 15 anos chamado Troy Anderson admitir que é fã das ferrovias. Ele adora trens, em segredo, mas seus amigos acham que é um hobby muito chato.

Não só eles, pensei, mas não disse nada.

— Já conversou com ele sobre isso?

Brian levou a xícara até a boca e tomou um gole. Esperei até que ele a depositasse com calma sobre o pires de novo, o que aconteceu com um tilintar de louça, e secasse o bigode com o guardanapo.

— Falei com ele rapidamente. Bom, na verdade, eu me apresentei.

— E? O que ele disse?

— Cai fora, seu pedófilo!

— Ah.

Tomei um gole do café e tentei pensar no que dizer a seguir. Quando ergui os olhos novamente, lágrimas escorriam em profusão pelas bochechas do Brian.

— Ó céus — falei, pegando a mão grande dele. Ela estava fria e úmida e os dedos tremiam. — Não pode ser tão ruim assim. Por que não tenta conversar com ele de novo?

Brian fez que não e uma lágrima escorreu por seu queixo, caindo sobre o pulôver amarelo-pastel.

— Por que ele falaria comigo? Ele me acha um completo lunático. Nunca vou completar minha missão, Lucy. E meu tempo está se esgotando.

— Seria o fim do mundo se não conseguisse completá-la? Quem sabe você não gostaria do céu?

— Não. — Brian soluçou. — Não, eu não gostaria. Quero ficar aqui. Preciso ficar aqui.

— Mas são apenas trens — falei de modo suave.

— É o mesmo que eu dizer a você que o Dan é apenas um homem — retrucou Brian, os olhos esbugalhados.

— Mas ele é o amor da minha vida.

— E os trens são o amor da minha.

Havia algo de muito trágico em um homem de meia-idade sentir aquele tipo de coisa por chapas de metal, porém, de certa forma, consegui compreendê-lo. Os trens o faziam feliz. Davam a ele uma razão para se levantar a cada manhã. Provavelmente faziam com que seu coração batesse mais rápido também.

— Brian, que tal se eu te ajudar com a missão? — sugeri, sem pensar muito bem nas consequências.

Ele me olhou demoradamente e, em seguida, pousou uma das mãos gigantescas sobre a minha.

— Você faria isso? Eu seria eternamente grato.

— Vai dar tudo certo. Não se preocupe. Nós dois vamos realizar nossas missões. Você vai ver.

Brian sorriu para mim e senti meus músculos internos se contraírem. Eu não estava exatamente fazendo grandes progressos com minha própria missão, então, como diabos ia conseguir completar duas?

# Capítulo Doze

*Quarta-feira, 1º de maio*
*Quinto dia*

Típico. Muito típico.

Era meu primeiro dia na Computer Bitz e estava chovendo. Eu passara *horas* fazendo uma escova no cabelo e agora ele estava grudado na cabeça como um capacete de fibras. E minhas melhores botas de camurça estavam encharcadas. Isso ia causar uma ótima impressão no Archie, para não dizer o contrário. Ele teria de me aceitar daquele jeito mesmo.

Respirei fundo, girei a maçaneta e entrei no escritório.

— Bom-dia! — cumprimentei, com uma alegria exagerada.

O Barbudo Número Um parou de digitar, levantou os olhos para mim e rapidamente os desviou. Sua aparência era pior do que eu me lembrava. O cabelo longo e oleoso estava preso com um elástico e ele usava uma camiseta preta com a palavra "Gamer" escrita na frente em letras brancas garrafais. E havia uma mancha de geleia sobre o G.

— Meu Deus — disse o Barbudo, olhando fixamente para minhas botas. — Achamos que nunca mais te veríamos de novo.

— Que posso dizer? — Dei de ombros. — Eu estava desesperada pelo emprego.

O Barbudo levantou as sobrancelhas. Agora olhava para algum lugar acima do meu ombro esquerdo.

— O sr. Wellington está? — perguntei, inclinando-me ligeiramente para a esquerda.

— Não. Ele vai chegar tarde hoje. — Certo, agora ele olhava de novo para minhas botas. — Mas a gente separou uma mesa para você, para o caso de querer ir se ajeitando.

Ele descruzou as pernas de sob o corpo e se levantou. Deus pai, ele era um *tampinha*. Tinha cerca de 1,65m e era tão magro que eu podia ver as omoplatas através da camiseta.

— Vai ficar feliz em ver que te arrumamos um PC de última geração — disse, contorcendo-se para passar entre as mesas superlotadas. — Venha.

Merda, pensei, ao vê-lo parar em frente a uma mesa vazia no centro da sala. Todos vão poder ver meu monitor.

— Certo — continuou o Barbudo, falando para o meio da minha testa. — Vamos às apresentações.

Ai meu Deus! Eu ia conhecer o Archie. Dei uma olhada em torno da sala. Qual deles era ele? Por favor, rezei, por favor, meu Deus, permita que ele seja aquele de cabelo curto, barbeado e com visão normal (eu podia convencê-lo a trocar a camiseta da *Red Dwarf* por algo mais na moda).

— Este — disse o Barbudo, apontando para um sujeito sardento com cabelos compridos e vermelhos na mesa à direita da minha — é o Geoff.

Estiquei a mão.

— Oi, Geoff. Meu nome é Lucy.

— Certo — murmurou ele, os olhos grudados no monitor à sua frente.

O Barbudo pareceu achar que a apresentação tinha ido bem e apontou para o cara com óculos fundo de garrafa e cabelo preto comprido e oleoso à minha esquerda.

— Este é o Nigel.

Nigel ergueu os olhos e me ofereceu um sorriso de dentes amarelados.

— Prazer em conhecê-la — falou, apertando minha mão sem muita firmeza.

— Por ora, só mais um — continuou o Barbudo, apontando para as minhas costas.

Ah. Era o sujeito Ponte que Partiu. Archie. Só podia ser. Ele tinha olhos castanhos afetuosos e maçãs altas. Por trás da camiseta e do cabelo oleoso dividido do lado, até que era um sujeito bem bonito.

Sorri para ele e estiquei a mão.

— Oi, meu nome é Lucy.

— Joe.

MERDA!

— Eu podia apresentá-la a todos eles — falou o Barbudo, acenando para o resto da sala enquanto eu murchava como um balão furado —, mas o Graham quer que a gente saia para tomar um drinque ao meio-dia, a fim de que você conheça todo mundo.

— Tudo bem — concordei, desabando em minha cadeira. — Ótima ideia.

— Os detalhes do seu login estão aqui. — O Barbudo me entregou um pedaço de papel. -- O Nojento instalou todos os softwares que você precisa.

Ergui os olhos para ele.

— Você falou Nojento?

— É o cara que cuida da rede. Um ótimo sujeito. Se alguma coisa der errado com seu computador, é só gritar por ele.

— E por que vocês o chamam de Nojento?

— Porque é a palavra favorita dele ao diagnosticar um problema. É seu bordão. A maioria não sabe seu verdadeiro nome. Algo mais que você precisa saber. Lucy?

— O seu nome — falei. — Você não me disse como se chama.

O Barbudo corou, constrangido, e esticou a mão.

— Ah é, é mesmo. Que grosseria da minha parte! Sou Archibald Humphreys-Smythe.

# Capítulo Treze

Não sabia se devia jogar as mãos para o alto em desespero ou pular da cadeira e sufocá-lo com um abraço de urso. Em vez disso, fiz que sim e falei:

— Prazer em conhecê-lo, Archibald.

Continuei com os olhos fixos nele, o coração batendo acelerado, vendo-o voltar para sua mesa ao lado da porta. Tinha encontrado o Archie. Eu o encontrara mesmo! Mas como encontrar amor para um cara baixinho e magricela com cabelo comprido e oleoso que não conseguia estabelecer contato visual por mais do que alguns segundos? Alguém já inventara um site de encontros chamado www.ameumgeek.com?

— Está tudo bem? — perguntou Nigel, erguendo uma sobrancelha. — Não está pensando em sair correndo, está?

— Não, de jeito nenhum. Só estou, ahn, me aclimatando.

Certo. Isso. Eu estava no trabalho. Tinha de pelo menos *fingir* trabalhar enquanto pensava no próximo passo que daria em relação ao Archie. Virei-me para ficar de frente para o monitor. Ah, não, tinham me dado um PC. Não usava um desde as aulas de informática na escola. No meu antigo emprego, *todo mundo* usava um Mac.

Bom. Vamos começar pelo princípio, ligar a máquina. Não devia ser muito difícil.

Apertei um botão grande e oval com alguma coisa azul rabiscada nele e o monitor acendeu. Ufa. O computador estava dando o boot. Olhei para os lados, a fim de ver se alguém estava me observando, mas Geoff e Nigel, com grandes fones de ouvido cobrindo as orelhas, estavam ocupados demais digitando para me dar atenção.

Ótimo. Tudo o que eu precisava fazer agora era pesquisar sobre o programa de design no Google para descobrir como usá-lo antes que alguém percebesse que eu não tinha ideia do que estava fazendo.

Uma sombra cobriu meu monitor enquanto eu passava do programa para as instruções da Internet. Virei-me e abafei um grito. O homem que olhava para mim tinha pelo menos 2,05m, a maior testa e as sobrancelhas mais grossas e pretas que eu já tinha visto. Parecia o Tropeço da Família Addams.

— Oi — cumprimentou ele, esticando a mão, que mais parecia uma pá. — Sou o Nojento.

— Lucy.

— Está tudo bem? — ele perguntou, esmagando minha mão.

— Está, tudo bem. Só estou, você sabe, começando a trabalhar.

O Nojento sorriu. Havia um espaço enorme entre os dentes pequenos e pontudos. Ele parecia um gigante que recebera os caninos de uma criança por engano.

— Só preciso desligar seu PC por um segundo — pediu ele.

— Certo, sem problema.

Fechei todos os programas na tela e, em seguida, entrei em pânico. Como eu desligava um PC? Não me lembrava.

— Hum — falei, passando o mouse por cima de vários botões e ícones. Comecei a sentir o suor escorrer. — Quer fazer isso?

— Não — resmungou o Nojento. — Só desliga. Você sabe, Iniciar, desligar o computador.

O barulho de digitação ao meu lado cessou. Geoff e Nigel me observavam, rindo.

— Certo. — A máquina fez um barulho engraçado e começou a desligar. — Feito.

— Agora desliga — pediu o Nojento.

Do que ele estava falando? A tela estava preta. Estava desligado, não estava? Olhei para ele aturdida e dei de ombros.

— Desligar no... botão... principal — ele falou devagar.

Eu estava prestes a apertar o botão oval com o rabisco azul quando Nigel riu. Olhei para ele.

— O botão principal fica atrás — informou o Nojento.

— Certo, isso. Eu sabia.

Levantei, passei pelo Geoff e me aproximei do computador por trás. Um milhão de cabos e fios saíam de vários lugares, mas onde ficava o botão principal? Olhei esperançosa para Geoff e Nigel. Eles continuavam a rir como dois idiotas. De repente, a sala ficou quieta demais. Até o Archie tinha levantado da mesa ao lado da porta, com uma expressão de espanto.

— O botão de desligar — bufou o Nojento. — Quando você estiver pronta. Não tenho o dia todo.

Inclinei-me para a frente e apertei o primeiro botão que vi. Escutei um estalo alto e poof!, uma nuvem de fumaça elevou-se do meu computador.

Ah. Droga.

O escritório inteiro ficou em silêncio por pelo menos trinta terríveis segundos, e então alguém começou a bater palmas. Outro par de mãos se juntou às palmas e depois mais outro e mais outro. Antes que eu percebesse, todos na sala estavam batendo palmas e assoviando. Olhei desesperada para Nigel, mas ele estava engasgado com o riso e cumprimentava Geoff com um bater de mãos no alto. Pensei seriamente em me arrastar para debaixo da mesa e ficar ali.

— Muito boa, Lucy — alguém gritou.

— Hum — respondi, olhando para o supervisor da rede com a testa abaixada. — Acho que matei meu computador.

Ele levantou uma sobrancelha escura.

— Nojento.

Durante o almoço, um sanduíche e um copo de cerveja no pub local, Nigel explicou que eu tinha acidentalmente apertado o botão de voltagem, e não o de desligar, e que o Nojento levara o computador embora para um tratamento de amor e carinho, a fim de fazê-lo funcionar de novo.

— Eu não me preocuparia, Lucy — comentou Geoff —, no primeiro dia do Nigel, ele confundiu uma variável com uma cadeia de caracteres.

Todos caíram na gargalhada, e eu ri meio sem graça também, mesmo não fazendo ideia do que eles estavam falando. Lembrete: pesquisar no Google piadas de geeks.

— Eu devia ter falado na entrevista que sou uma garota de Macs — repliquei, quando a risada finalmente cessou —, mas não queria criar nenhum caso.

— E daí — murmurou Archie do outro lado da mesa.

— É — disse outra pessoa. — Softwares livres até o fim.

De repente alguém se animou de novo e começou a falar de Linux e Redhat e um monte de outros termos que eu não entendia. Olhei para o outro lado da mesa, a fim de ver o que o Archie estava fazendo, mas ele tinha fugido e se encontrava ao lado do bar, brincando nervosamente com o relógio, sem fazer o menor esforço para chamar a atenção do barman. Levantei, com uma sensação enlouquecedora de borboletas na barriga, e me aproximei dele.

— Obrigada, Archibald.

Ele deu um pulo, me fitou e imediatamente desviou os olhos.

— Pelo quê?

— Por dizer "e daí" quando eu falei que era uma garota de Macs. Achei que todo mundo ia rir de mim.

Ele não disse nada, mas achei ter visto um sorrisinho no canto de sua boca.

— Ah, entendi. Você está sorrindo porque todo mundo já riu de mim.

— Desculpe — pediu ele, puxando a correia do relógio, rubro de vergonha. — A gente não devia ter feito isso. Ninguém quer se sentir constrangido no primeiro dia de trabalho.

— Agora é tarde.

Ele continuava sem fazer o menor esforço para atrair a atenção do barman, portanto acenei freneticamente.

— Vou querer gim com tônica — pedi —, e... — Olhei para o Archie, que parecia estar com a metade do seu tamanho já diminuto. — O que você vai querer?

— Uma cerveja escura, por favor.

Escura? Ninguém com menos de 40 anos bebia cerveja escura.

— Uma cerveja escura — repeti.

Ficamos lado a lado num silêncio constrangedor enquanto o barman despejava alguns cubos de gelo num copo e depois o gim.

— Pois então — falei, tentando puxar conversa de novo —, se não tivesse de voltar para o trabalho depois do almoço, o que faria?

Archie encolheu os ombros ossudos.

— Ia codificar variáveis ou jogar algum jogo.

— Que tipo de jogo?

— De computador, é claro.

A cerveja escura espumou num copo pequeno quando o barman puxou a alavanca do barril para a frente e para trás, e eu fiquei olhando, perplexa. A vida do Archie não podia se resumir a codificação ou jogos, ou eu estaria em sérios problemas. Quantas mulheres acham que seu homem ideal é um geek baixinho e de cabelos compridos? Nenhuma que eu já tivesse conhecido. Ainda assim, talvez ele tivesse um carro legal ou uma casa aconchegante, *alguma coisa* que fizesse dele um partido melhor.

— Então... — Tomei um gole do meu drinque. — Onde você mora, Archibald? Mora sozinho?

— Nada disso. — Ele fez que não.

— Como assim?

— Moro com minha avó.

— Sua avó — balbuciei. — Que bom!

# Capítulo Catorze

*Quinta-feira, 2 de maio*
*Sexto dia*

Idiota. Archie não estava em lugar algum na quinta de manhã. Seu anoraque roxo não estava pendurado nas costas da cadeira, e o monitor estava desligado. Ele fugira de mim na quarta à tarde, e quem podia culpá-lo? Eu praticamente derramara gim sobre ele quando me contou que morava com a avó.

— Nigel — chamei, ao me sentar. — Archibald está por aí?

Ele me olhou por cima dos óculos.

— Por que, tem uma quedinha por ele, é?

— Não. — Fiquei roxa. — Só queria perguntar uma coisa sobre, ahn, o software que estou usando.

— Pergunte ao Nojento. — Ele apontou com a cabeça para a mesa do supervisor da rede. — É o trabalho dele.

O Nojento me flagrou olhando para ele e abriu um sorriso de dentes pequeninos para mim.

— Talvez depois — murmurei, encolhendo-me ao lembrar da explosão "nojenta" do meu computador. — Tenho de preparar um relatório sobre o site para o Graham primeiro.

Era uma pena o Archie não estar lá, mas eu tinha coisas mais importantes com que me preocupar. Anna ia se encontrar com meu noivo à noite para tomarem um drinque. Eu ia ver o Dan de novo!

Meu estômago se revirou quando entrei no White Horse pouco depois das seis. Não fazia ideia de que horas Dan e Anna tinham marcado, mas não queria arriscar perdê-los. Eu parecia uma funcionária pública em minhas roupas de trabalho amarrotadas, mas não dava a mínima para isso.

— Ah, é você — disse o barman, observando minha amarrotada calça de linho preta e a camiseta branca manchada enquanto eu me sentava. — Outro dia ruim?

Fiz que não.

— Na verdade, até agora tudo bem. Vou querer uma taça de vinho branco, por favor.

Levei meu drinque para uma mesa num dos cantos do pub e me sentei. Passaram-se dez minutos, e ainda nenhum sinal do meu noivo ou da minha melhor amiga. O pub tinha enchido e eu começava a me preocupar. Havia uma mesa livre ao lado da minha e outra no outro lado do pub. Como poderia escutar a conversa do Dan e da Anna se eles se sentassem lá?

Senti uma lufada de ar frio quando a porta do pub se abriu e ergui os olhos. Um homem alto de cabelos escuros e uma expressão atordoada entrou. Era o Dan! Ele estava de jeans e com o pulôver verde largo que eu havia tricotado para ele quando fomos morar juntos. Parecia mais magro do que da última vez em que o tinha visto, e com a barba por fazer.

Nossos olhos se encontraram; prendi a respiração.

Talvez o manual estivesse errado. Talvez, se você amasse alguém o suficiente, *pudesse* ver através da distorção temporal. Talvez ele soubesse quem eu era.

Dan franziu o cenho e desviou os olhos. Tinha me reconhecido, mas não como Lucy, e sim como a mulher esquisita e muda que batera à sua porta. Meu coração foi parar no estômago quando ele se sentou à mesa livre do outro lado do pub e olhou para todos os lados, menos para mim.

Anna entrou cinco minutos depois. Parecia ainda mais radiante do que da última vez que a vira. O cabelo estava sedoso e brilhante e a pele sem uma mancha sequer. Ela estava de jeans, saltos altos e uma blusa branca de gola larga, ao estilo Bardot. Se não fosse minha melhor amiga, eu a teria odiado.

Anna sorriu ao ver o Dan e andou em direção a ele. Dan devolveu o sorriso, deu-lhe um beijo no rosto e disse algo que não consegui entender através de leitura labial. Segundos depois ele se levantou e foi pegar os drinques no bar.

E agora? Eu precisava me aproximar o suficiente para escutar a conversa, mas havia dois problemas:

1) Nenhuma mesa livre daquele lado do pub

2) Não queria me aproximar demais e arriscar que ele pensasse que o estava seguindo

Tomei um gole do vinho e olhei freneticamente em torno. Havia um banco em frente ao balcão, a mais ou menos um metro da mesa deles, ao lado de um homem louro que estava de costas para mim. Só havia um jeito. Tinha de fingir conversar com ele enquanto escutava disfarçadamente a conversa do Dan e da Anna. Bebi quase todo o resto do vinho, mergulhei os dedos no pouquinho que sobrara no fundo da taça e esfreguei a mancha em minha camiseta (a impressora no trabalho não estava funcionando direito, portanto eu tinha tentado sacudir o cartucho de tinta para ver se estava vazio. Não estava). Em vez de suavizar a mancha, o vinho fez com que parecesse que eu tinha passado o dia trabalhando numa mina. Merda. Vesti a jaqueta e a abotoei até o pescoço. Eu parecia a senhorita Jean Brodie do filme *A Primavera de uma Solteirona*, mas não tinha escolha. Dan e Anna já estavam conversando. Levantei e andei como quem não quer nada até o balcão.

O barman afastou os olhos da revista que estava lendo apenas por tempo suficiente para me servir outra taça de vinho branco. Enquanto isso, planejei meu próximo passo. O sujeito louro, que de perto era na verdade oxigenado, ainda estava de costas para mim, totalmente alheio à minha presença.

— Com licença — falei, dando-lhe um tapinha no ombro. — Importa-se se eu sentar nesse banco?

Ele se virou e me olhou de cima a baixo. Havia algo bastante familiar naqueles olhos azul-claros e no brinco no nariz.

— Fique à vontade — respondeu ele.

Passei por trás dele, ciente de que se esticasse o braço esquerdo podia tocar o topo da cabeça do Dan, e sentei no banco. O Sujeito Oxigenado virou uma dose do que me pareceu ser tequila, e em seguida deu um grande gole em sua cerveja. Tomei um gole do vinho e olhei para o Dan bem a tempo de escutá-lo dizendo:

— Também sinto falta dela, Anna, mas às vezes eu...

O restante das palavras se perdeu no burburinho do pub, e senti vontade de gritar. Às vezes o quê? Às vezes me esquecia? Às vezes achava que a vida não valia a pena?

Senti uma súbita dor em meu antebraço. O Sujeito Oxigenado estava me cutucando com um dedo sujo de sua mão direita.

— Ei. — A voz era pastosa. — Sabe quem eu sou?

Eu pretendia ignorá-lo, mas Dan estava olhando diretamente para mim. Sem dúvida, percebera que eu tinha mudado de mesa.

Droga. Precisava fazer alguma coisa para impedir que se assustasse e saísse do pub. Dei um sorriso forçado na direção do Sujeito Oxigenado.

— Por que não me diz? — sugeri, afagando de leve sua mão, na esperança de que o gesto parecesse um flerte.

— Já ouviu falar nos Lu$t Boys? — continuou ele em sua voz pastosa, recuando tanto no banco que fiquei preocupada que pudesse cair. Foi então que a ficha caiu.

— Você é o Keith Krank — falei.

Na mesa à minha direita, os olhos do Dan estavam marejados de lágrimas.

— Quando eu era criança — dizia ele —, falava que me casaria com a primeira mulher que gostasse de Indiana Jones. Tem ideia do quanto fiquei entusiasmado quando liguei para a Lucy, a fim de marcar um segundo encontro, e ela me disse que estava assistindo a uma reprise dos *Caçadores da Arca Perdida* na TV? Pode parecer bobagem, mas realmente achava que a gente passaria o resto da vida juntos e então ela, ela, me deixou...

Senti uma fisgada forte no estômago. Não era justo.

— Ei — disse Keith, me dando um chute com a ponta de sua bota pontuda. — Se sabe meu nome, então sabe quem eu sou, sua grande mentirosa.

Desviei os olhos do Dan e fitei Keith (esquecendo completamente que devia estar flertando com ele).

— Não menti. Apenas não te reconheci de cara.

— Mentirosa — repetiu Keith, agarrando o próprio saco. — Você quer um pouco da linguiça do Keith.

— Na verdade, acabei de jantar.

Anna estava de costas para mim, portanto não pude ver sua expressão quando ela esticou a mão de unhas benfeitas e a pousou sobre a do Dan. Ele retirou a dele e enxugou os olhos com a manga do pulôver.

— Ei. — Dedos brancos balançavam na frente do meu rosto. — Ei, escutou o que eu disse?

— Desculpe?

— Quer um pouco da linguiça do Keith? — ele perguntou de novo, me olhando com malícia.

Por que os bêbados sempre esquecem o que acabaram de dizer cinco segundos antes?

— Não, obrigada, Keith — repeti. — Não estou com fome.

— Com tesão? Ah, assim é melhor.

Pelo amor de Deus. O que a Claire tinha dito a respeito dele? Que era sensível, um poeta? Ele era tão sensível quanto uma lixa industrial e seu incessante blá-blá-blá de bêbado estava impedindo que eu escutasse a conversa da Anna e do Dan. Olhei em torno do pub, desesperada para encontrar algo que pudesse distraí-lo.

— Keith — chamei-o, fazendo sinal para que se aproximasse. Ele se inclinou para a frente.

— Fala.

— Por que não me espera no banheiro feminino que te encontro em um segundo?

O queixo dele caiu, deliciado.

— Você vai trepar comigo no banheiro?

— Isso. — Encolhi-me. — Vou trepar com você. Vai lá e espera por mim.

— Tudo bem!

Ele escorregou do banco, cambaleou para ficar de pé e deu alguns passos vacilantes. Já estava no meio do salão quando se virou de volta para mim.

— Onde fica o banheiro feminino?

— Segue o balcão até o final — falei, apontando. — Fica bem na sua frente.

Sorrindo como um lunático, ele deu meia-volta e continuou andando, esbarrando nos clientes e derramando as bebidas. Ao meu lado, Dan e Anna continuavam a conversar. O corpo da Anna sacudia para a frente e para trás, como se ela estivesse chorando; Dan esticou o braço e pegou a mão dela entre as dele.

— Achei que fosse sentir a presença dela à minha volta, mas não — disse ele. — Ela realmente se foi.

Não desista de mim, Dan, implorei em silêncio, por favor, não desista de mim. Vou voltar.

— A última coisa que a Lucy me disse — falou Anna — foi: "te vejo mais tarde, minha linda, vamos nos divertir muito". Isso é a cara da Lucy, eu acho.

Dan concordou e não disse nada. Eu sabia o que ele estava pensando. Estava pensando sobre como tínhamos discutido sobre os preparativos do casamento e quem tinha feito o quê. Por favor, implorei a Anna em silêncio, por favor, não pergunte a ele...

— Quais foram as últimas palavras da Lucy para você? Se não se importa que eu pergunte...

Dan sacudiu a cabeça.

— Não quero falar sobre isso.

Não consegui escutar a resposta da Anna porque, nesse instante, Keith Krank surgiu de novo.

— Ei — gritou ele. — Você não apareceu. Fiquei esperando séculos.

Tentei falar, mas estava engasgada com minha própria tristeza. Mal conseguia respirar.

— Ei — berrou Keith de novo. — Você prometeu que ia foder comigo.

O burburinho parou de imediato. Todos no pub olharam para a gente. Keith aproximou tanto o rosto do meu que senti seu hálito de cerveja.

— Você ia comer a linguiça do Keith! — gritou ele. — Por que não comeu a linguiça do Keith, sua puta sedutora?

Empurrei-o para longe e escorreguei do banco.

— Ei. — Ele agarrou meu ombro quando tentei passar. — Aonde pensa que vai?

Tentei me afastar, mas ele segurou minha jaqueta com força.

— Qual é o problema? — falou outra pessoa. Era o Dan. Ele tinha se levantado e olhava para o Keith. — Solta ela.

Keith virou-se para ele e estreitou os olhos.

— Sai fora, Magrela.

— Deixe-a em paz — falou Dan, agarrando a mão do Keith. — Ela não te fez nada.

Antes que eu soubesse o que estava acontecendo, outras cadeiras arrastaram no chão e mais pessoas se levantaram. A bravata do Keith esmaeceu rapidamente e ele me soltou.

— Ela é uma puta — falou ele, me empurrando com força. — Pode ficar com ela.

O empurrão me jogou direto contra o peito do Dan. Congelei, o rosto pressionado contra a lã macia do pulôver.

— Você está bem? — perguntou Dan, passando o braço em volta de mim. — O barman vai ter uma palavrinha com aquele idiota. Por que não se senta? Quer tomar alguma coisa comigo e com minha amiga?

O cheiro da loção de barbear e a mão macia e reconfortante em meu ombro foram mais do que pude aguentar. Desvencilhei-me dos braços dele, olhei para seu rosto gentil e intrigado e saí correndo do pub.

* * *

Mais tarde, na cama, abracei o enorme elefante cor-de-rosa que Dan tinha ganhado para mim no Brighton Píer e enterrei o rosto no pelo macio. Ainda podia me lembrar do perfume de almíscar da loção de barbear dele, do calor de seu corpo ao me envolver com o braço após o empurrão do Keith. A última vez que usara aquele pulôver verde tinha sido quando me surpreendera com uma viagem à Eurodisney em dezembro do ano anterior. Eu havia reclamado com ele que estava estressada por causa de um projeto de última hora no qual estava trabalhando, e ele sugerira uma viagem de fim de semana para me animar. Tinha ficado realmente animada até ele me dizer que uma comidinha caseira na casa dos pais dele, nos arredores de Norfolk, era tudo o que eu precisava! Quando ele insistiu que eu levasse sapatos confortáveis e pulôveres grossos, não suspeitei de nada (a casa dos pais dele era um gelo!), mas quando teimou para que saltássemos da Metropolitan Line em St. Pancras, e não na Liverpool Street, percebi que havia algo mais.

— O que está acontecendo? — perguntei, enquanto ele apertava minha mão com força e me guiava até o terminal da Eurostar. Ergui os olhos para o telhado brilhante que se curvava sobre nossas cabeças como o teto de metal de uma catedral e fiquei pasma com a viga em tom champanhe. — Para onde estamos indo?

— Eu não te falei? — disse Dan, o sorriso iluminando os olhos. — Meus pais se mudaram para a França na semana passada.

— Mentira! Por que não me contou?

— Porque não é verdade — respondeu ele, soltando minha mão e correndo pelo corredor antes que eu pudesse socá-lo.

— Mas... — continuei, correndo atrás dele e puxando a mala de rodinhas. — Não peguei meu passaporte. Não podemos ir a lugar algum.

— Eu peguei seu passaporte — retrucou Dan, agarrando-me pela cintura e me puxando para perto. — E vamos para a Eurodisney, Lucy.

Meus gritinhos de alegria provavelmente foram ouvidos por todo o túnel.

Vinte e quatro horas depois, com o rosto pressionado contra o pulôver do Dan, que me abraçava naquela noite de inverno gelada, assistimos a uma centena de fogos de artifício coloridos chiarem e explodirem acima do Magic Kingdom, enquanto a Minnie, o Mickey e o Donald saltitavam de um lado para o outro sobre um barco e a beatífica Cinderela lançava beijos para a multidão.

— Não mereço você — falei, olhando para ele, a garganta fechada de tanta emoção. — Não mereço me sentir tão feliz.

— Merece sim — retrucou Dan. Ele segurou meu queixo, inclinou meu rosto para trás com delicadeza e me deu um beijo carinhoso na boca. — Quem mais eu iria enrolar, se não fosse você?

— Então você só me ama porque sou a garota mais ingênua do mundo? — perguntei, fazendo beicinho e fingindo estar aborrecida.

— Não — respondeu ele, olhando bem dentro dos meus olhos —, porque é a mais bonita.

Apertei ainda mais o elefante cor-de-rosa, esmagando-o entre os braços enquanto lágrimas rolavam por minhas bochechas e encharcavam o pelo macio.

— Vou encontrar um amor para o Archie, Dan — sussurrei. — Vou sim. Custe o que custar.

# Capítulo Quinze

*Sexta-feira, 3 de maio*
*Sétimo dia*

Entrei correndo no escritório na sexta de manhã, mas parei na porta, ofegante. Maldito Keith Krank! Era culpa dele eu não ter escutado o despertador. Se não fosse por ele, eu teria ido para a cama na hora normal, em vez de ficar pensando no Dan e...

Espere aí.

Archie estava curvado sobre a mesa, os dedos no teclado, com um suéter espalhafatoso pendurado nas costas da cadeira. Onde quer que ele tivesse ido na véspera, tinha voltado! O projeto "Encontrar um amor para o Archie" estava de novo em pauta.

— Oi, Archibald — cumprimentei, enxugando o suor da testa com a manga.

— Hum — retrucou ele, olhando fixamente para o monitor.

— Bom te ver por aqui — persisti. — Espero que esteja se sentindo melhor.

— Como assim? — perguntou ele, erguendo os olhos.

— Você não apareceu ontem. Achei que estivesse doente.

— Mais ou menos isso — murmurou ele, corando do pescoço até a raiz do cabelo.

Sua expressão foi tão estranha que imaginei que tivesse sofrido algum mal-estar embaraçoso, como uma diarreia súbita ou algo do gênero. Mas não havia do que se envergonhar. Todos ficamos doentes.

— Imodium é muito bom — comentei. — Tomei uma vez depois de comer camarões ao curry. Eles estavam tão passados que fiquei no banheiro por...

— Não fiquei doente — murmurou Archie, com uma expressão horrorizada. — Tive de fazer algumas... coisas...

Ah. Certo... Hora de ir para minha mesa.

Eu só estava logada há uns dez minutos quando uma mensagem instantânea apareceu na tela. Era do Graham:

*Olá, Lucy. Por favor, venha até minha mesa para termos uma conversinha.*

Ah, merda! No meu antigo trabalho, "conversinhas" significavam uma bela reprimenda ou demissão. Fiz força para engolir. E se ele tivesse verificado meu currículo duvidoso? Não podia perder aquele emprego. Ainda não tinha o telefone do Archie.

*Está tudo bem?*, digitei de volta, o coração batendo acelerado.

*Está, precisamos conversar sobre o site, lembra?*

Soltei um suspiro tão alto que Nigel parou de digitar e olhou para mim por cima dos óculos.

*Já estou indo*, respondi, ignorando meu colega e pegando as anotações que fizera na véspera. Estava na hora de dissimular.

★ ★ ★

A sóbria gravata azul do Graham tinha sido substituída por uma gravata-borboleta vermelha, e o cabelo desgrenhado estava repartido do lado e brilhando de gel. Não era um visual atraente.

— Oi, Graham — cumprimentei, parando na frente da mesa dele.

— Não faça cerimônia, senhorita Brown. — Ele apontou para uma cadeira. — Sente-se, sente-se.

— Fiz algumas anotações sobre o site — falei, sentando na beirinha da cadeira. — Quer que eu leia em voz alta ou prefere dar uma olhada?

Graham apoiou os cotovelos na mesa e colocou o queixo entre as mãos.

— Leia. Você tem minha total atenção, senhorita Brown.

— Certo. — Meu dedo tremia ao apontar para o primeiro item da lista. — Em primeiro lugar: a cor. É espalhafatosa demais e não passa uma imagem corporativa forte.

Graham franziu o cenho.

— Continue.

— As animações são bregas e vulgares e distraem a atenção do visitante — prossegui, entrando no ritmo. Eu talvez não soubesse nada de codificação de sites, mas sabia reconhecer um design ruim quando via um. — A fonte é grande demais, o layout é distorcido, o menu está no lugar errado, tem muitas fotos espalhadas tomando todo o espaço livre e, em geral, o site inteiro passa a impressão de falta de profissionalismo. Quem quer que tenha feito o design é um idiota daltônico.

Graham concordou.

— Certo, e se você pudesse dar algum conselho para o designer, o que diria?

— Eu não daria um conselho — respondi, feliz pela atenção à minha crítica. — Eu diria que ele está demitido.

— Diria? — Graham ergueu uma sobrancelha.

— Diria.

— Bom, infelizmente você não pode me demitir, porque eu sou o diretor executivo.

Merda.

Limpei a garganta.

— Eu não quis, quero dizer, não achei...

— Já fui um codificador, Lucy. — Graham empertigou-se na cadeira e cruzou os braços. — Projetar um site não é engenharia espacial, você sabe. Qualquer dos rapazes aqui poderia fazer isso, mas eles estão ocupados demais. Foi por isso que contratei você.

Caramba. Talvez Graham não tivesse a intenção de me demitir no começo da conversa, mas provavelmente estava pensando nisso agora.

— Certo, é claro — concordei. — Desculpe, não tive a chance de listar os pontos positivos.

— Quais são?

Dei uma olhada em minhas anotações, embora não houvesse nenhum.

— O texto que descreve o software de reconhecimento por voz está bom.

— E?

— E, hum, a foto de você usando o software é muito... informativa.

Graham passou as mãos pelo cabelo e ajeitou a gravata-borboleta.

— É mesmo, não é?

— É ótima — rebati. — A luz está maravilhosa, os ângulos são excelentes e, ahn, sua mesa parece muito arrumada.

— E o modelo?

— Desculpe? — falei, sem entender.

— Acho que a palavra que você está procurando é atraente.

Trinquei os dentes.

— Você está muito atraente na foto, Graham.

— Então está bem — concordou ele, levantando —, pode ir, e refaça o site. Vamos ver se você consegue fazer melhor.

— Vou dar o melhor de mim — falei, um fio de suor escorreu por minhas costas, e me virei para sair. Já estava a meio caminho da minha mesa quando Graham me gritou.

— Pois não? — Virei-me devagar.

— Se eu não gostar, está demitida.

Olhei para ele com os olhos esbugalhados.

— Brincadeirinha.


Por volta da uma da tarde, minha cabeça fervilhava com caracteres em HTML, codificação em Java e bibliotecas de fotos, e eu estava desesperada por um intervalo. Archie desaparecera misteriosamente de novo, portanto me virei para o Nigel.

— Vai ao pub de novo hoje?

— Não — respondeu ele, sacudindo a cabeça. — Vou trabalhar durante o almoço. Eu e o Geoff estamos trabalhando juntos num projeto particular.

Virei-me para o Geoff, que meneou a cabeça em concordância.

— Mas alguns dos outros rapazes vão — acrescentou Nigel. — Aparentemente eles vão discutir os prós e contras da visão do servidor Java e do cliente. Por que não se junta a eles?

— Acho que não — respondi, encolhendo-me na cadeira. — Tenho algumas coisas para resolver, portanto talvez seja melhor ficar só num sanduíche.

Nigel olhou para o relógio.

— A Sally Sanduíche deve chegar a qualquer instante. Ela prepara um ótimo de maionese de ovo e queijo.

Dito e feito, dez minutos depois alguém bateu com força à porta do escritório. Sally Sanduíche devia ser uma garota enorme.

— Pode entrar! — gritou Nigel.

Virei-me, esperando ver uma arremessadora de peso russa passar pela porta.

— Olá — rugiu uma pequenina garota chinesa com cabelos louros oxigenados amarrados em duas marias-chiquinhas. Ela usava uma blusa xadrez vermelha e branca, uma minissaia de brim e um avental branco com Sally Sanduíche bordado em rosa-shocking. E nos pés, os mais ridículos e gigantescos tênis cor-de-rosa que eu já tinha visto. Sally deixaria as Spice Girls mortas de inveja.

— Ovo e queijo? — perguntou ela, aproximando-se do Nigel e tirando um tijolo de sanduíche de debaixo da pilha.

— Isso, garota!

— Oi — disse ela, olhando para mim. — Você é nova?

— Sou, meu nome é Lucy.

Ao levantar e estender a mão, eu me senti uma gigante. Sally era ainda menor do que eu pensara a princípio. Não podia ter muito mais do que um metro e meio.

— O que posso fazer por você? — Ela sorriu.

Comprei uma baguete de salsicha com tomate e me sentei. Sally olhou de relance para o Geoff, mas ele estava devorando um sanduíche de presunto e alface que trouxera de casa.

— Vejo vocês amanhã então — disse Sally, levantando a cesta no ar ao se dirigir para a porta. — Legal te conhecer, Lucy. Tchau, rapazes.

O resto da tarde foi entediante. Quando o Nigel afastou a cadeira da mesa e se espreguiçou, olhei para o relógio, surpresa.

Merda, já eram 17h30.

Archie reaparecera no final do almoço, mas eu não tivera tempo de falar com ele. Precisava agarrá-lo rápido, antes que escapasse.

Aproximei-me da mesa dele bem na hora. Ele já tinha vestido o casaco, pendurado a pasta a tiracolo e estava desligando o monitor.

— Archie, o que vai fazer neste fim de semana?

— Vou a uma LAN party — murmurou ele, dirigindo-se para a porta.

Eu não fazia ideia do que era uma LAN party, mas qualquer coisa com a palavra "party" — ou seja, "festa" — no final não podia ser ruim, podia?

— Posso ir junto? — perguntei, sentindo minhas bochechas corarem.

Archie me olhou, surpreso, e correu os dedos pelos cabelos compridos.

— Você quer ir a uma LAN party?

— Quero. Eu adoraria.

— Tem noção de que vai levar umas 48 horas — disse ele com seriedade. — Vai precisar de muita resistência.

Uau, soava mais como uma rave do que uma festa. Ai. Meu. Deus. Será que o Archie era um viciado? Talvez fosse por isso que ele tinha faltado o trabalho. Um geek viciado. Quem teria pensado numa coisa dessas?

— Eu aguento 48 horas, sem problema — menti. — Onde é a festa?

— Posso te ligar amanhã de manhã para dar os detalhes? — perguntou ele, olhando para o relógio. — Preciso ir, já estou atrasado.

Precisei morder o lábio para não sorrir enquanto anotava o telefone de casa num pedaço de papel e o entregava a ele. Se o

Archie podia pedir o telefone a uma mulher, talvez ainda houvesse esperança. Ele olhou para o papel e o meteu no bolso traseiro da calça.

— Até mais, Archie — gritei, feliz, ao vê-lo sair porta afora.

— Archibald — murmurou ele, e desapareceu.

# Capítulo Dezesseis

Eu estava num bom humor atípico quando entrei na Casa dos Aspirantes a Fantasmas. Em um único dia, eu conseguira:

1) Não ser demitida

2) Receber um convite para uma festa que parecia ser maravilhosa

Isso significava que teria 48 horas para exercer minha mágica sobre o Archie e descobrir como era sua mulher ideal. Então, tudo o que teria de fazer seria convencê-lo a me deixar ajudar a encontrá-la. Brilhante, pensei ao entrar na cozinha e pegar uma Coca-Cola Diet na geladeira, tudo estava indo bem.

— Lucy — chamou Claire, surgindo do nada e bloqueando a porta.

— Eu — gemi, congelando no ato.

— Por que me mandou cair fora quando chegou em casa ontem à noite?

Merda. Tinha esquecido completamente que havia feito isso. Era culpa dela por me chamar de "Noivinha" quando entrei aos prantos.

— Porque eu estava, ahn, zangada com você por algo que me aconteceu — murmurei.

— O quê? — perguntou Claire, levantando a juba e amarrando-a com um elástico.

Hum, ahn. Ela estava prendendo o cabelo a fim de ficar pronta para uma luta?

— Conheci o Keith Krank — falei, dando um passo para trás, o que me fez bater na mesa da cozinha. Uma vasilha com cereais caiu no chão e quebrou.

— Jura? — Claire ergueu as mangas do pulôver de crochê, enrolando-as até a altura do cotovelo, e deu um passo em minha direção. — Onde?

— Que tal a gente sair para beber alguma coisa e conversar? — gaguejei ao escutar o barulho dos cacos da vasilha sob meus pés. — Algum lugar nas redondezas.

Se era para ela me bater, então eu queria testemunhas e acesso fácil a uma ambulância para transportar meu corpo ferido.

Claire me olhou de cima a baixo estreitando os olhos. Fiz força para engolir.

— Tudo bem — ela concordou, exatamente quando já estava pensando em jogar a lata de Coca-Cola na cabeça dela e sair correndo. — Mas você paga.


O Queen's Head, um pub antigo e detonado na esquina da Casa dos Aspirantes a Fantasmas, estava lotado. Todas as mesas estavam ocupadas, portanto sentamos no bar. Pedi as bebidas.

— Então — disse Claire, pegando o drinque de cassis e sidra das mãos do caquético barman —, o que aconteceu com o Keith?

— Bom, eu... hum...

Como podia explicar o que havia acontecido sem que ela achasse que eu tinha tentado dar em cima dele? Todas as opções que formulara em minha mente terminavam do mesmo jeito — Claire enlouquecendo e me enchendo de porrada. Espera aí. Eu não precisava dizer que ele tinha dado em cima de *mim*, precisava?

— Fui tomar um drinque no White Horse — comecei, pegando minha taça de vinho branco —, e vi quando o Keith entrou. Ele estava muito, muito bêbado.

— O bom e velho Keith. — Claire sorriu. — É o pub favorito dele. Com quem ele estava?

— Sozinho, mas não por muito tempo.

— O que quer dizer com isso?

— Ele se aproximou de uma garota que estava sentada sozinha no balcão e tentou convencê-la a ir para o toalete com ele.

Claire pegou sua sidra e me olhou desconfiada.

— E ela foi?

— Não. Keith a chamou de vaca e puta e Deus sabe mais o quê. Foi horrível. A garota ficou realmente chateada.

Esperei pela reação da Claire. Segundo ela, Keith era um sujeito adorável, sensível, amante dos animais, portanto descobrir como ele era de verdade provavelmente seria um choque.

— Só isso? — perguntou ela, brincando com o brinco no nariz.

Olhei para ela de boca aberta.

— Como assim, só isso? O cara foi um verdadeiro idiota. Ele a envergonhou na frente do pub inteiro e arruinou a noite da garota.

— Me conta alguma coisa que eu não sei.

Franzi o cenho.

— Como assim?

Claire esfregou o rosto com a mão e desviou os olhos. De repente, não parecia mais tão assustadora. Na verdade, parecia inacreditavelmente jovem e vulnerável.

— Ele costumava fazer esse tipo de coisa comigo o tempo todo, só que, ao contrário dessa garota, eu ia para o banheiro com ele. Mas isso não o impedia de me esculachar depois.

— Tá brincando?

Ela fez que não e tomou o resto do drinque.

— Gostaria de estar. Quando a gente terminava, ele voltava para a mesa da banda e me mandava cair fora, ir sentar no bar. Aí contava para eles o que tínhamos feito e todos riam e falavam de mim.

Fiquei horrorizada. Claire era um saco, mas ninguém merecia ser tratado com tamanha crueldade.

— Falavam o quê? — perguntei.

— Falavam de como eu era gorda e feia, ou de como eu era uma fã tão desesperada que faria qualquer coisa por ele.

— Ah, Claire, isso é horrível. Por que continuou a dormir com ele?

Ela bateu com o copo vazio sobre o balcão e fez sinal para o barman.

— Quando Keith estava sóbrio, era legal... — Claire abaixou a voz enquanto o barman enchia seu copo novamente — ... gentil até. Acho que pensei que se passasse tempo suficiente com ele, o negócio da bebida ia parar. Mas não parou.

— Devia tê-lo deixado, Claire. Você poderia encontrar alguém muito melhor.

— Olha só para mim — continuou ela, abrindo os braços. — Quem quer isso?

Não havia nada de errado com ela. Por baixo dos quilos de maquiagem, Claire era uma garota bem bonita. Sua aparência não era o problema, e sim o jeito brigão.

— Muita gente ia querer você — comentei. — Se não exigisse tanto de si e não agisse como uma filha da mãe o tempo todo.

— Agora é tarde — disse ela, mordendo o lábio inferior. — Estou morta.

Claire tinha razão. Ou será que não? Será que os mortos ainda podiam encontrar um amor? Tentaria descobrir quando chegássemos em casa, pensei. Não sabia muito bem por que queria ajudá-la. Talvez porque ainda me lembrasse de como era ser uma adolescente, e se sentir um peixe fora d'água. Eu tinha sido um patinho feio, com aparelho nos dentes e pele cheia de acne. Tinha tanta vergonha da minha boca metálica que não beijei ninguém até tirar o aparelho, aos 17 anos. E também conhecera minha cota de idiotas.

— Então, o que você vai fazer, Claire? — perguntei, tomando o resto do meu vinho e botando a taça de volta no balcão.

Ela abriu um sorriso forçado.

— Completar minha missão e me vingar. Vou assombrar o Keith e a banda pelo resto da vida deles. Vamos ver como eles se sentem com uma fã da qual não conseguem se livrar.

— Acha isso uma boa ideia?

— É uma ótima ideia — respondeu ela, com um sorrisinho irônico. — Aqueles caras vão pagar pelo que fizeram comigo.

— Claire. — Meu estômago se revirou. — Por que estou com uma sensação ruim em relação a isso?

Ela apenas riu.

# Capítulo Dezessete

*Sábado, 4 de maio*

*Oitavo dia*

As bolhas fizeram cócegas no meu nariz quando me inclinei para a frente e Dan correu os dedos ensaboados pelas minhas costas. O banheiro estava escuro, exceto pela luz cálida das velas, e o aroma adocicado de algas marinhas do banho de espuma Molton Brown dominava o ambiente.

— A madame gostaria de um chocolate? — Dan sussurrou, enfiando um pedaço de Dairy Milk em minha boca. — E que tal um pouco de Barry White?

Fiz que sim, embora pessoalmente achasse Barry White um pouco brega *demais* para um cenário de sedução.

— Seu desejo é uma ordem. — Dan pegou o controle remoto.

Reclinei, relaxando contra o peito dele, seus braços me envolvendo, seus lábios… seus lábios… que diabos era aquele barulho irritante? O CD estava arranhado? Não parecia o leão-marinho do amor, parecia mais…

O telefone.

Merda!

Sábado. LAN party. Archie. O telefone. Acorda, Lucy!

Escutei um barulho horrível de algo se rasgando quando sentei de um pulo na cama. Levei a mão ao rosto. Uma das páginas do manual estava colada na minha bochecha. Hum. Eu devia ter babado enquanto sonhava.

Pisquei ao desgrudá-la do rosto e esfreguei a pele arranhada. Tinha conseguido ler apenas umas duas seções antes de apagar, mas não encontrara nada que me dissesse se a Claire poderia encontrar um amor no céu. Talvez o Brian soubesse. Só que isso teria de esperar. O telefone ainda estava tocando.

Levantei da cama, saí do quarto correndo e desci a escada.

— Alô! — ofeguei ao atender.

— Lucy Brown? — perguntou uma voz educada e elegante.

— Sou eu sim — respondi, retirando os pedaços de papel que ainda estavam grudados em minha bochecha e jogando-os no chão. — Archibald Humphreys-Smythe?

Archie riu. Sua risada era bem mais forte do que eu esperaria para um homem do tamanho dele.

— Ainda está disposta a ir à LAN party?

— Com certeza.

— Ótimo. Onde você mora? Passo aí em meia hora.

Olhei para o telefone.

— Como?

— Quarenta e cinco minutos então?

Que tipo de festa começava às 11 da manhã de um sábado?

— Por que tão cedo? — perguntei.

— Bom, precisamos arrumar tudo. Vai ser uma maratona.

Seria uma festa para tanta gente a ponto de precisarmos de quase um dia inteiro para arrumar tudo? Apesar de minhas reservas, estava começando a achar que seria uma noite fantástica.

— Moro na Buckley Road, número 108. Vejo você em 45 minutos então?

— Fechado.

O telefone ficou mudo. Permaneci encolhida no armário por alguns segundos, sentindo-me animada e nervosa. Era minha grande chance de conhecer Archie melhor e não podia desperdiçá-la. Mas vamos começar pelo princípio — o que vestir?

A campainha tocou exatamente 45 minutos depois. Meu coração bateu acelerado e dei uma última olhada no espelho. Cabelo lavado e seco? Conferido. Nenhum pedacinho do manual grudado na bochecha? Conferido. Frente única prateada com minissaia preta? Conferido. Saltos ridiculamente altos? Conferido. Ótimo, estava pronta para ir. Respirei fundo, atravessei o corredor, desci a escada com passos vacilantes e abri a porta da frente.

Archie, vestido com calças bege largas e uma camiseta preta com os dizeres "Adoro elfos", fitou-me de boca aberta. Seus olhos viajaram do topo de minha cabeça até a ponta visível dos dedos dos pés e voltaram.

— Hummm — disse, a boca aberta como a de um peixinho dourado. — Hummm.

Coloquei as mãos nos quadris e sorri.

— Acho que a palavra que está procurando é Uau!

— Isso, é claro — replicou ele, pulando de um pé para o outro e torcendo os dedos. — Só que...

Será que eu tinha entendido errado? Seria mais como um jantar do que uma rave? Ou talvez fosse um baile, isso faria sentido, afinal ele era um sujeito refinado.

— Só que... vai se sentir confortável com essa roupa?

Confortável? Saltos altos eram uma agonia constante, mas esse era o preço a pagar. Algo que os homens, inclusive o Archie, jamais entenderiam.

— Vou ficar bem. Não se preocupe.

— Tudo bem, então. Vamos. Meu carro está logo ali.

Atravessamos o caminho de entrada, Archie na frente e eu atrás, até alcançarmos o fusquinha mais branco e mais fofo que eu já tinha visto, e paramos.

— Esse é o Herbie — falou Archie, abrindo a porta do carona.

— Por favor.

Entrei no pequenino carro da maneira mais elegante que consegui. Já não tinha mais tantas dúvidas quanto à roupa e estava começando a me divertir. Archie era um completo geek (quem vai a uma festa com uma camiseta com os dizeres "Adoro elfos"?), mas era também um verdadeiro cavalheiro e estávamos prestes a sair numa miniaventura juntos.

— Cinto — disse ao sentar atrás do volante.

— Tudo amarrado e pronto para partir, Bimbo Baggins.

— Ahn? — Archie pareceu estarrecido.

— Você sabe, do *Senhor dos Anéis*?

— Acho que você quis dizer *Bilbo* Baggins, Lucy.

— Isso, certo, é claro — repliquei, esforçando-me ao máximo para não rir.

Archie colocou a chave na ignição, ligou o motor, passou a primeira e saiu para a rua.

— Pronta para a diversão? — perguntou ele. Notei um tímido sorriso por baixo da barba desgrenhada.

— Putz, é claro. Vamos lá. Tem algum CD aí?

— No porta-luvas.

Abri o porta-luvas e vasculhei a enorme pilha de CDs que havia lá dentro. Não sei ao certo o que esperava que um geek como o Archie gostasse de escutar, mas com certeza não era rap, nem hip-hop. Velha guarda ou algo do gênero. Não exatamente o meu gosto musical. Eu gostava de rock e rock independente. Passei os CDs em revista: Beastie Boys, Doctor Dre, Run DMC, Public Enemy, NWA.

— São seus? — perguntei.

— De quem mais seriam?

Ergui uma sobrancelha, escolhi o do Beastie Boys e abaixei o vidro. "Fight for you Right to Party" (lute pelo seu direito de se divertir; bastante apropriado, pensei) explodiu nos alto-falantes acima do banco traseiro e acertou meus ouvidos com a força do baixo. Olhei em volta. Havia alguma coisa sobre o banco de trás.

— Archie, por que você trouxe seu laptop?

— O quê? — Ele se virou para mim e abaixou o volume.

— Seu laptop. Está no banco de trás. Por quê?

— Porque vou precisar dele, é claro. Cadê o seu?

— Não trouxe nenhum. — Olhei para meu colo vazio e franzi o cenho. — Eu ia trazer uma garrafa de vinho, mas esqueci.

Os freios guincharam e fui lançada para a frente quando o carro parou. Os CDs escorregaram do meu colo e caíram no chão. Ah, merda, eu tinha obviamente cometido uma gafe. Pessoas elegantes *sempre* levam alguma bebida para as festas.

— Quer voltar? — perguntou ele quando os carros atrás da gente começaram a buzinar. — Ainda temos tempo de voltar para pegar seu laptop.

O quê? Ai, meu Deus! Talvez nas festas *verdadeiramente* elegantes a gente tivesse de levar um laptop ou algo tão caro quanto, em vez de uma simples garrafa de vinho. Você sabe, como os dignitários em visita, que levam para a rainha tiaras e joias e coisas do gênero.

— Mas eu não tenho um laptop — falei, desesperada.

Archie passou a marcha de novo e recomeçou a andar.

— Não se preocupe, Nigel deve ter um sobrando.

— Ele vai à festa? — perguntei, surpresa.

— Claro. Ele e o Geoff. Não seria muito divertido se não houvesse laptops suficientes.

Sobre o que ele estava falando? A gente estava indo para alguma espécie de orgia de laptops? E se LAN quisesse dizer Loving a Nerd?* Ai, ai. E se todos os laptops tivessem câmeras conectadas à Internet e os rapazes estivessem esperando que eu dançasse ou fizesse um striptease ou...

— Não falta muito — observou Archie, interrompendo meu pânico silencioso. — Estamos quase chegando.

Entramos numa calma rua dos subúrbios e estacionamos. Duas senhoras desciam a rua; uma puxando um carrinho de compras e a outra com um andador. Não exatamente um local de festas.

— Chegamos?

Archie desligou o motor e saltou do carro.

— Número 27 — disse, apontando para uma casa com jardim e uma porta vermelha.

Abri espaço para ele passar primeiro. As borboletas em meu estômago bateram as asas enlouquecidas quando ele tocou a campainha.

Com que diabos eu tinha concordado?

---

* Amar um nerd. (N.T.)

# Capítulo Dezoito

A porta se abriu devagar.

— Archie! — exclamou Nigel, e então seus olhos se voltaram para mim. — Caramba!

Abri um sorriso meio forçado. Havia algo de muito errado em ver um geek me checando tão abertamente. Mas pior ainda foi a ótima sensação que isso provocou em mim. Ensaiei uns passinhos nervosos.

— Fico feliz que tenha gostado.

— Não é isso... é só... — Nigel riu. — Você não está vestida demais?

Olhei para o Archie, mas ele estava com os olhos pregados nos tênis.

— Não tem importância — disse Nigel, puxando-nos para dentro de casa. — Vamos, a diversão é logo ali.

Atravessei o corredor, passei pela porta que ele apontara e me vi num aposento escuro, com um leve cheiro de mofo. As cortinas estavam fechadas e a maior parte dos móveis tinha sido empurrada para perto das janelas francesas. Quatro mesas haviam sido agrupadas no meio da sala, formando um quadrado. Em uma delas, atrás de um laptop, estava Geoff.

— Oi, Geoff — cumprimentei, espreitando a escuridão, ainda bastante confusa. A sala não parecia ter sido arrumada para uma orgia *ou* uma festa. O que diabos estava acontecendo?

— Tudo bem? — murmurou Geoff, os olhos fixos na tela.

Nigel passou do meu lado e digitou algo em outro laptop.

— Tenho Coca, Red Bull, Lucozade e sacos de batatas fritas na cozinha, se quiser alguma coisa — disse ele, virando-se para mim. — Podemos pedir uma pizza mais tarde, quando a fome apertar. Vamos pedir on-line, é claro.

— Ótima ideia — replicou Archie, sentando-se em uma das cadeiras vagas. — Sente-se, Lucy.

Sentei na beirinha de uma das cadeiras e observei Archie ligar o laptop numa das tomadas da parede e mexer em alguns fios e numa caixa preta com uma luz piscando no meio de uma das mesas.

— Archie — chamei, olhando desconfiada para a caixa preta. — Posso te ajudar com alguma coisa?

— Ah — respondeu ele, parecendo desconfortável. — Desculpe, você tem um laptop sobrando, Nigel? Lucy esqueceu o dela.

— Sem problema. — Nigel se levantou. — É um dinossauro, Lucy, sinto muito, o *video card* não é muito bom, mas deve servir.

Ele saiu da sala e escutei o barulho de passos pesados subindo uma escada.

— Archie — sussurrei quando ele de repente desapareceu sob uma das mesas. — Quando a festa vai começar?

— Assim que a gente terminar de arrumar tudo — ele respondeu com uma voz abafada.

— Mas cadê o resto das pessoas? E o DJ? Como vamos dançar com essas mesas no meio da sala? E está escuro demais aqui também... vocês não têm uma daquelas luzes de boates?

Uma risada alta retumbou embaixo das mesas e escutei uma pancada forte. O rosto risonho do Archie apareceu.

— Desculpe — disse ele, tirando o cabelo do rosto. — Ri e bati com a cabeça.

— Por quê? — Eu me sentia mais confusa a cada segundo.

— Lucy, você sabe o que é uma LAN party? — indagou Geoff.

— Sei, é claro — gaguejei. — É uma rave no campo. LAN é a abreviatura de *land*,* certo?

Archie e Geoff se entreolharam e caíram na gargalhada.

— Que foi? — perguntei enquanto eles continuavam a rir. — O que foi que eu falei?

— LAN — respondeu Geoff, quase engasgando de tanto rir — é a abreviatura de Local Area Network.

— O quê?

O queixo do Archie caiu, mas ele parou de rir.

— Uma LAN party — explicou devagar — é quando as pessoas conectam seus computadores para jogar jogos multijogadores juntos.

— Eu sabia — guinchei. — Só estava brincando com vocês.

Archie e Geoff ainda estavam rindo quando Nigel entrou de novo na sala e colocou um laptop na minha frente. Olhei para o computador sem saber o que dizer.

— Posso te levar para casa se preferir — disse Archie, de maneira gentil. — Não precisa ficar se não quiser.

Olhei do laptop para minha horrível minissaia e os sapatos totalmente inadequados. Não era de surpreender que os rapazes

---

* Campo, terreno. (N.T.)

houvessem me olhado como se eu tivesse me materializado de algum outro planeta (o que, na verdade, eu tinha). Bem feito por ser a rainha das mentirosas!

— Hum — falei. — Hum.

Se ficasse, teria de passar as próximas 48 horas de minha não existência jogando jogos de computador, e o único que eu conhecia era um dos jogos de futebol do Dan. E mesmo aquele eu só dera uma olhada por cima do ombro dele, importunando-o para que o desligasse, a fim de que não chegássemos atrasados ao cinema.

Virei-me para o Archie. Ele parecia genuinamente preocupado, como se fosse o responsável pela minha estupidez. Droga. Eu não tinha escolha, tinha?

— Adoraria ficar — declarei, abrindo um sorriso afetuoso. — Mas você vai ter de me explicar como jogar.

— Ótimo — concordou ele, relaxando visivelmente. Enquanto instalo o software e te conecto ao hub... — Ele pegou meu laptop. — ... você escolhe com qual personagem vai querer jogar. Quer ser um humano, um orc, um elfo ou um dos mortos-vivos flagelados?

— Hum — respondi, tentando permanecer séria. — Acho que me daria bem sendo um dos mortos-vivos.

# Capítulo Dezenove

*Domingo, 5 de maio*
*Nono dia*

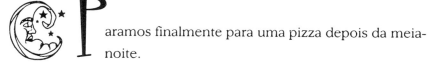Paramos finalmente para uma pizza depois da meia-noite.

Bom, eu parei. Nigel e Geoff continuaram jogando, dando algumas mordidas nas fatias de pepperoni entre uma luta e outra. Tenho certeza de que o Archie também queria continuar jogando, mas, ao olhar para mim, cercada pela mobília e encolhida no sofá do outro lado da sala, ele veio em minha direção com uma fatia de pizza numa mão e a caixa na outra. Pairou a meu lado, subitamente envergonhado depois de uma noite inteira de sorrisos e contato visual.

— Archie, quero dizer, Archibald — falei, corrigindo-me rapidamente. — Senta, pelo amor de Deus. Você está fazendo a sala parecer uma zona.

Abri espaço para ele afastando as coisas do sofá, mas, ainda assim, ele se espremeu no canto oposto e encolheu os joelhos junto ao peito. Deu uma mordida na pizza e olhou ansioso para

Nigel e Geoff, que estavam se cumprimentando com um bater de palmas no alto.

— Está se divertindo? — perguntou Archie. — Me sentiria muito mal se você não estivesse gostando.

Dei-lhe um leve cutucão no braço.

— Estou me divertindo à beça, Archie. Eu te diria se não estivesse.

Ele me olhou com uma expressão manhosa.

— Você me chamou de Archie.

— Foi... e?

— Cheguei à conclusão de que gosto quando me chama assim.

Sorri e mudei de posição, metendo os pés debaixo da bunda. Meus saltos já eram, no começo da noite eu trocara minha roupa por uma camiseta azul desbotada e um par de calças pretas de moletom do Nigel. Estava me sentindo muito mais confortável, embora o visual fosse um fracasso no tocante à moda.

— Todo mundo te chama de Archibald?

— Chama, todos no trabalho... e minha avó.

— E sua namorada?

Archie engasgou com a pizza.

— Não tenho namorada — murmurou, os olhos fixos no chão. — Infelizmente.

Bingo! Então ele queria uma. Já era um bom começo. Não se pode encontrar a alma gêmea para alguém que não quer uma.

— Você conhece muitas garotas? — perguntei, pegando outra fatia da pizza.

Ele fez que não.

— Não tenho muitas oportunidades de conhecer garotas. Quando não estou no trabalho, eu... ahn... estou ocupado fazendo algumas coisas.

— Que tipo de coisas?

— Apenas coisas.

— Ai, pelo amor de Deus, Archie, me fala. Não posso te ajudar a encontrar uma namorada se não conversar comigo.

Archie ergueu as sobrancelhas.

— Quer me ajudar a encontrar uma namorada?

— Quero, por que não? Eu costumava agir como casamenteira quando era... — Parei a tempo. — ... mais jovem — completei. — Promovi encontros para vários amigos na universidade.

— E você era boa nisso?

— Era — menti. — Dois casais se casaram. Agora eles têm filhos e tudo o mais. De qualquer forma, que *coisas* são essas que tomam tanto do seu tempo?

Archie passou a língua pelos lábios, e seu pomo de adão saliente subiu e desceu. Senti-me mal por pressioná-lo, vendo que se sentia tão obviamente desconfortável, mas precisava saber contra o que teria de lutar. Se ele tivesse uma agenda atribulada, teria de arrumar um meio de contorná-la.

— Faço trabalhinhos para minha avó — ele confessou baixinho. — E isso toma quase todo o meu tempo livre.

— Sua avó é muito velha? — perguntei, solidária. A pobre mulher devia ser enferma.

— Ela acabou de fazer 72 anos.

Então não era *muito* velha. Havia um monte de gente famosa mais velha do que isso que ainda trabalhava. O bom e velho Brucie Forsyth tinha 80 e ainda dançava na TV, e Honor Blackman ainda mantinha o glamour de sua época como *bondgirl*. Mas talvez houvesse algo errado com a avó do Archie.

— Ela é doente?

Archie abraçou os joelhos com tanta força que achei que ia se quebrar. Havia tamanha tristeza em seus olhos que senti vontade de abraçá-lo. Então ele vivia com a avó. Grande coisa. Se ela fosse parecida com o neto, seria baixinha, tímida e muito doce.

— Na verdade, minha avó é muito saudável. Mas ela só tem a mim. Meu pai foi mandado pela firma para Dubai há quatro anos, e mamãe foi junto. Eu planejava me juntar a eles algumas semanas depois, mas vovô morreu de repente e todo mundo achou que eu devia ficar e ir morar com a vovó.

— E você não se importou com isso?

Archie franziu o cenho. A expressão em seus olhos foi substituída por outra mais austera.

— Era a coisa certa a fazer.

— Sinto muito. Deve ter sido horrível. Se serve de consolo, sei como se sente.

— Sabe? — Ele me olhou com surpresa.

— Não quanto a tomar conta de minha avó, isso não, mas perdi meus pais quando tinha vinte e poucos anos. Sei como é ficar sozinho.

Agora foi a vez do Archie parecer aflito.

— Meu Deus, Lucy! Eu não fazia ideia.

— Tudo bem. — Dei de ombros. — Como poderia?

Ficamos alguns segundos sem dizer nada. Apenas permanecemos ali no sofá, olhando um para o outro, com uma espécie de compreensão muda preenchendo o silêncio.

— Ei — gritou Nigel —, vocês aí! Seus personagens estão sendo derrotados. É melhor voltarem para cá ainda hoje.

E o momento se desfez como o estouro de um balão inflado demais.

\* \* \*

A próxima coisa que senti foi algo leve e áspero batendo na minha testa. Abri um olho e perscrutei a sala. Nigel estava jogando batatas fritas em mim.

— Olá, dorminhoca. — Ele riu.

— Que foi? — Esfreguei os olhos e bocejei. — Só estava descansando os olhos. Já recarreguei as baterias e estou pronta para lutar!

Não tinha sido minha intenção pegar no sono. Depois que Nigel interrompeu minha conversa com o Archie, voltamos para os laptops e retornamos ao jogo. Continuei até as cinco da manhã, quando decidi sentar no sofá e tomar um Red Bull para recarregar as energias. Obviamente não havia funcionado.

— Pode dormir de novo se quiser — falou Nigel, entre um punhado e outro de batatas fritas. — Decidimos terminar a maratona mais cedo porque esses dois são um par de pesos leves.

Um Archie de olhos pesados e um bocejante Geoff concordaram com a cabeça.

— Que horas são? — perguntei.

— Quatro da tarde.

— Mentira! — Sentei e me espreguicei. — Meu personagem morreu?

— Não — respondeu Nigel —, nós te desconectamos quando percebemos que tinha desmaiado. Você chegou em último, mas ainda tem dez créditos. Pode usá-los na próxima vez.

Peguei uma batata e a atirei de volta nele.

— Quem disse que quero jogar com vocês de novo?

Nigel fez beicinho e fingiu ficar aborrecido.

— Não quer?

— Bom, talvez, se vocês forem legais comigo no trabalho.

— Nem pensar! — Ele riu. — Na verdade, agora que te conheci melhor, vou transformar sua vida profissional num inferno...

— Lucy — interrompeu Archie, afastando a cadeira e se levantando. — Quero ir embora, se não se importa. Tenho que, hum...

— Fazer alguma coisa? — Sorri. — Me dá só um segundo para me trocar.

Não demorei muito para me trocar, dobrar a roupa do Nigel e colocá-la cuidadosamente em cima da cama. Depois de um ligeiro abraço de despedida em meus espantados anfitriões (senti como se fosse a coisa certa a fazer — afinal, nossos personagens tinham passado por tanta coisa juntos), entrei no carro do Archie.

Fizemos o caminho de volta em silêncio, mas foi um silêncio cansado e amigável. Nossa conversinha na noite anterior me deixara com a sensação de que havia definitivamente feito progresso com ele. Não queria forçar a barra.

— Certo, Lucy — disse Archie ao parar na frente da minha casa. — Você está entregue.

Disfarcei um bocejo e ofereci-lhe um sorriso de gratidão.

— Obrigada, Archie. Foi uma noite maravilhosa.

Ele meneou em concordância.

— Para mim também.

Abri a porta do carro e estava prestes a saltar quando tive uma ideia.

— Archie — falei, sentando de novo no carro —, você gostaria de participar de um *speed dating* comigo na semana que vem?

— O quê?! — Ele arregalou os olhos. — Por Deus, não. Isso parece profundamente assustador.

— Não vai ser. — Dei um tapinha no braço dele. — Prometo.

— Não pode estar falando sério — replicou ele, afastando-se e me olhando como se eu o tivesse convidado para saltarmos de *bungee jumping* pelados do topo do Big Ben. — Eu... *speed dating*? Lucy, realmente não acho que...

— Vai ser divertido — argumentei, desesperada. — Você vai gostar. Honestamente.

— Hum. — Archie parecia em dúvida. Brincou com a barba e evitou deliberadamente meu olhar de súplica.

— Por favor, Archie — implorei. — Por favor, diga que sim. Isso significaria muito para mim.

— Mas por quê? — perguntou ele, olhando para mim.

— Preciso encontrar minha alma gêmea — respondi com sinceridade, o rosto sorridente do Dan passando rápido por minha mente —, e ir a um *speed dating* com você talvez ajude.

— Hum — repetiu Archie. Podia quase escutar os neurônios trabalhando em seu cérebro enquanto ele decidia o que fazer.

— Por favor... — Olhei para ele da forma mais melancólica que consegui e cruzei os dedos atrás das costas.

— Tudo bem — ele concordou por fim, desfazendo o cenho franzido e abrindo um sorriso. — Só porque é para você.

Não foi a resposta entusiasmada que eu esperava, mas fazê-lo concordar já era alguma coisa.

— Tem certeza? Não vai desistir no último minuto, vai?

Ele riu.

— Não posso prometer que não vou ficar nervoso, mas minha palavra é só uma, Lucy, e eu disse que vou.

Estiquei a mão.

— Temos um acordo?

Archie apertou minha mão e a balançou para cima e para baixo.

— Feliz agora?

— Vou ficar. Pretendo ser muito, muito feliz, Archibald Humphreys-Smythe.

\* \* \*

Eu ainda sorria quando subi a escada, me joguei na cama e peguei a foto do Dan.

— Oi — falei, acariciando a bochecha dele. — Sentiu minha falta?

Senti, Lucy, respondi mentalmente. Senti muito a sua falta.

— Eu também senti a sua. Mais do que você pode imaginar. — Não se preocupe. As coisas estão indo muito bem. Archie é um rapaz adorável e vai me deixar ajudá-lo a encontrar uma namorada. Isso não é ótimo?

O Dan da fotografia continuou a sorrir.

— Não vou demorar muito a encontrar alguém, Dan. — Dei-lhe um beijo carinhoso na boca. — E aí vamos poder ficar juntos novamente. Espera só.

# Capítulo Vinte

*Segunda-feira, 6 de maio*
*Décimo dia*

Contei os dias nos dedos. Um... dois... três... eu havia chegado à Casa dos Aspirantes a Fantasmas no dia 27 de abril, um sábado, o que significava que voltara a Terra há... bati de cara num poste e pedi desculpas... dez dias. DEZ DIAS?!

Como assim? Como eu podia já estar no décimo dia? Tinha apenas 21 dias para completar a missão, ou seja, já se passara quase a metade do tempo. Tudo bem, eu conhecia Archie um pouco melhor e ele tinha concordado em ir a um *speed dating* comigo, mas ainda assim... grande progresso!

Segunda-feira, pensei, abrindo a porta do escritório da Computer Bitz; Jess e Anna tinham dito que se encontrariam todas as segundas para um drinque. Senti o estômago revirar. Se eu ia vê-las de novo, teria de voltar ao White Horse. E se o Keith Krank estivesse lá?

— Bom-dia, Lucy. — Archie me cumprimentou com um sorriso radiante quando entrei.

— Bom-dia — falei de volta, retribuindo o sorriso enquanto atravessava a sala em direção à minha mesa.

— Srta. Lucy Brown — Nigel me cumprimentou como um amigo que eu não via há séculos quando me sentei. — Como você está?

— Muito bem, obrigada, Nigel.

Geoff ergueu os olhos.

— Nnngh. — Até mesmo o resmungo dele parecia mais alegre do que o normal.

— Bom-dia, Geoff.

Sorri para meus colegas e senti minha confiança aumentar. Talvez eu conseguisse completar a missão afinal. Pelo menos três pessoas no mundo não me achavam uma fracassada deplorável.

O dia passou voando e, quando o relógio bateu cinco e meia, eu estava inquieta em minha cadeira, desesperada para ir ao White Horse. Meu telefone tocou na hora em que estava arrumando as coisas.

— Alô? — atendi, achando que devia ser engano. Ninguém havia ligado para o meu trabalho antes.

— Lucy? — falou a voz do outro lado da linha.

— Sou eu.

— É o Brian.

— Brian! — exclamei, desconcertada. — Como arrumou esse número?

— Liguei para o serviço de telefonista e ela me passou para um sujeito chamado Graham Wellington, que me passou para você.

Ó céus, rezei para que o Brian não tivesse dito nada estranho para ele.

— Algum problema? — perguntei. — Aconteceu alguma coisa?

Ele riu.

— Não, não. Só estava pensando no que você gostaria de jantar.

Jantar? E desde quando a gente cozinhava um para o outro? Desde que eu chegara à Casa dos Aspirantes a Fantasmas, minha dieta noturna se tornara um ciclo interminável de macarrão ao pesto com queijo ralado ou *baked beans* com torrada.

— Está cozinhando, Brian?

— Estou. Depois de você ter sido tão gentil em se oferecer para me ajudar com a missão, achei que o mínimo que podia fazer seria preparar um jantar de agradecimento.

Droga. Esquecera completamente da conversa que havíamos tido na Paddington Station. Estava tão envolvida com minha própria missão que não pensara nem um segundo no Brian.

— É um obrigado adiantado. O que você gostaria de comer?

Ah, ele era um homem tão gentil. Fedorento, mas definitivamente gentil.

— Sinto muito, Brian — respondi. — Mas já tenho planos para hoje à noite.

Houve uma pausa. Ele não estava esperando que eu o convidasse para ir junto, estava? Tinha aprendido uma coisa com a experiência que tivera com Keith Krank: falar e escutar a conversa dos outros era algo virtualmente impossível.

— Podemos adiar esse jantar para amanhã? — sugeri.

Meu companheiro de casa soltou um hum tão alto no telefone que tive de segurá-lo longe da orelha.

— Brian? Isso é um sim?

— Ah, é, tudo bem — respondeu ele finalmente.

Olhei para o relógio. Já eram quase seis horas. Precisava ir embora.

— A gente se vê depois então.

— Certo. — Ele suspirou.

\* \* \*

Estava frio, portanto fechei bem minha jaqueta e subi a rua em direção ao White Horse. E se Anna e Jess não aparecessem? E se decidissem ir a outro pub? Se isso acontecesse, eu nunca saberia qual tinha sido a reação do Dan ao incidente com o Keith Krank. Eu caíra nos braços dele, pelo amor de Deus. *Precisava* saber como ele se sentira em relação a isso.

Abri a porta do pub e andei até o balcão, sentindo-me enjoada de tão nervosa.

— Uma taça de vinho branco, por favor — pedi, antes que o barman tivesse a chance de falar qualquer coisa. Definitivamente, não queria uma conversa demorada sobre o que acontecera no fim de semana.

Quando ele se virou de costas para mim e se abaixou para abrir a geladeira, dei uma olhada em torno. Anna e Jess estavam sentadas exatamente na mesma mesa de antes. Dessa vez era a Anna quem estava de costas para mim, e eu pude ver o rosto pequeno e sorridente da Jess. Ela estava com o cenho franzido, e roía as unhas. O que diabos a Anna estava lhe contando?

— Três libras e meia — informou o barman, entregando-me o drinque.

Quase joguei o dinheiro em cima dele. Precisava descobrir o que estava acontecendo.

— Foi horrível — falou Anna quando puxei sorrateiramente uma cadeira e me sentei à mesa atrás delas. — A pobre mulher estava sendo totalmente insultada por esse idiota bêbado. Dan teve que se intrometer.

Isso! Ela estava falando de mim. Mudei o peso de lado, de modo a ficar na pontinha da cadeira e me inclinei mais para perto delas, dando o melhor de mim para parecer natural.

— Jura? — falou Jess, os olhos esbugalhados. — E o que aconteceu?

— A garota caiu em cima do Dan e ele passou os braços em volta dela e tentou confortá-la, mas ela o empurrou e saiu correndo.

— Não! — exclamou Jess, fascinada. — E depois? O idiota foi atrás dela?

— Não, ele estava bêbado demais para sentar no próprio banco, que dirá sair correndo! O barman foi procurar a garota, e como não a encontrou, expulsou o idiota do pub.

Jess meneou a cabeça em concordância.

— Fico feliz em ouvir isso. Deve ter sido horrível.

Fez-se uma pausa. Anna devia estar tomando um gole do seu drinque.

— Mas você ainda não escutou a parte mais estranha — disse por fim. — Depois disso, Dan me contou que era a mesma garota que tinha batido à porta dele naquela semana.

— Que garota?

Eu, senti vontade de dizer. Fui eu, Jess.

— Uma garota — respondeu Anna. — Ele nunca a vira antes. Ela apenas apareceu do lado de fora da casa e ficou olhando para ele pela janela. Depois, esmurrou a porta até ele abrir.

Aquilo era um tanto exagerado, pensei. A princípio, eu só tinha tocado a campainha uma vez. E não fiquei olhando. Apenas o fitei apaixonadamente.

— E o que aconteceu? — Anna aguçara completamente a curiosidade da Jess.

— Bom — falou Anna, correndo a mão pelo cabelo —, a garota tentou falar com ele, mas não conseguiu dizer nada. Aparentemente era muda.

— E Dan tem certeza de que é a mesma garota que caiu nos braços dele no fim de semana passado? — perguntou Jess.

— Certeza absoluta.

— Você a escutou?

— Isso é que é estranho. — Anna abaixou a voz e estiquei o pescoço para escutar. — A gente não escutou nada, mas ela deve ter falado com o idiota bêbado.

— Então por que fingiu para o Dan que era muda?

— Não faço ideia. Ele acha que ela é esquisita.

E vocês também achariam se virassem e vissem que a Garota Muda e Esquisita está sentada atrás de vocês, pensei, sentindo-me subitamente exposta. Vasculhei os bolsos até encontrar um elástico de cabelo. Ele estava enrolado num punhado de lenços de papel e numa embalagem de chiclete. Que ótimo! Desenrolei-o rapidamente e prendi o cabelo. Agora só precisava de um chapéu, um nariz falso e um par de óculos escuros.

— E como ele está? — quis saber Jess.

Anna suspirou.

— Na verdade, logo que chegamos ao pub, nada bem. Mas ele se animou um pouco depois que o idiota foi expulso. Em determinado momento, consegui fazê-lo rir tanto que a cerveja saiu pelo nariz.

Boa, pensei, para não dizer um tanto revoltante. A boa e velha Anna provavelmente contara ao Dan sobre suas últimas tentativas de encontros. Eram sempre horríveis e nos faziam cair na gargalhada (embora, segundo Anna, nunca fossem engraçados na hora).

— Então — continuou Jess —, quando vai encontrá-lo de novo?

— Na verdade... — Anna riu de maneira surpreendentemente juvenil. — Já encontrei. Eu o convidei para jantar dois dias atrás. Nada muito elaborado, só um frango com estragão acompanhado de batatas ao açafrão, e tiramisu de sobremesa. Foi um encontro bem mais tranquilo do que no dia do pub. Foi realmente muito, muito legal. — Ela riu de novo.

Eles tinham jantado e eu perdera? Droga. Pergunte sobre o que eles conversaram, Jess, pensei. Pergunte se o Dan falou de mim. Tentei projetar meus pensamentos na cabeça da minha amiga, mas pelo visto suas habilidades psíquicas estavam de folga.

— Foi muito delicado da sua parte — ela disse em lugar disso.

— Imagino que o Dan não tem comido bem.

— Não tem mesmo — retrucou Anna. — Foi por isso que sugeri sairmos para jantar na quinta. Talvez a gente possa experimentar o novo restaurante tailandês que abriu no Swiss Cottage.

Jess ficou desapontada.

— Quinta? Ah, que pena! Stuart e eu já temos planos. Adoraríamos encontrar vocês.

Que estranho! Anna estava usando sua voz de falsete com a Jess. Sempre que ela mentia para alguém, a voz ficava mais macia, mais leve, e o tom subia no final da frase: já a escutara falando assim centenas de vezes, particularmente com relação a casualidades, tipo "Adorei seu cabelo. Cortes assimétricos são o máximo", ou "Que linda a estampa dessa saia", ou "Você fica ótima de amarelo". Contudo, por que ela mentiria para a Jess? Será que não gostava dela tanto quanto eu imaginara?

— Fico preocupada com o Dan, ele esconde os sentimentos — falou Jess, sem perceber o descaso com o qual fora tratada. — Ele não é o tipo de cara que se abre com os amigos, mas fala com as mulheres. É ótimo que ele esteja conversando com você.

— Eu sei — replicou Anna. — Essa é uma das qualidades dele. Ele tem um lado bastante sensível e aberto, sem deixar de ser masculino. O melhor dos dois mundos. Não acho que a Lucy fosse querer vê-lo de luto pelo resto da vida. Ela ia querer que ele seguisse em frente.

O quê? O QUÊ?! Por que ela diria uma coisa dessas? O choque fez com que eu engasgasse com meu drinque. Agarrei a beira da mesa, incapaz de respirar ou engolir, a boca cheia de vinho. A vontade de tossir arranhou o fundo da minha garganta e apertei os lábios com força. Não tussa, não tussa, não...

O vinho branco espirrou pelos cantos da minha boca, acertando o cabelo perfeitamente arrumado da Anna.

— Anna — Jess falou alto. — Acho que a mulher atrás de você está engasgada com alguma coisa. Dê um tapa nas costas dela, rápido!

Antes que Anna tivesse a chance de se virar, saí correndo do pub, uma das mãos segurando a jaqueta e a bolsa, e a outra cobrindo a boca.

# Capítulo Vinte e Um

*Terça-feira, 7 de maio*
*Décimo primeiro dia*

Não consegui parar de tremer mesmo com uma xícara de café nas mãos e o edredom em volta do corpo. Por que diabos a Anna tinha dito que eu gostaria que o Dan seguisse com a vida e arrumasse outra pessoa? Eu nunca disse isso. Nunca! E havíamos conversado *centenas* de vezes durante as bebedeiras, sobre todos os tipos de coisas.

Certa vez, nas primeiras horas da manhã, depois de uma noite fora dançando, Dan e eu conversamos sobre a morte. Não sei por que esse horário, antes do nascer do sol, traz à tona conversas estranhas, mas suspeito que seja devido à quietude que a gente sente quando a maior parte do país está dormindo. De qualquer forma, acendi umas duas velas e deitamos na cama de roupa e tudo. Dan acendeu um cigarro, tragou com força e soltou a fumaça com um suspiro. Enfiei as mãos debaixo da cabeça e observei a fumaça subir em espirais em torno do abajur com cúpula de papel.

Nós cinco tínhamos começado a noite num pub. A gente só pretendia tomar uns dois drinques e depois ir para casa quando o pub fechasse, mas um drinque puxou outro e, antes que nos déssemos conta, estávamos discutindo para qual boate iríamos. Anna queria sair para paquerar em alguma boate brega de música house, mas eu insisti para que fôssemos a um lugar em Camden que tocava todos os clássicos indie. Depois de uma pequena discussão, decidimos votar, e acabamos partindo para o World Headquarters. Foi uma noite legal, mas que terminou de maneira abrupta no meio de "I Wanna Be Adored", com Jess e Stuart tendo uma discussão acalorada e indo embora enfurecidos. Depois disso, o ânimo despencou como um porco-espinho na autoestrada M25. Dan e eu decidimos chamar um táxi, mas, quando procuramos pela Anna, nós a encontramos num dos cantos da boate com a língua enfiada na goela de um sujeito que parecia ainda não ter saído do ensino médio. Ela sequer se deu ao trabalho de parar para respirar quando dissemos que estávamos indo embora; apenas fez um sinal de concordância com o polegar e deu um tchauzinho.

Ao voltarmos para o apartamento, Dan nos serviu uma dose de uísque e sugeriu que descansássemos um pouco na cama antes de nos prepararmos para dormir.

— Lucy — disse ele, apagando o cigarro e acendendo outro. — Você sabia que é mais comum as pessoas morrerem às três da manhã do que em qualquer outro horário?

Olhei para o despertador. Eram 2h56.

— Isso é verdade?

Dan fez que sim.

— É, li isso em algum lugar. Tem a ver com o fato de nosso relógio biológico e tudo o mais desacelerar nesse horário.

Empurrei o despertador para longe, me virei e passei um braço em volta dele.

— Então é melhor a gente ficar acordado mais um pouco.

Dan apoiou o queixo no topo da minha cabeça.

— Se eu morresse, quanto tempo você esperaria antes de tentar encontrar outra pessoa?

Afastei-me e ergui os olhos para ele; mesmo tendo feito a barba antes de sair de casa, seu rosto já estava azulado.

— De onde você tirou isso?

Ele deu de ombros.

— Não sei. Então, responde, quanto tempo você esperaria?

— Dan, isso é mórbido.

— Não é, não. É só uma pergunta.

— Hum — falei, perscrutando os olhos dele para descobrir se estava brincando ou se queria uma resposta séria. — Acho que esperaria pelo menos uns dois anos.

Dan ergueu as sobrancelhas.

— Dois anos? Estava pensando em algo como duas semanas.

— Idiota. — Dei-lhe um soco no braço.

Dan virou de lado e se apoiou num cotovelo.

— Lucy?

— Fala, Garoto Esquisito.

— Se alguma coisa acontecesse com você... — Ele ficou mudo e desviou os olhos, o maxilar travando e destravando, o corpo todo tenso.

— O quê? — perguntei, sentindo-me subitamente nervosa. Não era típico dele ser tão profundo.

Ele se deitou de costas de novo e olhou para o teto.

— Se alguma coisa acontecesse com você, Lucy — falou devagar —, isso me destruiria completamente.

Olhei-o fixamente, meu coração batendo na garganta, enquanto ele levava o cigarro aos lábios, tragava com força e soprava a fumaça de maneira lenta e contínua. Quando ele se virou para olhar para mim, senti uma onda de amor tão violenta, tão intensa, que achei que fosse desmaiar. Em vez disso, peguei a mão dele e a apertei com delicadeza.

— Isso não vai acontecer, Dan.

— O quê?

— Eu morrer primeiro — respondi com um pequeno sorriso. — Você é o fumante aqui, lembre-se disso.

— Ah, é — concordou ele, apertando os olhos. — Você entende que agora vou ter de fumar pelo resto da vida, não entende?

Ri, tirei o cigarro da mão dele e o apaguei no cinzeiro.

— Ei — falou Dan. — Por que você fez isso?

Deitei por cima dele e segurei seu belo e espantado rosto entre as mãos.

— Para poder fazer isso — respondi, dando-lhe um beijo.

Apertei o edredom ainda mais em volta dos ombros e abracei o café junto ao peito. O que a Anna dissera não fazia sentido, a menos — meu estômago revirou terrivelmente só de pensar —, a menos que o Dan *tivesse* lhe dito alguma coisa. Eu o escutara dizer que não sentia minha presença na casa desde a minha morte. Talvez ele achasse que essa era a minha forma de lhe dizer para seguir em frente? Ou talvez acreditasse que eu não me importaria se ele encontrasse outra pessoa por estar tão irritada quando morri? Tomei um gole do café, mas o líquido não melhorou em nada o frio que me consumia por dentro. Não havia tempo a perder. Precisava completar a missão e me tornar um fantasma o quanto antes. E isso significava encontrar a alma gêmea do Archie o mais rápido possível.

Coloquei em prática o plano do *speed dating* assim que cheguei ao escritório. Procurei em dois sites londrinos e escolhi o que promovia eventos diários. Tudo o que tinha a fazer era me certificar de que o Archie apareceria.

— Archie — falei, agachando-me ao lado da mesa dele.

Ele continuou a digitar, parecendo perdido em pensamentos.

— Archie!

Archie levantou os olhos e abriu um sorriso.

— Que foi, Lucy?

— Está livre hoje à noite? — sussurrei.

— Vou checar.

Ele consultou a agenda eletrônica e passou uma eternidade apertando botões e rabiscando na tela com aquela canetinha estilosa enquanto eu quicava para cima e para baixo, esperando uma resposta.

— Estou — respondeu ele, no momento exato em que pensei que meus joelhos fossem ceder sob meu peso —, a menos que a vovó precise de mim para alguma coisa. O que você tem em mente?

Droga. Tinha me esquecido da avó dele, mas não ia deixar isso me desanimar.

— Um evento de *speed dating* — respondi, animada.

— Hoje? — O sorriso dele esmoreceu.

— Que foi? Achei que você tivesse topado. Você falou no domingo que ia comigo.

— Falei, é só que, ahn... — murmurou ele, cofiando a barba e olhando para o monitor. — Achei que fosse ter mais tempo para me preparar psicologicamente.

— E como estava pensando em fazer isso?

— Não sei.

— Bom, então... — comecei, passando o braço por cima da mesa e desligando o monitor — ligue para sua avó e diga que vai sair hoje à noite. A gente não deve demorar mais do que umas duas horas, portanto você não vai chegar tarde em casa.

— Não posso prometer nada — retrucou ele, ligando o monitor de novo e me olhando de cara feia. — Ela pode inventar alguma coisa.

— Ai, por favor — supliquei. — Por favor, faça isso por mim.

— Nesse caso, Lucy Brown. — Ele sorriu. — Verei o que posso fazer.


Quando o relógio bateu cinco horas, eu estava inquieta, pulando na cadeira. Todas as vezes que uma mensagem aparecia em minha tela, meu coração se descompassava, mas era apenas o Nigel me mandando um link para algum site "engraçado" ou o Graham verificando meu progresso. Archie não dera um pio a tarde inteira, e só faltava meia hora para o dia acabar.

Olhei para a porta. Ah — boas notícias, Archie estava no telefone. Más notícias, ele estava com o cenho franzido. Ai, por favor, Archie, supliquei em silêncio, diga que vai comigo.

Uma cutucada forte no lado do corpo me obrigou a virar. Nigel estava me olhando por cima dos óculos com uma expressão intrigada.

— Alguém está atraído por alguém? — Ele deu uma risadinha.

— O quê?

— Um pouco baixo para você, não acha? — perguntou ele, apontando por cima do ombro com o polegar.

— Você acha que eu estou a fim do Archie? — devolvi, horrorizada.

— Bom, você não parou de olhar para a porta a tarde inteira.

— Só porque... porque... estou esperando uma encomenda.

— É mesmo? — Ele levantou a sobrancelha de modo inquisitivo.

— É, juro. Estou esperando por um... ahn... componente.

— Que tipo de componente?

— É para o... para o...

Olhei para meu monitor, desesperada. Componente? Por que diabos eu tinha dito isso? Todo mundo sabe que não é possível enganar um geek quando o assunto é algo técnico. Eu devia ter dito que estava esperando por uma caixa de absorventes. Isso o teria feito calar a boca.

— É para o...

Um envelope indicando mensagem apareceu na minha tela e quase guinchei de alívio. Era do Archie.

— Só um segundo, Nigel — pedi. — Tenho de resolver um pedido urgente do Graham.

*Ei, Lucy,* começava a mensagem. *Boas notícias! Eu POSSO ir a esse* speed dating *com você hoje à noite (embora ainda não acredite que tenha concordado em fazer isso. Culpo você por se aproveitar de mim quando eu estava cansado demais para pensar direito!). De qualquer forma, preciso passar em casa primeiro. Podemos nos encontrar lá? Onde/quando? A.*

Excelente! Eu já tinha começado a acreditar que ele não ia poder ir.

*Isso é ótimo,* digitei de volta, *precisamos estar no Amber Bar, na Poland Street (Soho), às 19h30. O evento começa às oito. Espero por você do lado de fora?*

*Não*, Archie respondeu. *É mais seguro esperar lá dentro. Posso me atrasar um pouco, mas estarei lá o mais tardar às 19h45. Tudo bem?*

Pensei se devia ou não dar algumas dicas de beleza enquanto conversávamos (a barba dele estava particularmente emaranhada hoje, e ele estava usando uma horrenda camiseta amarela com os dizeres "Ping! Bem-vindo à fase 70" na frente em vermelho), mas imaginei que mesmo um geek saberia se vestir para um encontro. Além disso, eu não queria passar uma impressão paternalista.

*Está ótimo*, digitei. *Até mais.*

À minha volta, Nigel, Geoff e Joe estavam se espreguiçando e se levantando. Eram 17h30. Hora de ir para casa e me arrumar. Eu precisava encontrar uma alma gêmea!

# Capítulo Vinte e Dois

O que o Archie ia usar? Sobre o que ele falaria? Será que conseguiria sustentar uma conversa com uma estranha por três minutos? Girei a chave na fechadura e entrei na Casa dos Aspirantes a Fantasmas, a cabeça fervilhando de perguntas. Um cheiro fantástico penetrava o corredor vindo da cozinha, e aspirei profundamente: alho, cebola, condimentos e… Ai, meu Deus, tinha planejado jantar com o Brian e esquecera completamente. Merda!

Entrei correndo na cozinha e o encontrei de pé ao lado do fogão. Ele tinha enrolado um pano de prato e o prendido em volta da cabeça *à la* Karatê Kid. Isso fazia com que sua juba desgrenhada se destacasse como um chapéu de pele de urso.

— Oi, Brian — cumprimentei, vendo-o acrescentar pedaços de frango ao refogado da frigideira. Dei um pulo quando eles bateram no óleo fervendo e respingaram, mas o Brian sequer piscou.

— Brian. — Dei-lhe um tapinha no ombro. — Tudo bem?

— Na verdade, não — ele murmurou.

Parei.

— Problemas com sua missão?

— É.

Uma fisgada de culpa atravessou meu corpo. Ó céus, que porcaria de amiga eu era! Estava tão envolvida com minha própria missão que praticamente abandonara meus companheiros de casa. Tinha prometido ajudar o Brian, mas ainda não fizera nada. E agora ia deixá-lo na mão com o jantar também. Olhei para o relógio. Tinha pouco mais de uma hora para me aprontar e chegar no centro de Londres para o evento de *speed dating*.

— Brian — falei baixinho. — Sinto muito, muito mesmo, mas não vou poder jantar com você. Estou muito perto de completar minha missão, e se sair hoje à noite, terei uma chance de encontrar a alma gêmea do Archie. Sei que prometi que te ajudaria, e vou. Prometo.

— Não se preocupe, Lucy — murmurou Brian. — Saia e faça o que tem de fazer. Não se preocupe comigo.

— Mas eu estou preocupada.

Ele deu de ombros e pegou uma lata de tomates no armário, deixando-me com uma péssima sensação. Eu o ajudaria, ajudaria, sim. Contudo, precisava encontrar um amor para o Archie primeiro.


Quando finalmente cheguei ao Soho, após me trocar, atravessar meia Londres e abrir caminho entre as multidões do metrô, já eram 19h50.

Parei do lado de fora do bar para recuperar o fôlego e me abaixei para ver meu reflexo no espelho lateral de um carro estacionado. Pelo menos dessa vez, meu cabelo estava bem-comportado, porém o delineador já tinha borrado, formando pequenas bolotas grudentas próximo ao canal lacrimal. Removi as bolotas e observei meu reflexo. A Lucy Brown que Archie, Nigel, Brian e Claire conheciam olhou de volta para mim. Aquela era eu, a verdadeira Lucy, mas quem será que Dan, Jess e Anna viam? Como a Mulher Muda e Esquisita era? Será que ela tinha olhos castanhos em vez de azuis? Um nariz menor? Cabelos louros?

Um grupo de estudantes poloneses esbarrou em mim enquanto abriam caminho e eu dei um pulo. O que eu estava fazendo? Não tinha tempo para devaneios, para ficar imaginando qual seria minha aparência. Eram 19h55. Hora de começar o *speed dating!*


Estava escuro dentro do bar, a não ser por umas poucas luminárias penduradas que lançavam uma luz fraca sobre as mesas redondas arrumadas em fileiras num dos lados. Um jazz brega emanava dos alto-falantes escondidos e grupos de pessoas reuniam-se ao lado do balcão. Olhei para elas e fiz força para engolir, a garganta subitamente seca. E se o Archie não aparecesse? E se ele tivesse mudado de ideia?

Meu coração deu um leve salto quando vi sua cabeça pequena e escura nos fundos do salão. Ele tinha amarrado o cabelo, o que já era uma melhora incrível, mas, para ser franca, a roupa era horrenda. Calças de algodão cáqui, tênis, uma camiseta branca, uma jaqueta de tweed e uma... uma... echarpe.

E ele estava falando com alguém! Archie estava conversando com uma mulher de verdade e não podia ter chegado há mais do que alguns minutos. Só podia ser um bom sinal.

Fui correndo até eles, os dedos cruzados nas costas.

— Oi, Lucy — ele me cumprimentou quando me aproximei. — Gostaria de te apresentar uma pessoa.

Meu Deus, isso é que era trabalhar rápido. Ele não tinha nem sentado às mesas ainda.

— Lucy — continuou Archie, enquanto a mulher se virava devagar para olhar para mim —, esta é minha avó.

Uma mulher pequena e atarracada ergueu os olhos para mim. Ela tinha um rosto duro e enrugado, lábios finos e nada sorridentes (encobertos por um batom vermelho-sangue), e um nariz generoso. O cabelo louro estava preso num coque tão apertado que parecia impedir a circulação sanguínea em sua testa. Nem de perto a vovó calorosa e amigável que eu tinha imaginado. Ela parecia a Malvada Cruela numa convenção da Sloane.

— Lucy Brown — apresentei-me, oferecendo um aperto de mão enquanto analisava a saia de tweed, os sapatos confortáveis, a blusa de babados branca e o colar de pérolas.

— Então você é a desesperada? — perguntou ela, olhando-me de cima a baixo.

— Como?

— Archibald me contou que você estava desesperada para arrumar um namorado. — Ela apertou minha mão com tanta força que me encolhi.

Archie, o idiota, olhava para todos os lados, menos para a cena estranha que se desenrolava à sua frente. Por que diabos ele tinha levado a avó?

— Não estou desesperada — falei entre os dentes. — Só achei que um *speed dating* pudesse ser divertido. A senhora veio olhar?

A sra. Humphreys-Smythe jogou a cabeça para trás e soltou uma sonora gargalhada. O som foi igual ao grito de guerra de uma gaivota atacando um saco de lixo.

— Não, querida — ronronou ela, dando um tapinha um pouco forte demais no meu braço. — Vim participar.

Fitei Archie, alarmada. Ele baixou os olhos para os sapatos.

— A vovó achou que podia dar algumas risadas — murmurou.

— Mas você tem de fazer reserva — repliquei, desesperada. — Não deve ter lugar para mais ninguém.

— Já resolvi tudo — interveio a sra. Humphreys-Smythe, sorrindo de maneira presunçosa. — Tivemos sorte. Alguém desistiu no último minuto, e o organizador disse que teria enorme prazer em me colocar no lugar.

Duvido muito. O *speed dating* era supostamente para pessoas entre 20 e 40 anos, porém tive a clara impressão de que a avó do Archie não aceitaria não como resposta, o que quer que o organizador possa ter dito.

— Os homens daqui não são um tanto, ahn, imaturos para a senhora? — Arrisquei com nervosismo.

— Sou uma viúva, querida — chiou a sra. Humphreys-Smythe —, mas não estou morta.

— Isso é óbvio — retruquei, os ouvidos zumbindo. — Só que...

Minha réplica foi interrompida pelo soar de um sino, insistente e alto. Todos pararam de falar imediatamente e se viraram para ver de onde vinha o barulho. O organizador estava de pé sobre um banco, acenando loucamente com uma mão e sacudindo um pequeno sino de latão com a outra.

— Muito bem, todos vocês — gritou ele. — Por favor, façam uma fila organizada e eu lhes darei os crachás com seus nomes, uma folha para os pontos e um lápis...

— Eu já tenho um lápis grande — algum palhaço gritou do balcão.

— E depois gostaria que vocês fossem para seus lugares nas mesas — continuou o organizador, ignorando o riso. — Peço que todas as damas sentem de costas para o bar e os cavalheiros de frente para elas. Passados três minutos, vou tocar o sino de novo. Os homens devem passar para a mesa à direita. E as mulheres continuam sentadas.

Fizemos fila como crianças de colégio para receber nossos crachás e depois sentar. Tentei fugir da avó do Archie, mas ela empurrou a mulher que ia se sentar à mesa do meu lado e estacionou o traseiro generoso na cadeira.

Ofereci um sorriso forçado para ela e olhei desesperada em volta. Onde diabos estava o Archie? Seria melhor ele não ter desistido. Ah. Ele estava sentado no outro lado do salão, olhando para o teto e brincando com a horrenda echarpe. Meu plano de sussurrar dicas úteis para ele entre uma garota e outra acabara de ir por água abaixo. Ele teria de se virar sozinho.

— Lucy, querida — disse a sra. Humphreys-Smythe num sussurro alto demais, enquanto meu parceiro se sentava à minha frente e me olhava com um sorriso de expectativa. — Não sei qual é o seu plano, mas, se pretende tirar o Archie de mim, prepare-se para uma boa luta.

Ela abriu um sorriso forçado e se virou. Olhei para meu parceiro de boca aberta.

— Amiga sua? — perguntou ele.


Durante a hora e meia seguinte, à medida que os homens se sentavam à minha frente, conversavam e saíam, fui aeromoça, professora de escola primária, mergulhadora, tocadora de trombone, *stripper* (essa repercutiu particularmente bem), gari e cardiologista. Não posso descrevê-los nem repetir uma única coisa do que disseram. Estava ocupada demais observando o Archie através da escuridão, imaginando se ele já tinha conseguido alguma coisa.

Ao meu lado, a sra. Humphreys-Smythe riu e flertou a noite toda, assustando um parceiro depois do outro com sua risada tenebrosa e seu hábito bastante simpático de agarrar-lhes a mão e não soltar até o sino tocar novamente. Quando por fim um nervoso Archie chegou à minha mesa, eu estava irritadíssima.

— Archie — sibilei quando ele se sentou, a cadeira praticamente no meio da sala devido ao esforço de não ficar próximo demais —, por que você trouxe sua *avó*?

— Não tive escolha — gaguejou ele, enrolando o papel com a pontuação entre os dedos. — Ela disse que eu não ia deixá-la sozinha em casa de jeito nenhum, e que se ia sair, ela ia junto.

— Mas ela é uma mulher adulta!

Ele olhou para a avó e de volta para mim.

— Não queria furar com você, Lucy — falou com tristeza. — Achei que seria melhor aparecer com minha avó do que não vir e te deixar sozinha.

Isso me fez sentir péssima. Pobre Archie, ele só estava tentando fazer a coisa certa.

— Mas *você* não quer conhecer alguém? — perguntei. — Isso foi tanto por sua causa quanto por minha.

Ele coçou a cabeça, soltando alguns fios de cabelo do rabo de cavalo. Eles caíram sobre o rosto como alga molhada.

— Eu adoraria arrumar uma namorada, mas não é fácil. Não tenho muitas oportunidades de conhecer garotas.

— Isso é óbvio — retruquei, olhando de soslaio para a avó dele e franzindo o cenho. — De qualquer forma, como está se saindo? Já conheceu alguém legal?

— Todas as garotas são adoráveis — respondeu ele de modo cordial. — Tivemos algumas conversas legais.

— Posso ver seu papel? — perguntei, esticando o braço por cima da mesa. — Quero ver quem você marcou.

— É segredo — respondeu ele, puxando o papel antes que eu conseguisse pegar.

— Sei, mas preciso descobrir...

O resto da minha frase se perdeu no soar do sino do organizador. Nossos três minutos tinham acabado.

— Até mais, Lucy — disse Archie, pulando da cadeira. — Só mais uma garota.

Olhei para a avó dele, que nos observava com os olhos apertados. Ela abriu um sorriso quando nossos olhos se encontraram, os lábios finos quase se contorcendo numa careta.

— Isso é diversão? — perguntou ela.


Como acabei descobrindo, não tive a chance de trocar mais do que umas cinco palavras com o Archie pelo resto da noite.

— Vovó está cansada — ele se desculpou quando tentei agarrá-lo para uma conversinha depois que o evento terminou. — Ela quer ir para casa.

A sra. Humphreys-Smythe estava conversando com o organizador ao lado do balcão do bar, gesticulando e tocando o braço dele. Ela parecia qualquer coisa, menos cansada, enquanto o organizador dava a impressão de estar analisando a multidão em busca da rota de fuga mais rápida.

— Você se divertiu, Archie? — perguntei. — A noite foi legal?

Ele abriu um sorriso.

— Bom, gostei de uma das garotas.

— Qual, a que está do lado da sua avó?

— Ah, muito engraçada. — Ele riu.

— A gente se vê amanhã no trabalho? — falei, abrindo os braços para um abraço. — Eles colocam todos os pontos na Internet, de modo que você pode ver se bateu com alguma das garotas que gostaria de convidar para sair de novo.

Archie estava prestes a replicar quando sua avó se meteu no meio da gente e o puxou.

— Adeus, senhorita Brown — disse ela, empurrando o neto em direção à porta. — Gostaria de dizer que gostei de te conhecer, mas seria mentira.

— Eu... eu — gaguejei, chocada demais para pensar numa resposta à altura.

Você vai ver, pensei, enquanto ela desaparecia noite adentro e eu vestia o casaco e pegava a bolsa. Quero ver o sorriso nesse rosto velho e horrendo depois que eu checar as possibilidades do Archie amanhã e encontrar para ele o amor de sua vida.

E foi isso.

# Capítulo Vinte e Três

*Quarta-feira, 8 de maio*
*Décimo segundo dia*

Às 8h55 da manhã de quarta-feira eu já estava na minha mesa, com os dedos agitados sobre o teclado. Por favor, pensei, enquanto digitava o endereço do site de *speed dating*, por favor, alguém tem que ter gostado do Archie.

Uma mensagem pipocou na tela. *Pode vir até minha mesa, por favor? AGORA.*

Era o Graham. O que ele queria? Ele tinha me dito que eu tinha até sexta-feira para aprontar o site.

*Estou indo*, digitei de volta, com um olho no site de *speed dating* que estava levando séculos para carregar.

*Eu poderia fazer um comentário obsceno*, Graham respondeu imediatamente. *Mas alguém pode dar parte de mim no Comitê de Oportunidades Iguais.*

Argh!

— Graham — chamei, pulando da cadeira e correndo até o cubículo dele. — Você queria me ver?

Meu chefe parou de cortar as unhas sobre a lata de lixo ao lado da mesa e ergueu os olhos.

— Ah, sim. Maureen me ligou ontem à noite para dizer que há um pequeno problema de RH.

Fiquei enjoada. Eu tinha conseguido enganar o Graham com meu currículo falso, mas e se a Maureen, a mulher-que-gozava-com-números tivesse me checado? E se ela tivesse descoberto a gigantesca fraude que eu era?

— Um problema? — perguntei, tentando desesperadamente parecer despreocupada.

— É, nenhum número de previdência social.

— Como?

Graham, que transferira sua atenção para as cutículas e agora as arrancava com os dentes e cuspia na lata do lixo, tirou o dedo da boca.

— Você precisa nos fornecer um se quiser receber no fim do mês.

Merda, tinha me esquecido disso. Não que eu fosse estar lá no dia do pagamento (com sorte, eu seria um fantasma e estaria com o Dan), mas não podia dar meu verdadeiro número da previdência social, podia? Talvez eu pudesse inventar uma sequência aleatória de números e letras? Ou roubar o número de alguém? Outra pergunta para fazer ao Brian.

— Não lembro dele de cor — falei. — Vou ter que checar em casa.

— Só me traga o número até o fim da semana. — Graham fez sinal para eu sair. — Ah, Lucy...

Virei-me.

— ... como está indo o site? Minhas expectativas são altas, você sabe.

— Ele vai ficar fantástico — respondi, forçando um sorriso. — Não se preocupe.

— Ótimo. Ah, e Lucy...

— Que foi?

— Sabe o que mais vai acontecer na sexta?

— Hum, não.

— A festa beneficente anual do trabalho.

Isso parecia divertido. Talvez eu pudesse convencer o Archie a convidar alguém do evento de *speed dating*. Se alguém *quisesse* sair com ele, é claro.

— Vai ser um jantar? — perguntei, imaginando o Archie de smoking. Talvez aparando a barba um pouco, ele parecesse um sujeito inteligente.

— Não. — Graham fez que não. — É uma festa à fantasia no horário de trabalho. O vencedor ganha um prêmio e a pessoa com a pior fantasia tem de pagar uma prenda. Você precisa se vestir como sua coisa predileta.

— Então eu tenho de me vestir como uma máquina de karaokê? — Brinquei.

— Se quiser.

— Ah.

Voltei correndo para minha mesa. Tinha acabado de colocar os dedos sobre o teclado quando Nigel se aboletou na cadeira a meu lado.

— Por acaso eu escutei o Graham te falando da Sexta-Feira Elegante? — Ele riu.

Seus olhos traíam uma expressão que não consegui entender.

— É, ele acabou de mencionar — respondi.

— Vai ser uma curtição.

— O que você quer dizer com isso?

— Espere e verá.

Ergui uma sobrancelha e esperei que ele me dissesse mais alguma coisa, mas Nigel apenas piscou um olho e se virou de volta para o monitor. Ótimo. Ele que guardasse suas brincadeirinhas para si. Eu tinha coisas mais importantes a fazer, como descobrir se havia encontrado ou não a alma gêmea do Archie.

Meu coração batia com força ao inserir o código do Archie no site.

Isso! Dois tiques. Ai-meu-Deus. Eu conseguira. Duas mulheres estavam interessadas nele. Eu tinha encontrado alguém.

Espera aí.

Um dos tiques era para "amiga". Esse era meu. Certo, sem problema. Ainda assim, restava um. *Alguém* queria sair com ele e o nome dela era...

Jean Humphreys-Smythe.

Não! Isso não era possível. Atualizei a página e tentei de novo, mas... nada. Ninguém queria sair com o Archie, a não ser sua avó doente e depravada.

Passei a maior parte da manhã no banheiro feminino, batendo minha cabeça contra a parede ou segurando-a entre as mãos em desespero. Quando finalmente voltei para minha mesa, Nigel me lançou um olhar de esguelha, mas não disse nada. Afundei na cadeira, grata pelo silêncio dele. Podem chamar de esperança ou desespero, mas não consegui parar de entrar no site de *speed dating* e verificar o status do Archie, só para ver se *alguém* tinha mudado de ideia em relação a ele. Mas não, só eu e a vovó. Estava deprimida demais para pensar em checar meu próprio status.

Quando finalmente chegou a hora do almoço, uma mensagem instantânea pipocou na minha tela.

*Oi, Lucy.*

Era ele

*Obrigado por me levar ao* speed dating *ontem à noite. Foi... interessante. Alguém... ahn...*

Esperei que ele terminasse a frase, mas o cursor permaneceu parado, piscando. Pobrezinho, ele não tinha coragem de fazer a pergunta que eu temia responder.

*Não gostei muito das garotas que estavam lá,* digitei de volta. *Você pode arrumar coisa muito melhor.*

Houve uma pausa.

*Então ninguém gostou de mim?,* digitou ele.

*Só eu e sua avó, sinto dizer.*

*De qualquer forma, é bom saber. Quer sair para tomar um drinque na hora do almoço? Gostaria de conversar um pouco mais sobre ontem à noite.*

Ele queria saber o que tinha feito de errado. Isso era bom sinal. Na verdade, melhor do que bom. Era ótimo. Eu podia dar algumas dicas, talvez conversar com ele sobre suas roupas e aparência. Nem tudo estava perdido — talvez eu pudesse encontrar a alma gêmea dele afinal!

*Adoraria tomar um drinque,* respondi. *Que tal irmos a algum outro lugar que não aquele pub para que possamos ficar sozinhos, longe do resto dos rapazes?*

*Boa ideia,* ele digitou de volta. *Tem um restaurante de comida espanhola bem legal aqui perto que serve cerveja e tapas. Que tal?*

*Ótimo. Te encontro lá fora.*

O restaurante espanhol estava cheio, mas era claro e ventilado e o cardápio parecia delicioso. E o melhor de tudo, Archie e eu conseguimos uma mesa nos fundos, longe dos olhares indiscretos de qualquer rapaz da Computer Bitz que pudesse passar por ali.

— E então — falou Archie, puxando a cadeira para mim —, o que vai pedir?

— Qualquer coisa gostosa.

— Bom, aqui tem um monte de coisas gostosas. E, a propósito, o almoço é por minha conta. Pode escolher o que quiser. Se não fosse você, ontem eu teria ficado em casa de novo.

— Em vez disso, você saiu comigo, sua avó e uma sala cheia de mulheres desesperadas.

Archie riu.

— Bom, a gente precisa começar de algum jeito.

— Obrigada por sugerir o almoço. Eu estava precisando disso — falei.

Folheamos o cardápio e acabamos decidindo por um prato de batatas, outro de azeitonas, pequenos pedaços de salame, uma miniomelete e uma cesta grande de pães. O garçom trouxe uma garrafa de cerveja espanhola para cada um com um pedaço de limão enfiado no gargalo e voltou 15 minutos depois com uma bandeja carregada de pratos. Ele os espalhou sobre a mesa entre a gente e saiu apressado.

— Então — comecei, mergulhando um pedaço de pão numa tigela de azeite e vinagre balsâmico —, o que você acha que deu errado ontem à noite?

— Não sei — respondeu Archie, meio sem-graça. — Achei que estava me saindo bem. Na verdade, eu conversei um bocado.

Empurrei a fatia de limão para dentro da garrafa e tomei um gole.

— Sobre o que você conversou com as garotas?

— Bom, a maioria me perguntou o que eu fazia, e quais eram meus hobbies. Falei sobre isso.

Olhei para ele, alarmada.

— Falou com elas sobre as LAN parties?

— Isso e sobre *Guerra nas Estrelas*. Tenho todos os bonecos da década de 1970, você sabe, e estão todos dentro das caixas originais.

Olhei para ele de boca aberta, e caí na gargalhada. Era isso ou chorar.

— Saiba que eles valem um dinheirão no mercado aberto — murmurou Archie, espetando uma batata com o garfo.

— Ai, Archie, me desculpe — pedi. — Não ri de propósito. Só que, bom, esse não é o tipo de assunto que deixa as garotas excitadas.

— Isso não é culpa minha.

Ele estava certo. Não era culpa dele. Archie era um verdadeiro "sem noção".

— E que tipo de perguntas você fez a elas? — perguntei.

— Nenhuma. Levei três minutos falando dos tipos diferentes de bonecos Darth Vader que eu... — Ele parou no meio da frase, com uma expressão desanimada.

— Ai, Archie.

Archie afundou na cadeira e atirou no prato o resto do pão que estivera mordiscando.

— Estraguei tudo, não foi? Só estava tentando ser educado e responder às perguntas.

— Tudo bem, Archie — falei, dando-lhe um tapinha na mão —, não tem importância.

— Bom, e você? — perguntou ele num tom derrotado. — Aposto que um montão de caras quis sair com você.

— Não tinha ninguém lá que pudesse me interessar.

Archie pareceu desapontado.

— Ah.

— Quero dizer, claro que marquei você como amigo, mas ninguém mais.

— Você marcou amigo? — repetiu ele, animando-se um pouco. — Então, na sua conceituada opinião, como um sujeito pode persuadir uma mulher a sair com ele como algo mais do que um amigo?

Mordi o lábio inferior.

— Posso ser totalmente honesta?

— Claro. Seja o mais honesta que puder. Preciso de toda a ajuda que conseguir arrumar.

— Bom, você pode começar cortando o cabelo e fazendo a barba.

— Você realmente acha que isso vai ajudar? — perguntou Archie, cofiando a barba de modo pensativo.

— Isso e um guarda-roupa novo.

Archie baixou os olhos para sua camiseta escrita "Gamer" e acariciou a estampa.

— Mas eu adoro essa camiseta.

— Bom, se você não quiser levar isso a sério...

— Quero sim. Quero sim. E quando podemos providenciar esse miraculoso guarda-roupa?

Olhei para o relógio. Eram duas e cinco. Mesmo que nos apressássemos, chegaríamos atrasados do almoço.

— Vamos ligar para o Graham e dizer que a comida nos fez mal.

As sobrancelhas do Archie quase desapareceram sob o cabelo.

— Matar o trabalho? Nunca fiz isso antes.

— Tem uma primeira vez para tudo. — Dei uma risadinha. — Me passa o telefone que eu ligo para o Graham. Archibald Humphreys-Smythe, prepare-se para se tornar um gato.

# Capítulo Vinte e Quatro

—Posso ajudá-los? — perguntou o recepcionista, olhando-nos de cima a baixo. Ele estava todo de preto e tinha um cabelo assustadoramente fashion; comprido atrás, com faixas vermelhas na frente e camadas picotadas dos lados. "Cabelo de cabeleireiro", eu e o Dan costumávamos dizer, o tipo de estilo que só os verdadeiramente fashions podiam usar. Em qualquer outra pessoa seria um simples *mullet,** e um particularmente feio.

— Meu amigo quer cortar o cabelo e fazer a barba — falei, enquanto o Archie olhava de mim para o cabeleireiro e de volta para mim, com uma expressão aterrorizada. — Você tem algum horário livre agora?

— O Michael está livre — informou o recepcionista, folheando a agenda. — Nome?

---

* Corte de cabelo que no Brasil ficou conhecido como corte *à la* Chitãozinho e Xororó. (N.T.)

— Archie.

Ele nos dispensou.

— Tudo bem, sentem-se. Michael irá chamá-los num segundo.

Sentamos lado a lado nas cadeiras próximas da porta, enquanto o recepcionista desaparecia salão adentro.

— Lucy — sussurrou Archie, sentado na beirada da cadeira e batendo as pontas dos tênis no chão. — Você não acha que eu devo cortar o cabelo assim, acha?

Ri.

— Claro que não.

— E nenhuma faixa vermelha, né?

— Sem faixas. Só um pouco mais curto atrás e dos lados, e talvez um pouco espetado e bagunçado na frente.

— Lucy. — Archie olhou para a porta. — Não podemos ir tomar um drinque em vez disso? Preciso conversar com você sobre uma coisa...

— Que tal algo assim? — sugeri, pegando uma revista da mesa de vidro na nossa frente e apontando para um belo modelo exatamente com o corte de cabelo que eu tinha falado. Era um corte moderno, curto e, no modelo, incrivelmente sexy.

— Você acha que eu ficaria bem com esse corte? — Archie perguntou em tom de dúvida, torcendo o cabelo entre os dedos enquanto olhava para a foto.

Recostei na cadeira e olhei para ele, turvando os olhos. Era difícil imaginar como ele ficaria de cabelo curto, mas o corte do modelo sem dúvida seria melhor do que o dele.

— Acho que ficaria ótimo — respondi. — Juro.

— Certo. — Archie me olhou direto no olho. — Se você acha que vai ficar bom, Lucy, tenho certeza de que vou gostar também.

— Aqui. — Entreguei outra revista para ele. — Leia isso e tente relaxar. E pare de tentar escapar. Podemos tomar um drinque depois.

Dez minutos depois, Michael, um homem alto e magro, com cabelos loiros em camadas até os ombros, finalmente apareceu. Archie estava tão inquieto que minha cadeira vibrava.

— Olá — guinchou ele, meio que se levantando e estendendo uma mão trêmula quando o homem se aproximou. — Sou Archibald.

— O que posso fazer por você? — retrucou o cabeleireiro, ignorando a mão estendida e pegando uma mecha de cabelo do Archie, que esfregou entre o polegar e o indicador. E erguendo uma sobrancelha para mim: — Você *viu* essas pontas duplas?

— Gostaria de um corte igual a este — falou Archie, puxando a cabeça e apontando para a revista —, e quero fazer a barba também, por favor.

Michael me lançou um sorriso e correu a mão pelo próprio cabelo, perfeitamente arrumado.

— A namorada está te fazendo passar por uma transformação, hein?

— Ela é minha amiga — corrigiu Archie, com o pescoço vermelho de vergonha.

— Ah é? — O cabeleireiro piscou para mim. — Tudo bem, Archie, vamos ver o que a gente pode fazer.

Arranquei a revista das mãos suadas do Archie quando ele se levantou e seguiu Michael em direção aos tanques no fundo do salão, onde uma assistente já estava a postos. Ela o vestiu com um robe preto, colocou uma toalha em volta de seus ombros e indicou com um gesto que ele se sentasse na cadeira e colocasse a cabeça para trás, sobre o tanque. Archie agarrou os braços da cadeira e fechou os olhos quando ela abriu as torneiras e se inclinou sobre ele. Qualquer pessoa pensaria que ele estava prestes a ser eletrocutado, e não que teria o cabelo lavado com xampu e condicionador.

Peguei uma revista, sentindo uma pontinha de culpa. Archie estava obviamente nervoso, mas não era como se eu o estivesse forçando a fazer aquela transformação; ele aceitara a sugestão de imediato. Queria encontrar alguém, e eu estava ali para ajudá-lo. Só isso.

Quando levantei os olhos do artigo que estava lendo, Archie já fora transferido para uma cadeira que ficava diante de um espelho gigantesco, bem em frente a onde eu estava, e Michael penteava seu cabelo. Molhado, parecia ainda mais comprido, escorrendo pelas costas como uma alga preta. Michael falou alguma coisa que não consegui escutar, em seguida juntou o cabelo molhado num rabo de cavalo e pegou a tesoura. Archie olhou para mim através do espelho, os olhos esbugalhados.

— Vai ficar tudo bem — falei. — Prometo.

A tesoura do Michael percorreu o cabelo do Archie e uma madeixa longa e molhada caiu no chão. Desviei os olhos, sem coragem de reconhecer a expressão de medo nos olhos de meu amigo. Quando olhei de volta, Michael já tinha modelado o cabelo na nuca e em volta das orelhas e trabalhava na parte de cima. Sorri para Archie pelo espelho. Mesmo com a barba, ele já estava com uma aparência muito melhor.

— Está ótimo — falei, e ele sorriu.

Meia hora depois, aparado, barbeado e modelado, Michael virou a cadeira do Archie.

— E então? — perguntou ele. — O que a madame acha?

Eu não conseguia parar de sorrir.

— Archie, você está fantástico! — exclamei, resistindo ao desejo de aplaudir o novo corte de cabelo e o rosto barbeado.

— Tem certeza? — perguntou Archie, esfregando a nuca e me olhando por debaixo das sobrancelhas.

— Você está ótimo! — repeti.

E estava mesmo. Ele parecia mais novo com o cabelo curto e sem a barba; um rosto bonito e jovem. Era um homem diferente, com uma aparência muito, muito melhor, mais limpa.

Depois de pagar, Archie veio em minha direção de cabeça baixa.

— Tem certeza de que gostou, Lucy?

— Adorei — falei, levantando e dando-lhe um tapinha no ombro —, e as mulheres vão gostar também. Garanto.

Em vez de parecer satisfeito, ele meteu as mãos nos bolsos e suspirou.

— Podemos tomar aquele drinque agora, Lucy? Por favor? Realmente preciso conversar com...

— Depois — interrompi, empurrando-o porta afora. — Precisamos ir às compras primeiro.

— Compras — repetiu ele. — Ótimo.


Levamos horas para encontrar algumas poucas peças de roupa novas para o Archie. Como ele era baixo e magro, todas as calças que escolhi arrastavam no chão ou ficavam largas em volta da bunda e das coxas. Até então, eu só havia escolhido roupas para o Dan e, para ser honesta, não fazia ideia de como vestir alguém tão mais baixo. Archie também não facilitou as coisas. Recusou-se a usar uma camisa rosa-salmão fantástica que sugeri e chamou o jeans de marca que escolhi de "deplorável". Depois de uma hora passando de arara em arara (enquanto ele resmungava que tudo era feio e que os pés estavam doendo), decidimos nos separar e vasculhar a loja sozinhos. Archie voltou com os braços cheios de jeans de um azul-claro desbotado e camisetas feias e de cores brilhantes, enquanto eu peguei calças de pregas e camisas bem cortadas. Olhamos para as opções um do outro e caímos na gargalhada. Não poderíamos ter escolhido peças mais diferentes se tentássemos.

No fim chegamos a um acordo — calças cargo bem cortadas e camisetas sobrepostas, manga curta sobre manga comprida (sem nenhum logotipo idiota estampado na frente).

— E então? — perguntou Archie, saindo do provador pela décima quinta vez. — Que tal esse?

— Ficou ótimo — respondi. — Ótimo mesmo.

Estava sendo sincera. A roupa tinha caído muito bem. As camisetas de mangas sobrepostas faziam com que ele parecesse menos magro e as calças e botas deixavam suas pernas mais compridas e grossas.

— Viva! — exclamou ele desaparecendo atrás da cortina do provador. — Podemos tomar aquele drinque agora, Lucy? Por favor?

— Tudo bem. — Sorri, deliciada com o resultado da primeira transformação que eu gerenciara na vida. — Qualquer coisa para te fazer calar a boca.


O bar sofisticado que o Archie sugeriu não era exatamente meu tipo de lugar, mas decidi não discutir. Estávamos celebrando minha maravilhosa e mágica transformação, e isso era o mínimo que eu podia fazer como agradecimento por ele ter sido tão cooperativo. Peguei uma mesa enquanto ele foi até o balcão de bebidas; Archie voltou com uma taça grande de vinho para mim e um *pint* de cerveja escura para ele. Levantei uma sobrancelha ao ver que não era apenas meio *pint*, mas não disse nada. Celebrações pedem mais álcool do que o normal, todos sabem disso.

Archie largou o corpo na cadeira e tomou um gole da cerveja enquanto eu o observava de boca aberta. Estava tão diferente, um homem completamente novo.

Ele me pegou olhando e me fitou por cima da borda do copo.

— Tudo bem?

— Você ficou ótimo.

— Você acha que agora as mulheres vão querer sair comigo?

— Deus do céu, com certeza!

— Fico feliz que tenha vindo trabalhar na Computer Bitz — disse ele, colocando o copo de volta na mesa e pegando a bolacha da cerveja.

— Eu também — respondi, emocionada. — Embora não tivesse certeza de que ia conseguir o emprego, não depois do que aconteceu com o Graham durante a entrevista.

— Sinto muito que tenha passado por aquilo — comentou Archie, o sorriso esmaecendo um pouco. — Graham é um pouco excêntrico, no mínimo, e leva um tempo até a gente se acostumar com ele. Mas não tem um coração ruim, só é...

— ... um tanto pervertido?

Archie riu.

— Você não sabe nem da metade.

— O que não entendo — continuei, tomando um gole do meu vinho — é por que me deu o emprego depois de eu ter lhe dado um tapa na cara. Ele falou que alguém ameaçou denunciá-lo para o Comitê de Oportunidades Iguais, mas não consigo imaginar ninguém na Computer Bitz que pudesse fazer algo assim.

— Fui eu — Archie respondeu baixinho, arrancando a camada superior da bolacha e amassando-a numa bola.

— Como?

— Fui eu quem o ameaçou.

— Não brinca! *Você* ameaçou denunciá-lo?

— Ameacei. Graham não deveria se safar de uma coisa dessas e, além do mais, você me pareceu legal.

— Eu sou legal — falei, fingindo polir minha auréola. — Sou a pessoa mais legal que você vai conhecer na sua vida. Pode perguntar a qualquer um, pergunte... — Archie estava empertigado na cadeira, olhando para o espelho às minhas costas, mexendo no cabelo. — Pergunte... — Ele estava destruindo por completo o visual cuidadosamente bagunçado que o cabeleireiro tinha criado.— Tem certeza de que gostou do cabelo? — perguntei, com uma ponta de dúvida. Será que ele não tinha ficado entusiasmado com o fato de que o novo visual o deixava mais atraente? Não era por isso que estava bebendo um *pint* inteiro? Para celebrar?

— Acho que vou me acostumar. — Ele deu de ombros e abaixou o cabelo, tentando, sem sucesso, puxá-lo para cima dos olhos.

— Pelo menos sua avó vai gostar — brinquei, tentando aliviar a tensão. — Tenho certeza de que ela vai achar que você está parecendo um jovem bastante esperto.

Archie não riu. Em vez disso, baixou os olhos e continuou a rasgar a bolacha do copo, deixando-a em pedacinhos. Nunca ninguém me parecera tão desconfortável e constrangido.

— Você não queria cortar seu cabelo e fazer a barba de verdade, queria? — perguntei, um pouco enjoada.

Houve uma pausa, que pareceu durar uma eternidade. Por fim, Archie falou:

— Na verdade, não.

— Então por que concordou?

— Porque você achou que seria uma boa ideia.

— Certo.

— E porque adoro estar com você. — Ele fez força para engolir. — E porque... porque...

— Porque... — repeti, a boca subitamente seca.

Ele cobriu o rosto com as mãos e prendi a respiração.

— Porque estou apaixonado por você — declarou.

# Capítulo Vinte e Cinco

Congelei, com a taça de vinho pressionada contra o lábio inferior. Será que o Archie tinha dito o que eu achei que dissera? Não era possível.

— Desculpe, Archie, o que foi que você disse?

— Eu disse... — Ele limpou a garganta. — Acho que estou apaixonado por você, Lucy.

Meu estômago se contorceu de tal forma que me senti fisicamente enjoada. Archie não podia se apaixonar por mim. Eu precisava encontrar a alma gêmea dele. Ele não estava... não podia... estar apaixonado por mim. Minha taça de vinho balançou quando a coloquei de volta na mesa.

— Você está... está... — Forcei um sorriso. — Você está brincando, certo?

Ele fez que não, os olhos fixos no montinho de pedaços de bolacha de cerveja à frente, com uma expressão de profunda tristeza. Archie não podia estar apaixonado por mim. Simplesmente não podia.

— Sinto muito — murmurou ele, as bochechas roxas de vergonha. — Não consegui mais esconder isso. Sentia como se fosse explodir. Marquei "encontro" no negócio do *speed dating*, mas, como você não falou nada sobre isso hoje de manhã, achei que precisava te contar, ainda que você não sinta o mesmo por mim. — Parou para tomar fôlego. — Pela sua reação, posso ver que não sente... — Archie deixou a cabeça pender, mas agora não tinha mais um cabelo comprido para cair sobre o rosto e esconder a expressão em seus olhos.

Alguma coisa dentro de mim se rompeu, e senti vontade de chorar. Não era isso o que eu pretendia. Eu queria fortalecer a autoconfiança do Archie para que ele pudesse encontrar a mulher certa. A mulher *certa*, não eu. O que desejava para mim era voltar para o Dan. Será que eu estava realizando a missão da maneira errada? Será que tinha me aproximado demais do Archie? Deixado transparecer os sinais errados?

— Archie — falei, tocando seu cotovelo. — Archie, olha pra mim.

— Não consigo — respondeu ele, sacudindo a cabeça. — Eu não devia ter dito nada. Agi como um idiota.

— Não agiu não.

— Agi sim.

— Archie — repeti, desesperada —, você não pode estar apaixonado por mim. Somos amigos.

— Achei que fôssemos mais do que amigos — murmurou ele. — Até o Nigel falou que achava que você estava, ahn, como foi que ele disse? Bastante interessada em mim.

Ai meu Deus! Como eu podia ser tão burra? Claro que ele acharia que eu estava interessada nele. Eu fingira interesse por LAN parties, conversava com ele durante o almoço e ficava observando-o trabalhar. Até o convidara para sair, para um encontro de *speed dating*. Olhando para tudo isso de modo imparcial, eu tinha tomado todas as iniciativas. Até mesmo mostrara interesse pela aparência dele e o levara para uma transformação. Não era de admirar que ele estivesse confuso.

— Eu gosto de você, Archie — concluí por fim, brincando com minha taça vazia. — Gosto muito...

— Mas?

— Mas eu te vejo como... como... um irmão mais novo.

— Irmão? — Ele deu uma risada constrangida. — Certo. Muito obrigado.

— Não — retruquei, pegando a mão dele. — Não fique zangado, por favor. Eu só queria te ajudar a encontrar alguém.

— E por que você faria isso, Lucy? — Ele puxou a mão, deixando a minha perdida sobre a toalha de mesa. — Você mal me conhece.

Ele me olhava, as bochechas vermelhas, as mãos fechadas com força, brancas. Nunca o vira tão zangado e machucado. Mas o que eu podia dizer? Não podia contar o motivo real para eu estar tentando ajudá-lo a encontrar sua alma gêmea.

— Você me parece solitário — falei.

— Não brinca.

— Mas, mas... — gaguejei. — Não acho que você esteja realmente apaixonado por mim. Talvez seja só porque gosta da forma como eu faço você se sentir.

— Será que você consegue ser mais arrogante que isso, Lucy?

— Como?

— Não sou uma espécie de causa perdida desesperada, você sabe — replicou Archie, recostando-se na cadeira, os olhos gelados. — Não pedi que me colocasse debaixo da sua asa e encontrasse um amor para mim, pedi? Eu estava muito bem sozinho, você sabe.

— Estava?

Archie abriu a boca para responder, mas a fechou de novo, balançando a cabeça. Em seguida se levantou e, quando percebi o que estava acontecendo, ele já estava a meio caminho da saída.

— Archie — chamei. — Archie, não vá. Por favor. Vamos conversar.

Ele se virou e me encarou.

— Ah, não fode, Lucy.

E foi embora.

Bebi três taças grandes de vinho, saí do pub e comecei a caminhar. Carros buzinavam e transeuntes me acotovelavam para sair do caminho, mas continuei seguindo em frente. Andei até o sol se pôr e os postes começarem a iluminar com seus fachos de luz âmbar as ruas escuras de Londres.

Então parei.

Do lado de fora da White Street, 33. NW6. Minha antiga casa.

Sentei num muro do outro lado da rua e olhei para meu relógio. Passava um pouco das oito, mas todas as luzes da casa estavam apagadas e as cortinas, fechadas.

Contudo, não precisava olhar pela janela para me lembrar de minha casa. Só precisava fechar os olhos.

A sala de estar... onde Dan e eu tínhamos improvisado uma cama no chão com cobertores e edredons enquanto esperávamos que a nova fosse entregue. Não piscamos o olho, apenas rimos como crianças que passam a noite na casa de amigos, até percebermos que só teríamos mais quatro horas de sono antes de termos que levantar para trabalhar. A sala de jantar... Eu havia comprado uma maravilhosa mesa de madeira antiga e oito cadeiras combinando para que pudéssemos oferecer jantares elegantes, daqueles com guardanapos de algodão, velas, entradas, prato principal e sobremesa. Acabamos só dando um jantar desse tipo, porque, no fim, todos nos sentimos tão esquisitos e bobos, vestidos com nossas roupas de gala e conversando de maneira educadamente superficial, que decidi levar todo mundo para a sala de estar, onde comemos com os pratos no colo na frente da TV, rindo como loucos do fato de que nunca seríamos adultos "decentes". A cozinha... nossa linda cozinha amarela. Toda monocromática e em aço quando nos mudamos, com paredes brancas. Só que eu sempre sonhara com uma cozinha amarela e tinha contado isso ao Dan. Certo dia, ao chegar do trabalho, descobri que ele tinha tirado o dia de folga na agência publicitária Creative Ink para pintá-la de um lindo amarelo-pálido. Tempos depois ele me contou que tinha odiado a cor, mas valera a pena só para ver a expressão maravilhada em meu rosto ao atravessar a porta...

Alguém tossiu e abri os olhos. Dan estava de pé ao meu lado.

— Você de novo! — exclamou ele, olhando-me com os olhos arregalados de surpresa. — Se está me perseguindo, precisa começar a ser um pouco mais sutil.

Eu devia ter dado um pulo e saído correndo, mas não consegui me mexer. Olhei de volta para ele, o coração acelerado no peito. Dan segurava um guarda-chuva preto sobre a cabeça enquanto gotas grossas de água batiam nas minhas bochechas e escorriam pelo meu maxilar. Nem tinha notado que estava chovendo.

— Por que está olhando para a minha casa? — Dan sentou no muro a meu lado e minha respiração acelerou. Eu estava hiperventilando de tanta saudade. — Não tem nada que valha a pena roubar, você sabe.

Nossa casa, eu queria dizer. Minha e sua. Por que não consegue ver que sou eu aqui sentada a seu lado? Por que não consegue sentir que sou eu?

— Você está tremendo — continuou ele, segurando o guarda-chuva sobre a minha cabeça. — Olha só, não sei quem você é ou o que quer de mim, mas tem que parar com isso. Senão, vou chamar a polícia ou... — Ele me olhou de cima a baixo e balançou a cabeça — ... o serviço social.

Eu precisava tentar dizer o que estava acontecendo. Dan precisava entender.

— Dan — falei. — Sou eu, Lucy. Estou tentando voltar pra você, mas acho que meti os pés pelas mãos. O homem para o qual eu devia encontrar a alma gêmea se apaixonou por mim, e agora não sei o que fazer.

Dan olhou para os meus lábios sem dizer nada. Era inútil. Ele não podia me escutar. Eu estava prestes a me levantar quando ele enfiou a mão na mochila e tirou um bloco e uma caneta.

— Não consigo escutar o que você está dizendo — falou devagar e alto, como se eu fosse surda. — Mas se escrever qual é o problema, talvez eu possa te ajudar. Ligar para alguém ou algo parecido.

Dan se inclinou para me entregar o bloco, e eu senti o perfume almiscarado e envolvente de sua loção de barbear. Inalei aquele cheiro, temporariamente perdida em milhares de suaves lembranças, e então abri a mão. Seus dedos roçaram os meus quando peguei o bloco e a caneta, e uma corrente elétrica de milhões de volts percorreu meus braços.

*Sou eu, Lucy,* rabisquei de modo desesperado. *Eu te amo tanto, Dan, e estou tão arrependida de termos discutido antes de eu morrer. Eu estava estressada com os preparativos do casamento e devia ter dito que te amava também, mas...*

Dan tocou minha mão. Parei de escrever e olhei para ele. Ai meu Deus. Ai meu Deus. Será que ele... será que ele tinha entendido o que eu havia escri...?

— Sinto muito — disse ele com delicadeza. — Mas não faço ideia do que isso quer dizer. É árabe? Hindi? Não entendo o que você escreveu.

Meu coração quase parou. Qualquer mísero raio de esperança ao qual eu poderia me agarrar desesperadamente desapareceu por completo. Arranquei a folha do bloco, amassei-a e a joguei na sarjeta.

— Volta — Dan gritou quando eu me virei e saí. — Deixa eu te ajudar.

— Você não pode — murmurei. — Ninguém pode.

# Capítulo Vinte e Seis

Quando passei pela porta da frente da Casa dos Aspirantes a Fantasmas, Claire meteu a cabeça para fora do armário do corredor, com o telefone na mão.

— Lucy — disse. — É para você.

Meu coração deu um salto. Só duas pessoas sabiam meu número de casa e uma delas era o Archie.

— É o Archie? — perguntei baixinho, atravessando rápido o corredor.

Ela fez que não.

— Não, e acho que você vai escutar um sermão.

Um sermão? Pelo quê? Ó Pai! Será que era o Graham Wellington?

— Alô? — atendi, tirando o telefone da mão dela.

— Alô, Lucy — respondeu uma voz familiar. — Sou eu, São Bob.

Quase deixei o telefone cair. São Bob? O limbo podia ligar para a casa? Por que ninguém tinha me dito isso?

— Lucy — o tom do Bob era um tanto impertinente. — Onde você estava?

— Quando?

— Agora!

Fiquei tentada a mentir, mas tive a nítida impressão de que mentir para meu chefe celestial não ajudaria em nada.

— Fui ver meu noivo... fiz algo errado, não fiz?

— Lucy... você leu o manual?

— Algumas partes.

Ele suspirou.

— Você leu a parte sobre entrar em contato com pessoas que conhecia quando estava viva?

Fiz força para engolir. Merda. Eles definitivamente sabiam onde eu estivera.

— Li — respondi.

— Segundo seus registros, Lucy, você fez duas tentativas de se comunicar com seu noivo. Na primeira vez, tentou falar com ele e na segunda, hoje, tentou falar *e* se comunicar por escrito.

— Sinto muito, estava desesperada. Minha missão não estava indo bem e eu ia desistir e...

O pensamento me atingiu como um rolo compressor. Eu não queria desistir. Não queria que o Bob me puxasse de volta para o limbo e me fizesse subir a escada rolante. Queria realizar a missão, custasse o que custasse. Se o Archie me amava, eu poderia fazê-lo *deixar de* me amar. Poderia fazê-lo me odiar se fosse preciso. Eu precisava voltar para o Dan.

— Por favor — implorei. — Por favor, não me force a ir para o céu. Sinto muito. Me dá outra chance. Por favor, Bob, por favor.

— Lucy...

— Por favor, estou implorando. Por favor.

— Lucy!

— Sim?

— Esse é um aviso oficial, seu único aviso. Deixamos o primeiro deslize passar porque você tinha acabado de voltar para a Terra e ainda não tinha lido o manual. Mas dessa vez você quebrou as regras conscientemente. Você só tem mais uma chance...

— Ah, obrigada — interrompi. — Obrigada, obrigada, obrigada.

— PORÉM — continuou Bob —, se tentar qualquer coisa assim de novo, vai voltar imediatamente pro limbo e sua missão será cancelada.

— Não vou — prometi, torcendo o fio do telefone em volta do dedo. — Não vou tentar me comunicar com ninguém de novo.

— Ótimo — concordou Bob. — Talvez seja bom lembrar a Claire das regras. Ela também já recebeu o último aviso e temos notado que está muito perto de quebrá-las de novo. Adeus, Lucy...

— Espere — falei. Havia acabado de me lembrar da última conversa que tivera com a Claire. — As pessoas podem encontrar um amor no céu? Quero dizer, se alguém nunca encontrou um enquanto estava vivo, pode vir a encontrar lá?

— Claro que sim. — Bob suspirou. — Que tipo de céu permitiria que os solitários permanecessem assim pela eternidade?

Eu tinha acabado de colocar o telefone no gancho quando Brian enfiou a cabeça pela porta.

— Oi, Lucy — cumprimentou ele. — Desculpe te assustar, mas estava pensando se você poderia me ajudar com a minha missão. Você falou que me ajudaria hoje.

Quase disse não, mas a expressão de desespero no rosto dele me obrigou a engolir as palavras.

— Tudo bem — respondi. — Vou só trocar de roupa e já desço.

— Maravilha. — Ele abriu um sorriso e coçou a cabeleira despenteada. — Sabia que você não ia me decepcionar.

— Ah, Brian — falei, enquanto subia as escadas —, pode pegar duas das suas revistas sobre trens? Vamos precisar delas.

— Revistas — repetiu ele, parecendo confuso. — Certo.

# Capítulo Vinte e Sete

Ainda chovia quando saímos do metrô na Tooting Broadway e descemos a deserta rua principal. Brian marchava à frente, com uma expressão de pura determinação estampada no rosto.

— É aqui que o Troy vive — disse ele, apontando para nenhum lugar em particular, enquanto eu trotava atrás dele.

— Certo — concordei, olhando em torno com nervosismo. Até mesmo as luzes da rua pareciam assustadoras. — Será que é uma boa ideia? Já está tarde e não tem ninguém na rua. Como vamos encontrá-lo?

— Vamos encontrá-lo — declarou Brian, olhando para mim por cima do ombro. — Sei exatamente onde ele está.

Eu não fazia ideia do que um bando de adolescentes estaria fazendo numa chuvosa noite de maio. Provavelmente algo que não deveriam, pensei com cinismo.

— Certo — disse ele, parando de repente no meio da rua. — Chegamos.

— Onde estamos? — perguntei, fazendo uma cara feia quando um homem de bicicleta passou por cima de uma poça e encharcou meus jeans.

Brian apontou para os arcos luminosos acima da loja mais próxima.

— McDonald's?

— Isso — confirmou ele, abrindo a porta. — Quer um hambúrguer?

Feliz só por sair da chuva, entrei atrás dele, que seguiu apressado até o balcão. O lugar estava lotado. Para onde quer que eu olhasse, havia adolescentes comendo batatas fritas, tomando milkshakes ou sentados preguiçosamente às mesas sem fazer nada.

— Certo — falou Brian, balançando uma bandeja de *junk food* fedorenta sob o meu nariz —, agora que estamos aqui, como você vai me ajudar com a minha missão?

— Não se estresse — repliquei, pegando uma batata e metendo-a na boca. — Vou pensar em alguma coisa, mas primeiro precisa me dizer onde está o Troy.

— Está vendo os dois garotos com a garota perto da porta? — Brian apontou com a cabeça e fiz que sim. — Troy é o garoto com o blusão cinza de capuz, calça preta e tênis branco.

— Tudo bem, então — falei, empurrando-o de leve —, vamos sentar à mesa ao lado deles.

Brian empalideceu visivelmente.

— Você está brincando.

— Brian. — Revirei os olhos. — Como você vai começar uma conversa com alguém se ele não puder escutar o que você está dizendo?

— Tinha a esperança de que você fosse bolar um plano que não envolvesse conversas.

— Como o quê? Sequestrá-lo e amarrá-lo à ponte na Paddington Station até que ele concorde em se tornar um aficionado por trens?

— Bom... — Brian deu de ombros. — Talvez algo não tão violento, mas...

— Brian!

— Troy me chamou de pedófilo, Lucy. Ele vai correr por mais de um quilômetro se eu tentar falar com ele de novo.

— Ah, pelo amor de Deus, Brian — retruquei, arrancando a bandeja da mão dele e andando em direção à mesa vazia. — A gente vai, senta e vê como é que fica.

— Certo — murmurou ele. — Mas se ele me chamar de aliciador de crianças de novo, a culpa é sua.

Troy ergueu os olhos quando nos sentamos, mas não gritou, não correu nem puxou uma arma para a gente. O que era um bom começo.

— Viu? — sussurrei, empurrando o saquinho de batatas fritas na direção do Brian. — Ele nem se lembra de você.

— Ótimo. — Ele pareceu aliviado. — E agora?

— Pega aquelas duas revistas que eu te pedi para trazer.

Enquanto eu dava o máximo de mim para parecer indiferente, Brian vasculhou a sacola e pegou as duas revistas, imaculadas em suas capas de plástico transparente. Peguei uma delas.

— Tome cuidado — rosnou ele, dando um pulo na cadeira. — Elas podem vir a se tornar um item de colecionador algum dia.

— Fica frio. — Limpei o ketchup dos dedos (e da capa de plástico) e virei a primeira página. — Então, qual é a fantasia mais sórdida de qualquer aficionado por trens?

Brian engasgou e quase caiu da cadeira.

— Como?

— O que é que um aficionado por trens deseja mais do que qualquer outra coisa no mundo?

— Eu sempre sonhei em construir uma estação sobre um velho trilho — respondeu ele, o rosto pelancudo se iluminando. — Não, comprar duas estações e reconstruir a linha para ser usada por um trem a vapor.

— Fantástico. — Olhei de relance para o Troy, que lançava olhares furtivos para a capa da revista que eu estava segurando. — Agora, diga que acabou de fazer isso. Diga em voz alta.

— Mas eu não comprei — protestou ele.

— Ai, pelo amor de Deus, Brian, finja. Nunca participou de uma peça quando era criança?

— Participei de uma sobre o nascimento de Jesus.

— Ótimo começo!

— Como uma árvore.

— Apenas finja que seu maior sonho se tornou realidade — expliquei —, e que eu sou uma de suas amigas aficionadas por trens e você está me contando as novidades.

— Comprei duas estações — Brian gritou a plenos pulmões. — E elas serão ligadas por um trem a vapor.

Troy olhou para a gente. Assim como o resto da lanchonete.

— Maravilha — concordei, forçando um sorriso. — Eu, ahn... — Olhei para a revista e li rapidamente as primeiras palavras de um artigo. — Acabo de voltar de uma viagem à estação de trem a vapor da Ilha de Man.

— Já fui lá também — berrou Brian. — É fantástica.

Ó céus!

Pelo menos havíamos chamado a atenção do Troy. No entanto, tínhamos um grave problema. Ele estava com dois amigos;

dois amigos que não gostavam dessas coisas. Se quiséssemos nos aproximar do Troy, precisaríamos nos livrar deles. E rápido.

— Então, Lucy — gritou Brian. — Do que você mais gostou na...

— Brian, shhh. — Olhei para ele. — Estou pensando.

Como eu ia me livrar dos amigos do Troy? Provavelmente, poderia convencer a garota a ir ao banheiro com alguma desculpa de problema feminino (um absorvente com urgência, quem sabe?), mas isso deixaria o outro garoto para trás. Se eu gritasse "fogo!", todos sairiam do recinto (inclusive o Troy), portanto isso também não daria certo.

Observei a mesa ao nosso lado, desesperada por uma ideia. Os três adolescentes estavam cada um com um copo de Coca, mas nada para comer. Que mais? Todos brincavam com seus celulares. Dois deles tinham um da mesma marca, mas o do Troy era diferente. Aquilo me deu uma ideia. Uma ideia idiota, talvez, mas podia funcionar.

— Brian — falei em voz alta, porém sem gritar —, quantas pessoas você conseguiu inscrever na promoção do Big Mac da Sony Ericsson?

Ele olhou para mim, aturdido, mas pude notar que tinha chamado a atenção dos três garotos na mesa ao lado. Eles haviam parado de conversar e estavam me escutando com aquele jeito tipicamente superior de adolescente, como quem diz: "Não estou *nem* aí, porque você é *tão* deprimente."

— Eu consegui cem — completei rápido, antes que o Brian tivesse a chance de contestar. — Você só conseguiu 98, não foi? Vai perder o emprego se não arrumar mais duas. Acho que esses garotos gostariam de um Big Mac de graça... — Estalei os dedos.

— ... você não acha?

Brian continuou a me olhar de boca aberta. Na mesa ao lado, o amigo do Troy estava chutando a garota por debaixo da mesa. Abri o sorriso mais cativante que consegui e me virei para eles.

— Creio que nenhum de vocês tem um Sony Ericsson, tem? Meu amigo aqui vai perder o emprego amanhã se não der mais duas promoções do Big Mac de graça.

— Eu tenho um — disse o amigo do Troy, pegando o celular e jogando-o debaixo do meu nariz. — O que tenho de fazer? Como consigo um Big Mac de graça?

— Eu também, eu também — guinchou a garota, empurrando seu celular cor-de-rosa por cima da mesa.

— Você não tem de fazer nada — falei, sorrindo como uma idiota. — É apenas uma, ahn, pesquisa que estamos fazendo na Tooting Broadway. E vocês salvaram o dia do Brian. Não salvaram, Brian?

Brian trancou os dentes no sorriso mais falso que eu já tinha visto.

— Ah, sim, salvaram, Lucy — disse ele quando eu o chutei por debaixo da mesa. — Salvaram mesmo.

— Bom, então pega sua carteira e compra uma promoção do Big Mac para esses dois aí.

— Posso trocar o Big Mac pelo sanduíche de peixe? — perguntou a garota, batendo na barriga inexistente. — Não quero engordar, você sabe.

— Pode pedir o que quiser — respondi. — É parte da promoção. Vai com o Brian e escolhe.

— Lucy... — falou Brian.

Mantive o sorriso forçado na boca.

— Vai e compra para esses dois jovens prestativos o que eles quiserem.

— Certo — respondeu ele, levantando da cadeira. — Comprar comida. Certo.

Enquanto Brian e seus dois novos melhores amigos se dirigiam ao balcão, virei-me para o Troy. Ele virava o celular de um lado para outro nas mãos, com uma expressão desanimada.

— Sinto muito — falei, pegando minha cópia da revista *Railway Enthusiast.* — Você tem um belo celular, mas a gente não representa essa marca.

— Tanto faz. — Ele deu de ombros. — Nunca ganho nada de graça mesmo.

Virei uma página e soltei um ohhh para a foto de um trem.

— O que tem de tão especial? — perguntou Troy, esforçando-se para não parecer interessado.

— Ah — respondi. — Nada não. É só um trem-bala Shinkansen.

— Velocidade máxima de 300km por hora.

Percorri a página para checar se ele estava certo. Estava.

— Você é um aficionado por trens? — perguntei, como quem não quer nada.

— Não. — Ele puxou o capuz do blusão por cima da cabeça e apoiou os cotovelos na mesa. — Isso não é legal.

Merda. Se o Brian quisesse completar a missão, precisaria convencer o Troy a admitir sua paixão por trens. As coisas não pareciam estar indo bem.

— Por que não é legal? — Virei outra página e tentei parecer indiferente.

— Isso é para os nerds. Olha só o seu amigo.

De pé ao lado do balcão, Brian coçava o bigode e olhava para o nada enquanto os amigos do Troy apontavam para os cardápios e sussurravam um com o outro.

— Boa observação — comentei. — Brian talvez pareça um pouco um nerd, mas isso não significa que todos nós sejamos.

Troy ergueu uma sobrancelha.

— Você também gosta de trens?

— Com certeza. — Peguei minha Diet Coke e tomei um gole de maneira cuidadosamente estudada. — Brian me ensinou um monte de coisas sobre estradas de ferro. Ele é uma espécie de gênio dos trens.

Troy olhou de mim para Brian, e de volta para mim.

— Ele é seu marido?

A Diet Coke saiu pelo meu nariz, respingando sobre a preciosa revista do Brian.

— Companheiro de casa — corrigi, limpando os respingos com um guardanapo engordurado. — Somos amigos.

Ainda no balcão, Brian vasculhava sua carteira. Eu não tinha muito tempo.

— Seus amigos gostam de trens? — perguntei.

— Não. — Ele baixou os olhos para a mesa e começou a jogar o celular de uma mão para outra. — Eles iam rir disso, você sabe.

Qual era a resposta certa para isso? Eu não sabia.

— É, sei. — Arrisquei, concordando sabiamente com a cabeça.

— Sabe? — retrucou ele, olhando-me por debaixo do capuz como se eu fosse louca.

Minhas bochechas coraram e olhei por cima do ombro. Brian e seus novos amigos já estavam bem perto. Eu precisava ser rápida.

— Escute — falei, inclinando-me para a frente. — Eu e o Brian costumamos passear pela Paddington Station, a gente fica lá na ponte. Você conhece?

Ele fez que sim.

— A gente passa um bom tempo lá, portanto, se quiser aparecer para nos fazer companhia ou bater um papo ou sugar o cérebro do Brian, seja bem-vindo.

— Não sei. Sou bastante ocupado.

— Você não tem uma folga nunca? — perguntei, cruzando os dedos por debaixo da mesa.

Ele deu de ombros.

— Segunda à noite, talvez?

— Bom, a oferta está de pé — repliquei, oferecendo meu sorriso mais amigável. — Seria, ahn, tudo de bom se você aparecesse.

— Certo, legal, mas...

— E aí, brother? — interrompeu o amigo, contornando e mesa e se sentando. — Se dando bem com a velhinha?

O quê? Que grosseria! Desde quando eu era...

— Cala a boca — retrucou Troy, esticando o braço por cima da mesa. — Me dá uma batata, cara.

— Lucy — Brian rosnou enquanto se sentava na minha frente. — O que aconteceu? Por que você me mandou ir pegar comida para esses garotos?

Dei uma piscadinha para ele.

— Te conto no caminho de casa.

# Capítulo Vinte e Oito

*Terça-feira, 9 de maio*
*Décimo terceiro dia*

Minha mão tremia quando abri a porta do escritório. Depois do entusiasmo com a missão do Brian na noite anterior, estava na hora de prosseguir com a minha *própria* missão. E as coisas não estavam indo bem. Já era o décimo terceiro dia, Archie estava apaixonado por mim e a última coisa que tinha dito fora: "Não fode, Lucy." Isso não era nada bom. De jeito nenhum.

Respirei fundo e entrei no escritório. Archie estava debruçado sobre o monitor, com fones de ouvido. O cabelo ainda estava curto, mas uma barba rala cobria o maxilar e a camiseta com logo de jogos estava de volta. Um irritado Archie: 1 ponto. Transformação da Lucy: zero.

— Bom-dia, Archie — cumprimentei, sorrindo de forma constrangida.

Os músculos do rosto se contraíram, mas ele não retrucou.

— Olá, Bob Esponja — continuei, pegando o bonequinho de plástico no canto da mesa dele, determinada a não desistir. — Como vai você?

— Vou bem, obrigado, Lucy — respondi com uma voz de menininha, balançando o boneco de desenho animado na frente do rosto do Archie. — Você não acha que o Archie está muito bonito hoj...

— Você não tem nenhum trabalho a fazer? — revidou ele, tirando os fones de ouvido e olhando para mim.

— Tenho — repliquei, ainda usando a voz do Bob Esponja. — Quero dizer... — Voltei para minha voz normal. — ...tenho sim. Na verdade, estou muito ocupada. Sem tempo de jogar conversa fora.

Afastei-me rapidamente, ziguezagueando pelas mesas até chegar à minha.

— Viu o Archibald? — perguntou Nigel, me cutucando assim que me sentei.

Decidi ignorá-lo, liguei o computador e abri o manual de Javascript. Talvez se eu parecesse compenetrada ele me deixasse em paz.

— Ei. — Ele me cutucou de novo. — Viu o cabelo do Archibald? — Ele sorria de orelha a orelha. Idiota. — Viu o cabelo dele, Lucy?

— O que tem o cabelo do Archie? — rosnei.

— Archie é? — Ele ergueu uma sobrancelha. — Bom, o *Archie* saiu e raspou o cabelo. A barba também.

— E daí?

— Ele não contou pra gente por que fez isso. Você sabe?

— Não faço ideia.

— Jura?

Fechei o livro e olhei para ele. Geoff e Joe tinham parado de digitar e escutavam nossa conversa como quem não quer nada.

— Por que está tão interessado no cabelo do Archie, Nigel?

Ele se recostou na cadeira e olhou para Geoff e Joe.

— Bom, é um pouco estranho, não é? Você e o Archibald ficaram doentes ontem de tarde, e agora ele chega com um novo corte de cabelo.

— E daí?

— E daí... tem alguma coisa acontecendo entre vocês dois, Lucy?

— Não. Nada. Não tem nada acontecendo entre a gente, sacou?

— Aaah! — Ele fez uma careta e fingiu levantar a mochila na frente do rosto. — Não precisa ficar irritada.

— Então, que tal calar a boca e me deixar trabalhar?

Encarei Geoff e Joe até deixá-los constrangidos com meu olhar e eles recomeçarem a digitar. Nigel deu de ombros e se virou de volta para seu monitor. O dia ia ser longo.

Na hora do almoço, Nigel, Geoff, Joe e o resto do pessoal do escritório levantaram e vestiram seus casacos. Sem dúvida estavam indo para o pub, embora ninguém tivesse falado nada comigo. Não era de surpreender, considerando o péssimo humor em que eu me encontrava.

Na saída, Nigel se inclinou sobre a mesa do Archie, puxou um dos fones de ouvido e disse alguma coisa que não consegui escutar. Archie fez que não e olhou de relance para mim, mas se virou de volta assim que nossos olhos se encontraram.

— Tudo bem então. — Escutei Nigel dizer. — Te vejo mais tarde.

E então o escritório ficou vazio. Com exceção do Archie e de mim.

Certo, essa era a minha chance. Tudo o que eu precisava fazer era me levantar, andar até a mesa dele e puxar conversa. Qual a pior coisa que poderia acontecer? Ele se negar a falar comigo de novo e eu não conseguir completar a minha missão? Certo, melhor não pensar nisso. Pense positivo. Ou não pense. Apenas VÁ!

— Archie — falei baixinho ao me aproximar da mesa. — Podemos conversar sobre o que aconteceu ontem?

Ele estava prestes a responder quando a porta do escritório se abriu.

— Boa-tarde — cumprimentou Sally, balançando sua cesta sobre a beirada da mesa do Archie e derrubando o potinho com canetas. — Ah, só tem vocês dois aqui, é? Cadê o Archibald?

— Archibald? — perguntei, confusa. — O que você quer dizer? Ele está bem...

— Quer um sanduíche, Novato? — perguntou Sally, cutucando Archie no ombro com uma unha azul berrante.

— Sally — respondeu ele, acenando na frente dela. — Sou eu!

— Pai do céu! — Sally deu um pulo tão brusco que quase derrubou a cesta de sanduíches de cima da mesa. — O que aconteceu com você?

Archie corou, mas não disse nada.

— Que negócio é esse? — disse ela, tocando o cabelo curto como se estivesse infectado. — O que aconteceu com você?

— Um erro — murmurou ele. — Um grande erro.

— Concordo. E por que diabos você raspou a barba também? Ficou esquisito.

— Ei — intervim. — Não precisa ser grosseira.

— E o que isso tem a ver com você, Lucy? — Sally botou as mãos na cintura fina e me olhou. Para uma mulher pequena, ela podia parecer bastante intimidadora quando queria.

— Só acho que podia guardar suas opiniões pra você — comentei, dando um passo para trás. — Você está deixando o Archibald desconfortável.

— Eu diria que ele está parecendo bastante desconfortável de qualquer jeito.

— E como você sabe?

— É só olhar para ele — respondeu ela, passando a mão pelo cabelo dele. — Parece que ele passou por uma tosa.

— E por que isso te incomoda?

— Por que incomoda você?

— Parem com isso! — gritou Archie, ficando de pé num pulo e abrindo os braços. — Parem com isso, as duas.

Nós duas olhamos para ele, espantadas. Sally chegou a soltar um gritinho de surpresa.

— Qual o problema com as mulheres? — perguntou Archie, balançando a cabeça. — Por que vocês insistem em interferir na minha vida? Se não é minha avó, é você, Lucy, e agora você, Sally. Será que eu tenho "fracassado" estampado na testa?

— Você não é um fracassado, Archibald — respondeu Sally, rapidamente recobrando a compostura. — Mas seu cabelo e sua barba eram parte de você, e não consigo entender por que você quis mudar. — A expressão desafiadora deu lugar a uma irritação genuína. — Não consigo entender mesmo.

— Archie — falei. — Podemos conversar?

Ele olhou de mim para Sally, e de volta para mim, em seguida esfregou o rosto com as mãos. Parecia exausto.

— Se importa em ir embora, Sally? — pediu ele. — Lucy e eu precisamos conversar.

— Tudo bem — respondeu ela, olhando para mim e pegando a cesta de cima da mesa —, mas se ela é a responsável por sua nova aparência, Archibald, sugiro que ignore tudo o que ela disser.

A porta do escritório bateu com força; Archie e eu nos olhamos sem dizer nada.

# Capítulo Vinte e Nove

Archie foi o primeiro a falar:

— Sente-se, Lucy. — Ele apontou para uma cadeira vazia na mesa ao lado. Eu a puxei e sentei, sentindo-me estranhamente nervosa. Não era típico dele ser tão direto.

— Archie — comecei. — Só queria te dizer que...

Ele levantou a mão.

— Posso falar primeiro? Por favor.

Dei de ombros.

— Claro.

Archie se recostou na cadeira e começou a brincar com o grampeador, abrindo-o e fechando-o sem parar. Clique-clique-clique-clique.

— Gostaria de começar me desculpando por meu comportamento ontem. Nunca tinha xingado uma mulher, Lucy, e foi muito injusto e grosseiro da minha parte.

— Não tem problema, Archie — repliquei, enfiando os saltos no carpete e desenhando pequenas meias-luas.

— Eu estava excepcionalmente emotivo e não soube como lidar com a situação.

— Archie...

— Por favor. — Ele levantou a mão de novo. — Preciso terminar. Acho que o motivo de eu ter agido de modo tão irracional ontem foi porque você acertou em cheio quando disse que achava que eu era solitário.

Abri a boca para replicar, mas mudei de ideia quase de imediato e a fechei de novo.

— Eu era, sou, solitário — continuou Archie —, e quando você apareceu para a entrevista, gostei de você de cara, mas pensei que você nunca gostaria de um cara como eu. Achei que você era areia demais para mim...

Eu não era areia demais para ninguém, especialmente para o Archie.

— ... e quando você conseguiu o emprego e mostrou interesse por mim, tive a impressão de que era o destino. Achei que seria feliz, para variar. Realmente pensei que as coisas iam mudar...

Minha boca encheu-se de saliva, do jeito como sempre acontecia antes de uma crise de choro, e fiz força para engolir.

— ... mas talvez você esteja certa, Lucy. Talvez eu estivesse apaixonado pela maneira como me sentia quando estava ao seu lado. Sou um idiota apaixonado pela ideia de estar apaixonado.

A voz do Archie falhou ao dizer "apaixonado", e eu ergui os olhos.

— O amor deveria ser uma experiência linda e maravilhosa, Lucy, e não posso imaginar nada pior do que se apaixonar por alguém que não te ama.

Esse foi o momento, a frase que acabou comigo. As lágrimas começaram a rolar pelo meu rosto, escorrendo pelo nariz e pingando do maxilar. Chorei por mim, pelo Dan e pelo Archie.

Chorei porque ele merecia alguém especial e, em vez disso, tinha se apaixonado por mim. Era tudo tão terrivelmente injusto!

— Lucy — Archie falou com delicadeza. — Lucy, por favor, não chore. Não tive a intenção de te deixar angustiada.

Balancei a cabeça. O nó na garganta era tão grande que eu não conseguia falar.

— Aqui. — Archie me entregou um lenço branco e limpo.

A delicadeza do gesto me quebrou de novo e enterrei a cabeça entre os joelhos.

— Lucy, por favor, diga alguma coisa. Sinto-me péssimo por te fazer chorar.

— Archie — falei, enxugando os olhos. O lenço ficou marcado pelo rímel, linhas pretas e grossas, e o amassei na mão. Eu devia estar com uma aparência horrível, mas não me importava. — Precisa acreditar que nunca tive a intenção de te ferir. Juro, juro que não.

— Acredito em você — sussurrou ele, pegando minha mão.

— E gostaria de poder te contar por que estou aqui, mas não posso.

Ele sorriu.

— Porque você trabalha aqui, Lucy.

— Sim, não, o que eu quero dizer... Ah, não sei. Archie, existe uma razão para eu ter te conhecido. Realmente quero ajudá-lo a encontrar alguém.

Ele puxou a mão e franziu o cenho.

— Por quê?

— Pense em mim como seu anjo da guarda.

— Agora você está sendo ridícula.

— Bom, sim, mais ou menos, mas posso te ajudar, Archie. Sei que posso.

— Não sei não, Lucy. — Ele suspirou. — Essa experiência me fez pensar que talvez eu esteja melhor sozinho.

— Archie — continuei. — Podemos ser amigos? Podemos pelo menos começar por aí?

— Gostaria de ter você como amiga — afirmou ele, com a expressão triste. — Isso é melhor do que nada.

— Então me dá um abraço — pedi, abrindo os braços.

Aproximamos nossas cadeiras e nos abraçamos, primeiro de um jeito estranho, depois mais apertado.

— Oi, oi — uma voz falou da porta. — O que está acontecendo aqui?

Nigel foi um verdadeiro pesadelo o resto da tarde. Sempre que eu me esticava, girava na cadeira ou me levantava para ir ao banheiro, ele parava o que quer que estivesse fazendo para me olhar.

— Que foi? — rosnei, depois da sexta ou sétima vez que o peguei me encarando de boca aberta.

— Nada — respondeu ele, fingindo indiferença. — Só estava pensando quando vai admitir que tem alguma coisa entre você e o Archibald.

— Leia. Meus. Lábios, Nigel. Archie e eu somos amigos, só isso.

— Então por que o choro e o abraço? Você deu o fora nele? Ou ele deu o fora em você?

— Ah, pelo amor de Deus! — Suspirei. — Archie e eu não estamos, nem nunca estivemos, envolvidos. Romanticamente ou de qualquer outro jeito. Somos apenas amigos.

— Então por que você estava chorando?

— Isso não é problema seu.

— Então você e o Archie não vão se vestir um como o outro na festa à fantasia de amanhã?

— O quê?

Ele riu.

— A gente tem que se vestir como nossas coisas prediletas. Lembra?

— Ah, sai fora, Nigel.

Virei para o meu monitor, desejando desesperadamente ter um par de fones de ouvido. Archie e eu tínhamos concordado em ser amigos, o que tirava um enorme peso da minha consciência, mas eu ainda tinha muito com o que me preocupar:

1) Como ia espionar o Dan e a Anna no jantar daquela noite sem ser notada

2) Como diabos ia encontrar a alma gêmea do Archie se só me restavam sete dias

3) Será que o Troy ia admitir ser um aficionado por trens para que o Brian pudesse completar sua missão?

4) O que usar na maldita festa a fantasia

A coisa mais urgente da lista era espionar o jantar do Dan e da Anna. Todo o resto teria de esperar. Anna não tinha dito a que horas eles iam se encontrar, portanto meu plano era chegar ao restaurante o mais cedo possível.

Olhei em volta para verificar se alguém estava observando e disfarçadamente cheirei minhas axilas. Argh, a corrida até o trabalho me deixara bastante fedorenta. Não fazia sentido me esconder do Dan e da Anna se eles pudessem "cheirar" minha aproximação. Teria de ir em casa e me trocar. Olhei para o relógio: 17h29. Precisava ser rápida.

# Capítulo Trinta

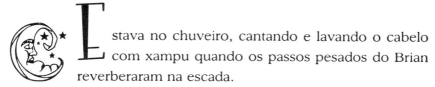

Estava no chuveiro, cantando e lavando o cabelo com xampu quando os passos pesados do Brian reverberaram na escada.

— Lucy! — gritou ele, esmurrando a porta do banheiro.

— Que foi? — resmunguei, meus ouvidos cheios de sabão.

— Desculpe te interromper, mas posso ter uma palavrinha com você?

— Agora? Estou tomando banho. Não dá para esperar?

— Infelizmente não. É uma emergência.

Suspirei, enfiei a cabeça debaixo d'água, desliguei o chuveiro e saí da banheira, enrolando uma toalha em volta do corpo.

— Que foi? — perguntei, abrindo a porta do banheiro um centímetro. A água fria escorreu pelas minhas costas e tremi.

— É a Claire — disse Brian, parecendo ainda mais esgotado do que o normal. — Ela acabou de ligar. Aparentemente, está sentada na frente da casa do Keith numa espécie de protesto. Quando ele ameaçou ligar para a polícia, ela arrancou o telefone da mão dele e se recusou a devolver.

— Está brincando?!

— Infelizmente não. Claire ligou pedindo reforço quando o Keith entrou em casa para ligar para a polícia.

— Reforço? O que ela espera que a gente faça?

— Não faço ideia, mas precisamos chegar lá o mais rápido possível. — O olhar do Brian pousou entre os meus seios, fazendo-o tossir violentamente.

— Brian — falei, apertando a toalha um pouco mais em torno do corpo. — Por que você está sempre tão preocupado com a Claire? Você gosta dela ou algo parecido?

— Claro que não! — explodiu ele. — Ela é jovem e só pode contar com a gente. Se não a ajudarmos, quem vai?

— Boa observação.

— Então, você vem?

Olhei para o relógio dele. Já eram quase sete horas. E se Dan e Anna já estivessem no restaurante? Não queria perder o encontro deles.

— E aí? — perguntou Brian. — Você vem ou não, porque precisamos sair *agora*.

— Certo — concordei por fim. Isso atrapalharia as coisas um pouco, mas ainda havia uma boa chance de eu conseguir chegar ao restaurante em Swiss Cottage às oito horas. — Me dá um minuto para vestir alguma coisa e secar meu cabelo.

— Combinado — respondeu ele, virando-se de costas. — Seja rápida.

Passei por ele correndo, entrei no quarto e peguei minhas roupas. O que diabos a Claire estava fazendo? São Bob me dissera que a Claire já recebera seu último aviso, e agora ela estava arriscando sua chance de completar a missão só para irritar o Keith. Tínhamos de impedi-la de cometer um erro ainda maior.

— Brian — gritei enquanto calçava as botas. — Estou pronta.

* * *

Claire estava sentada de pernas cruzadas no jardim infestado de ervas daninhas de uma casa enorme em Hampstead. Estava um frio terrível e ela tremia, mas não tirou os olhos da porta preta por um segundo, nem mesmo ao escutar nossos passos sobre o caminho de cascalho da entrada de carros quando nos aproximamos.

— Claire — falei, agachando-me ao lado dela. — Você está bem?

Ela fez que não.

— Quer meu impermeável? — perguntou Brian, tirando um dos braços do casaco. — Está frio aqui.

Ela fez que não de novo, os olhos ainda fixos na casa. Cortinas finas pendiam das janelas, mas era possível ver a silhueta de pessoas se movendo por trás delas.

— Por que você está fazendo isso? — perguntei, sentando-me sobre o cascalho. Fiz sinal para Brian se sentar também, mas ele fez que não.

— Porque — respondeu Claire, afastando-se um pouco de mim —, não vou conseguir completar minha missão mesmo, portanto decidi me vingar agora, enquanto posso.

— Que vingança é essa? Você está tremendo de frio aqui fora enquanto o Keith está quentinho e aconchegado dentro de casa.

— Tem uma tiete lá com ele — explicou ela, puxando a manga do pulôver de crochê para cobrir os dedos. — A piranha está com ele desde ontem. Estou esperando que ela saia.

— Você está aqui desde ontem à noite? Que merda, Claire.

— E o que você tem a ver com isso?

— Pensei que já tivéssemos superado aquele negócio de "te odeio" — repliquei, esforçando-me para não revidar a agressão. — Achei que fôssemos amigas.

— Grande amiga. — Ela prendeu um dos dreadlocks soltos atrás da orelha. — Não te vejo há dias.

Claire estava certa. Com tudo o que vinha acontecendo com minha própria missão e com o Brian, eu não tinha sequer pensado nela.

— Sinto muito — falei, enfiando meus dedos congelados entre as coxas para tentar aquecê-los. — Aconteceu muita coisa.

— Claro que sim.

— Pois então — continuei, ignorando o tom sarcástico —, quando o Keith descobriu que você estava aqui fora?

— Cerca de meia hora atrás. A piranha abriu a porta para o entregador de pizza e me viu sentada aqui.

— E o que aconteceu então?

— Keith veio aqui — respondeu Claire, puxando os joelhos de encontro ao peito e metendo as mãos debaixo das axilas —, e me perguntou por que diabos eu estava sentada do lado de fora da casa dele. Como não respondi nada, ele puxou o celular do bolso da calça e disse que ia chamar a polícia. Foi quando arranquei o celular da mão dele e liguei para vocês.

— Ei. — Brian, que continuava com apenas um braço metido no casaco enquanto o resto balançava às suas costas, tinha se aproximado do portão. — Por falar na polícia...

— Corre! — gritou Claire, levantando num pulo e me puxando. — Corre!


Estávamos todos ofegantes ao entrarmos no White Horse e pararmos na frente do balcão do bar.

— Fugindo dos cachorros, é? — perguntou o barman, levantando uma sobrancelha.

— Não — respondeu Claire. — Da polícia. Três canecas de *snakebite,** por favor.

O barman concordou com a cabeça como se já soubesse da história toda, e pegou três canecas embaixo do balcão. Eu estava prestes a protestar e pedir uma taça de vinho branco, mas Brian me cutucou e fez que não.

— Apenas beba — murmurou ele.

— Você viu mesmo o carro da polícia? — perguntei baixinho, aproximando-me dele.

— Não. — Ele deu uma risadinha. — Mas conseguimos tirá-la dali, não foi?

Raposa velha e astuta. Ele era muito mais esperto do que eu, ou qualquer outra pessoa, poderia pensar.

— Vamos lá — falou Claire, empurrando uma caneca na minha direção. — Vamos nos sentar.

Escolhemos uma mesa num dos cantos do salão e desabamos nas cadeiras. Brian e eu demos um gole na bebida horrorosa, mas Claire ignorou a dela, os olhos perdidos no espaço, o rosto mais pálido do que o normal.

— Você está bem? — perguntei, tocando-a de leve no ombro, meio que esperando que ela mordesse meus dedos e depois minha cabeça.

— Não — respondeu ela, com uma voz fraca. — Não estou.

Ao pegar a caneca, seus dedos tremeram e as unhas tamborilaram contra o vidro. Uma lágrima solitária desprendeu-se do olho direito e escorreu pela bochecha.

— Claire! — exclamei, horrorizada. Instintivamente, puxei-a para mim. — Ah, Claire, por favor, não chore.

---

* Um tipo de drinque vendido na Inglaterra, uma mistura de cerveja e sidra. (N.T.)

Para minha surpresa, ela não me empurrou nem me mandou sair ou coisa parecida. Ficou ali, em meus braços, deixando-me abraçá-la enquanto chorava. Brian, que bebia seu drinque, não ousou olhar para a gente. Ele não era o único estarrecido com o lado vulnerável da Claire. Eu estava em choque.

— Vai ficar tudo bem, Claire — falei, afastando os dreadlocks do rosto dela.

— Não vai, não — murmurou ela, afastando-se de mim. — Achei que ele fosse sentir saudade de mim, mas não, nem notou que eu tinha ido embora.

— Ele quem?

— Keith, é claro. De quem você achou que eu estava falando?

Ó Pai. Ela não podia estar só atraída pelo Keith. Não podia apenas admirar seus dotes musicais ou gostar dele porque ele era um poeta sensível que trabalhava como voluntário num abrigo de cães. Ela...

— Você o ama — declarei. — Foi por isso que assumiu a missão, não foi? Não porque queria se vingar, mas porque queria ficar perto dele.

— Foi — respondeu ela, tirando o cabelo do rosto e amarrando um dos dreads em volta do resto de modo que eles ficassem presos numa espécie de rabo de cavalo. Com a maquiagem borrada, Claire parecia terrivelmente jovem.

— Mas ele te tratava tão mal — repliquei. — Dormia com outras mulheres e ria de você nas suas costas. Como pode amar um homem assim?

— Porque ele é o único homem que já me quis.

— O que você quer dizer com isso?

— Porquelefoioúnicohomemcomquemdormi — murmurou ela, escondendo o rosto entre as mãos.

— O quê? — Inclinei-me mais para perto. — Repete, não escutei direito.

— Porque ele foi o único homem com quem dormi.

— Vou ao banheiro — Brian interrompeu, levantando-se de supetão e derramando os drinques sobre a mesa.

Observei-o esbarrar nos clientes reunidos em volta do balcão e desaparecer banheiro masculino adentro.

— Claire — falei com um sorriso, virando-me de novo para ela. — Acho que você assustou o Brian com esse papo de sexo.

Claire esfregou o rosto com as mãos e se empertigou na cadeira.

— Pode rir de mim se quiser.

E que motivo eu teria para rir? Claire tinha 18 anos. Só dormira com um cara, se apaixonara por ele e se suicidara porque ele havia dormido com outras. Era provavelmente a história mais triste que eu já tinha escutado e, pela primeira vez desde a minha morte, percebi que se existisse uma máquina do tempo que pudéssemos usar para voltar ao período antes de nossa morte, empurraria a Claire dentro dela, em vez de usá-la eu mesma.

Eu tinha 17 anos quando perdi minha virgindade. Estava tão ansiosa em perdê-la que praticamente a entreguei ao primeiro sujeito que demonstrou interesse por mim. Ele trabalhava numa barraquinha de "acerte um dardo, ganhe um prêmio", no Brighton Pier, e havia gritado: "U-lá-lá, menina linda de azul" quando passei em frente com algumas amigas. Eu automaticamente me virei para minhas amigas para ver com quem ele tinha falado, mas então me dei conta de que era a única de azul. Eu tinha só 17 anos e ninguém nunca havia me chamado de linda antes. Ele era bonito, com uns 20 anos e cabelos escuros, e era um tanto metido, portanto aproximei-me para dar um oi. Ele me disse que estudava Ciências do Esporte na faculdade e que só estava trabalhando na barraquinha para juntar algum dinheiro durante as férias de verão. Nem chegamos a sair algumas vezes antes de irmos para a cama, eu apenas ficava pela barraquinha à noite e a gente conversava enquanto ele trabalhava. Três semanas depois eu estava tão desesperada para dar um beijo nele e me livrar de minha temível virgindade que concordei quando ele sugeriu que nos "deitássemos um pouquinho" nos cascalhos sob o píer. O ato em si não demorou nada e, embora ele tivesse me prometido que sairíamos no dia seguinte, me ignorou quando apareci na barraquinha naquela noite. Voltei um dia depois e ele me disse que decidira voltar para a casa dos pais em Leeds para passar os últimos dias de férias e que, por mais que tivesse sido ótimo passar um tempo comigo, não achava que uma relação entre um cara de 20 anos e uma garota de 17 pudesse dar certo por muito tempo. Fiquei com o coração partido, é claro, mais pela rejeição do que por qualquer outra coisa, mas superei com o tempo.

— Não, Claire — falei, sacudindo a cabeça para espantar a lembrança e abrindo um sorriso encorajador para ela. — Não vou rir de você. Mas por que decidiu perder sua virgindade com o Keith? Por que logo com ele?

Ela sorriu e pegou a caneca que Brian estava oferecendo. Ele voltara para a mesa com novos drinques e o rosto decididamente corado. Suspeitei que tivesse virado umas duas doses de uísque antes de voltar.

— Escutei os Lu$t Boys no rádio uma noite quando ainda estava na faculdade — respondeu Claire, tomando um gole do drinque —, e a letra realmente mexeu comigo. Era como se a música tivesse sido escrita para mim, entende? Ela falava sobre se sentir sozinho e isolado. Achei que se eu e a pessoa que tinha escrito aquela música nos encontrássemos, iríamos compreender um ao outro.

— E o que aconteceu depois? — indagou Brian, parecendo bem mais confortável agora que a conversa passara do sexo para paixões pessoais.

— Bom — continuou Claire, brincando com o anel em forma de crânio que usava na mão direita —, tinha uma garota do sexto período com quem eu me dava, a única garota com quem eu me dava; ela também era gótica, portanto, perguntei se estaria interessada em ir a um show comigo. Ela topou e nós fomos.

— E foi aí que você conheceu o Keith?

— Não, não nesse primeiro show, mas vê-lo em carne e osso foi fantástico. Quando ele cantou a música que eu tinha escutado no rádio, senti como se estivesse cantando para mim.

— E quando vocês transaram pela primeira vez? — perguntei.

Ela deu uma risadinha.

— No quarto show que eu fui. Falei com minha amiga que queria esperar do lado de fora até o Keith sair, mas ela não topou. Acabamos tendo uma discussão feia e ela foi embora, portanto fiquei esperando sozinha. Depois de uns 20 minutos, um dos técnicos saiu e perguntei se a banda ainda estava lá dentro. Ele me olhou de cima a baixo e deu uma risadinha.

— E?

— E... — Claire tomou outro gole do drinque. — ... prometi que daria 20 libras a ele se me arrumasse um encontro com o Keith. Ele pegou o dinheiro, meteu um dos tambores da bateria numa van branca que estava estacionada do lado de fora e me disse para esperar dentro dela.

— Da van?

— É.

— Você não entrou, entrou? — Olhei para ela sem acreditar.

— Claire, ele podia ser algum tipo de louco pervertido.

— Não quis saber — respondeu ela, dando de ombros. — De qualquer forma, pouco tempo depois as portas se abriram e o Keith apareceu, acenando e sorrindo para mim. Ele disse: "Me disseram que você queria me conhecer, minha jovem", em seguida entrou na van e fechou as portas.

— E foi então que vocês transaram?

— Vou ao banheiro — interrompeu Brian, levantando-se rapidamente.

— Não, não de cara. — Claire fez uma pausa para roer uma das unhas pintadas de preto e ergueu os olhos para mim. — Primeiro eu disse a ele o quanto a música tinha mexido comigo e em seguida comecei a falar do quanto me sentia solitária e como ninguém me entendia. Keith ficou lá, acariciando meu cabelo e dizendo o quanto eu era adorável. Aí começamos a nos beijar e...

— Uma coisa levou à outra?

— É.

— Ah, Claire.

— Que foi? Era o que eu queria. Tudo bem, estávamos dentro de uma van velha e suja e minha cabeça batia de encontro à caixa da bateria, mas foi especial para mim. Não me senti gorda. Ele me fez sentir bonita e sexy. Eu era a garota com quem o cantor de uma das bandas mais promissoras de Londres queria dormir. Foi fantástico. Achei que se fizesse um teste para ingressar na banda, poderia me tornar parte da vida dele... — Sua voz sumiu e ela olhou melancolicamente em torno do salão.

Baixei os olhos para a mesa e deixei o dedo correr pela cerveja derramada. Não era fantástico, era horrível. Não conseguia deixar de imaginar que se a Claire tivesse sentido uma ligação com qualquer outro cara que não o Keith, que se tivesse perdido a virgindade para alguém que fosse realmente carinhoso e sensível e que não estivesse apenas fingindo para atrair as fãs, ela ainda estaria viva.

— O que você vai fazer agora? — perguntei, esticando o braço por cima da mesa e apertando a mão dela.

Claire deu de ombros.

— Não sei. Tive uma discussão com a garota para quem eu devia ensinar a tocar guitarra e ela agora se recusa a atender minhas ligações. Lá se foram minhas chances de conseguir fazê-la ingressar numa banda. A propósito, essa era a minha missão, mas não consegui realizá-la e agora nunca ninguém vai me amar ou sentir a minha falta.

— Isso não é verdade — retruquei, lembrando de repente da conversa com São Bob. — Você ainda tem uma segunda chance de encontrar alguém especial.

— O que você quer dizer com isso? — ela perguntou com os olhos esbugalhados.

— No céu. Outro dia, quando falei com o Bob, ele me disse que as pessoas se apaixonam lá também. Só porque você está morta, isso não significa que terá de passar a eternidade sozinha.

O rosto da Claire se iluminou como o de uma criança em pleno Natal e sorrimos uma para a outra como duas idiotas por uns cinco segundos, até que ela baixou os olhos e começou a brincar com a borda do pulôver preto.

— Me desculpe — murmurou ela.

— Pelo quê?

— Por implicar com você em relação ao Dan quando chegou aqui. Eu fiquei com inveja. Queria ter o que vocês têm.

— Tínhamos, Claire — corrigi com tristeza. — O que nós tínhamos.

— É. Ainda assim, sinto muito mesmo. Fui uma verdadeira vaca.

Peguei a cerveja, sentindo minha cabeça ligeiramente enevoada, e tomei um gole. Dan. Ela mencionara o nome dele e um sininho tinha soado em minha mente. Eu não devia estar...

Merda.

Dan e Anna iam se encontrar para jantar e eu tinha me esquecido completamente. Olhei para o relógio. Eram nove e meia.

— Claire — falei, apertando a mão dela rapidamente e soltando. — Sinto muito, mas preciso ir. Depois eu explico, mas preciso fazer uma coisa.

— Pode ir, Lucy — replicou ela, com um sorriso genuinamente caloroso. — Juro. Vai. Sei que é importante. Não se preocupe. Brian pode cuidar de mim.

Levantei. Eu realmente precisava sair, mesmo, mas ainda me sentia preocupada com ela.

— Tem certeza? Você não vai fazer nada idiota, vai?

— Não. — Ela riu. — Prometo. Agora, se manda, Garota-Lençol. E boa sorte.

Boa sorte? De repente eu me senti enjoada. Eu ia apenas espionar o Dan e a Anna. Para que eu precisaria de sorte? Eram só dois amigos jantando juntos, não eram?

# Capítulo Trinta e Um

— Com licença — pedi, atravessando como um tufão a porta do restaurante Kung Po e agarrando a primeira garçonete que vi. — Vim encontrar uns amigos... Dan Harding e Anna Cowan. Eles já chegaram?

— Eles vieram em grupo ou só os dois? — perguntou a garçonete, torcendo o pulso para se soltar e me olhando.

— Só os dois.

— Não tem nenhum casal aqui no momento. — Ela apontou para as mesas vazias à nossa volta. — O último acabou de sair.

— Mas...

Ela me dispensou com um pequeno aceno de cabeça e se virou para sair.

— Tem alguma reserva para um casal ainda hoje? — Pulei na frente dela, quase derrubando o dragão chinês, o qual balançou precariamente sobre uma coluna que havia no meio do salão, e bloqueei o caminho para a cozinha. — Por favor, dê uma verificada. Por favor, é importante.

— Nenhum casal — respondeu ela, os olhinhos pretos como contas observando meu cabelo molhado de chuva e os sapatos enlameados. — Só temos uma reserva para dez horas de uma mesa para oito.

— Pode me descrever esse casal que acabou de sair? — pedi, desesperada. — Por acaso o cara era alto e com cabelos escuros e a mulher loura?

A garçonete deu de ombros.

— Talvez sim, talvez não. Muitos casais entram e saem. Sou uma garçonete, e não o detetive Columbo.

Ela estava sendo de tanta ajuda quanto um guarda-chuva de papel de arroz, e ficar ali falando era perder um tempo precioso.

— Obrigada pela ajuda — agradeci e saí apressada do restaurante. O sininho repicou quando pisei na rua molhada e a porta se fechou às minhas costas.

Para onde Dan e Anna tinham ido? Se eles tivessem acabado de sair, talvez eu conseguisse alcançá-los. Olhei para a direita e para a esquerda, procurando uma pista. A estação do metrô ficava a alguns metros à direita e o ponto de ônibus no final da rua. Anna morava perto da estação de Baker Street e não suportava andar de ônibus, portanto teria ido para casa de metrô e Dan teria pego um ônibus, ou talvez um táxi. Mas e se eles não tivessem ido para casa? E se tivessem decidido ir a um pub no West End ou algo parecido? Eu nunca os encontraria. Tinha chegado tarde demais.

Fechei minha jaqueta leve em torno do corpo e tremi. A chuva estava ficando mais pesada e eu precisava de algum lugar para colocar meus pensamentos em ordem antes de voltar para a Casa dos Aspirantes a Fantasmas. Atravessei correndo a rua em direção ao ponto de ônibus e me espremi entre um grupo trêmulo de estudantes que buscava abrigo da chuva. Qualquer um que se atrevesse a andar na calçada era encharcado pelos carros que passavam sobre poças enormes. As pessoas se escondiam sob qualquer teto que pudessem encontrar. Até mesmo a entrada da estação do metrô estava tumultuada, porém uma mulher parecia determinada a sair para a chuva. Observei-a abrir caminho a cotoveladas e descer a rua numa marcha rápida, usando a bolsa para proteger os cabelos lisos e bem louros.

Anna!

E ela estava indo em direção ao Kung Po.

Atravessei a rua correndo de novo, desviando-me dos carros e das motocicletas, e parei em frente a uma loja de roupas que havia ao lado do restaurante, o coração na boca. Por que a Anna tinha entrado no restaurante? Talvez a garçonete tivesse mentido para mim e *houvesse* uma reserva para dois às dez. Será que o Dan estava para chegar também?

Eu estava prestes a entrar no restaurante quando o sininho da porta repicou de novo e Anna saiu para a rua, o celular agarrado ao ouvido.

— Jess — dizia ela. — Desculpe, mas não vi sua chamada. Saí com o Dan e acabei esquecendo o telefone na mesa do restaurante. Já estava a meio caminho da Baker Street quando me lembrei.

Houve uma pausa enquanto Jess respondia.

— Espera aí — interrompeu Anna. — Está chovendo muito. Me dá só um segundo, tá? Não sai daí. Tenho um monte de coisas pra te contar.

Ela se afastou correndo, os saltos batendo no chão molhado, e segui atrás de cabeça abaixada. Ao passar por uma lata de lixo repleta de jornais, agarrei um e o segurei na frente do rosto, posicionando-o de modo que conseguisse ver os saltos finos do sapato da Anna marchando à minha frente. Ela entrou na estação de Swiss Cottage e encostou-se a uma parede. Eu me espremi entre duas máquinas de bilhetes, perto o suficiente para escutar a conversa com a Jess, mas longe o bastante para que ela não notasse de imediato uma garota encharcada em pé sobre uma poça de água da chuva e com o nariz enfiado num jornal velho.

— Sim — dizia Anna. — Na verdade, Dan estava bem mais animado do que da última vez e parecia estar genuinamente interessado no que eu tinha a dizer... Não, ele não mencionou a Lucy...

Meu coração quase parou. Dan não tinha falado de mim nem uma vez sequer durante o jantar? Nem uma?

— É — continuou Anna. — Também acho que isso é um bom sinal. Jess, se eu te contar uma coisa você promete que não vai reagir de forma exagerada? Promete? Acho que o Dan estava flertando comigo...

Quase deixei o jornal cair. O quê?! O QUÊ?!

— Quando fui encher a taça de vinho dele, ele colocou a mão sobre a minha para que parasse. Protestei, é claro, e ele me olhou daquele jeito... É, *aquele tipo* de olhar, e não desviou os olhos... Senti um frio na barriga, Jess, de verdade.

Abaixei o jornal e olhei para ela. Que diabos ela estava insinuando? Qualquer olhar que o Dan tivesse dado seria do tipo "pare de tentar me deixar tão bêbado quanto você". Nós dois costumávamos rir do quanto a Anna gostava de se embebedar. O único problema é que ela não gostava de beber sozinha. Todos tínhamos de nos juntar a ela, quiséssemos ou não.

— Por que eu senti um frio na barriga? — prosseguiu ela. — Porque o Dan é o noivo da Lucy, quer dizer, *era* o noivo da Lucy, e não entendi o que ele estava fazendo, flertando comigo, mas houve uma fagulha entre a gente, Jess, uma conexão de verdade... Sim, eu também flertei... Não, não foi assim, Jess. Eu não queria que nada disso tivesse acontecido, juro, você sabe... Jess, espera um pouco, me deixa falar... Eu só me encontrei com ele porque queria confortá-lo. Eu não tinha nenhuma outra intenção.

Anna ficou em silêncio enquanto Jess perguntava, penso eu, o que diabos ela pretendia com aquilo. Não pude ver a reação da Anna porque ela estava de costas para mim, mas seus ombros caíram e ela deu a impressão de estar suspirando. Suspirando? Ela não tinha motivos para suspirar. Anna tinha flertado com o meu namorado. Onde ficava a lealdade dela para comigo? Ela era supostamente a minha melhor amiga.

— Jess — falou Anna. — Jess, não fique zangada comigo, mas acho que estou me apaixonando pelo Dan, e tenho certeza de que ele sente a mesma coisa. Quero que ele seja o pai dos meus filhos.

Algo dentro de mim se quebrou. Tudo o que pude sentir foi uma raiva cega e uma dor forte no peito. Corri em direção a Anna e a empurrei com toda a força. Ela engasgou e cambaleou para trás, apoiando-se na parede. Empurrei-a de novo e ela caiu no chão, o celular espatifando-se a seu lado.

— Qual é o seu problema? — gritou ela, pegando o celular e a bolsa do chão sujo do metrô e se levantando.

Abri a boca para responder, mas a fechei de novo, o aviso de São Bob reverberando em meus ouvidos. Se eu dissesse uma palavra que fosse, minha missão seria cancelada.

— Sei quem você é — continuou ela, olhando-me de cima a baixo. Ela sorria, mas os olhos estavam frios como gelo. — Você é a louca muda que persegue o Dan. Não sei se já se olhou no espelho recentemente, querida, mas ele é muita areia pro seu caminhão. E seu padrão de conversa é um tanto... como eu posso dizer? Inexistente.

Levantei o braço na intenção de desferir um tapa, mas ela agarrou meu pulso.

— Eu não faria isso — disse ela, tirando o cabelo dos olhos. — Acho que você já causou problemas demais, não é? Agora, se me der licença, vou ver o Dan e contar a ele a louca que você é. — Ela deu uma risadinha. — Fim de jogo, idiota. Eu ganhei.

Sentindo-me impotente, observei-a jogar a bolsa por cima do ombro e deslizar em direção à saída.

— A propósito — disse Anna, virando-se para mim —, ele trepa maravilhosamente bem.

# Capítulo Trinta e Dois

*Sexta-feira, 10 de maio*
*Décimo quarto dia*

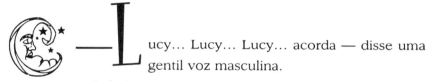— Lucy... Lucy... Lucy... acorda — disse uma gentil voz masculina.

Virei-me de lado e puxei o edredom por cima da cabeça.

— Some, Dan. Eu te odeio.

— Lucy — repetiu a voz de um jeito mais insistente. — São nove horas. Você devia estar no trabalho.

— E você devia ser apaixonado por mim, seu filho da mãe.

Senti o edredom sendo puxado da minha cabeça e ataquei.

— Sai fora.

— Sai fora você, Lucy — falou uma voz feminina. — Só estamos tentando ajudar.

Quem diabos estava no meu quarto?

Virei-me de novo e abri o olho um milímetro. Meus companheiros de casa estavam em pé ao lado da cama; Brian esfregava o bigode e Claire enroscava um dos dreadlocks em volta do dedo.

— Você está bem, Lucy? — perguntou ela, olhando-me com preocupação.

Levei a mão à cabeça. Tinha a sensação de que alguém estava arrancando o lado esquerdo do meu crânio com um formão.

— Minha cabeça está doendo — respondi.

Claire ergueu as sobrancelhas.

— Não é de admirar. Sua bunda deve estar doendo também.

— O quê? — Enfiei o braço embaixo do edredom, apertei uma das nádegas e senti uma fisgada forte. — O que aconteceu comigo?

— Você estava muito, muito bêbada quando chegou em casa — explicou Brian, soltando o bigode e cruzando os braços. — Mal conseguia ficar de pé.

— E caiu escada abaixo — acrescentou Claire. — Duas vezes.

Esfreguei os olhos. Eles pareciam inchados e doloridos e, por mais que eu tentasse, não conseguia abri-los mais do que alguns milímetros.

— Eu caí de cara também?

— Não — respondeu Claire —, mas você chorou muito.

Fiz força para engolir. Minha garganta parecia cheia de areia.

— Eu gritei muito também?

Claire e Brian olharam um para o outro.

— Gritou — responderam em uníssono. — Muito.

— Você estava muito, muito irritada com uma mulher chamada Anna — completou Claire.

Anna? O que ela... A lembrança da noite anterior voltou como um raio; a chuva, a ligação da Anna, sua revelação, nossa briga, e o olhar diabólico quando me disse que o Dan trepava maravilhosamente bem. Dan. Meu Dan. Uma grande trepada. Meus olhos se encheram de lágrimas, quentes, zangadas. Como ele podia ter feito isso comigo? COMO? Ele dizia que ficaria devastado se alguma coisa acontecesse comigo, mas eu estava morta há apenas cinco minutos e ele já estava transando com uma de minhas melhores amigas. Eu nunca transaria com um dos amigos dele se fosse o contrário e ele tivesse morrido primeiro. Nunca. O que diabos ele estava pensando?

Eu tinha ido direto a um pub depois da briga com a Anna, não o White Horse (não queria arriscar deparar com algum conhecido), mas o primeiro que encontrei. Eu devia ter engolido umas três ou quatro doses de Deus-sabe-lá-o-quê antes de pedir uma garrafa de vinho e me sentar num dos cantos, onde a bebi sozinha. Não me lembro de nada depois disso. Não lembro de ir para casa, entrar ou qualquer das coisas que a Claire e o Brian tinham acabado de descrever. De repente, senti-me terrivelmente enjoada.

— Aqui — falou Brian, puxando um balde de debaixo da cama. — Talvez você precise disso de novo.

— Ó céus — disse Claire, dando um pulo para trás e torcendo o nariz. — Por favor, de novo não.

Agarrei o balde e me debrucei sobre ele, mas não saiu nada.

— Eu contei a vocês o que aconteceu? — perguntei, colocando o balde de volta no chão.

— Contou — eles responderam em uníssono. — Várias vezes.

Sorri debilmente.

— Desculpe.

— Você vai trabalhar hoje? — quis saber Brian, olhando para o relógio. — Ou quer que a gente ligue e diga que você está doente?

— Não, obrigada — respondi, esfregando a cabeça dolorida. — Eu preciso ir. Vou encontrar um amor pro Archie nem que eu morra, e isso não é um trocadilho. Não vou deixar Anna enfiar as garras no Dan. De jeito nenhum.

Brian ergueu as sobrancelhas. Ele tinha me escutado esbravejar mais nos últimos cinco minutos do que nas duas semanas anteriores, mas eu não dava a mínima.

— Lucy. — Claire se aboletou na beira da cama e me deu um tapinha na perna. — Se precisar de alguma coisa, pode contar com a gente. Com os dois.

Brian meneou a cabeça, concordando vigorosamente.

— Com certeza.

— Obrigada. — Sorri para os dois.

— Ah. — Claire me entregou um saco plástico cheio do que me pareceu redes e rendas. — Não esquece de levar isso pro trabalho.

— O que é isso? — perguntei, dando uma olhadinha.

— Algumas das minhas coisas. Ontem à noite, quando você não estava gritando sobre a Anna, berrava sobre alguma coisa que ia acontecer no trabalho hoje.

— Que coisa?

— Não faço ideia. Tudo o que você dizia era: "Eu tenho de ser a Madonna. Eu tenho de ser a Madonna."

Olhei para ela sem entender. Por que eu ia querer ser a Madonna?

No escritório, Archie me recebeu com um sorriso enorme.

— Boa-tarde. Que bom que veio se juntar a nós! Você está com um belíssimo tom esverdeado, se me permite dizer.

Forcei um sorriso.

— Acho que bebi o equivalente a meu peso em álcool ontem à noite.

— Você não se embebedou por causa do que aconteceu entre a gente, né? — perguntou ele, o sorriso esmaecendo.

— Não, não. — Fiz que não. — Não teve nada a ver com isso.

— Ainda bem, porque realmente quero que sejamos amigos.

— Nós somos amigos, Archie. Só meus amigos podem me dizer o quanto estou horrível sem que eu revide com um safanão.

Ele deu uma risadinha.

— Ótimo, porque você está com uma aparência tenebrosa.

Fingi dar-lhe um safanão, mas meu estômago se revirou terrivelmente. Precisava me sentar logo ou me arriscaria a vomitar sobre a mesa superarrumada do Archie.

— A gente se vê depois — falei, cruzando o escritório. — Preciso de um café forte.

Só depois de me sentar foi que percebi que o Nigel não estava usando seu habitual conjunto de jeans e camiseta. Ele usava uma capa grossa e marrom, com um capuz que quase lhe cobria o rosto.

Cutuquei-o.

— Por que você está vestido como o frei Tuck?

— Obi-Wan — corrigiu ele, olhando para seu monitor.

— Ahn? Quem ganhou o quê?

— Lucy. — Ele me olhou como se eu fosse a pessoa mais estúpida do planeta. — Eu. Estou. Vestido. Como. Obi-Wan Kenobi. Do *Guerra nas Estrelas*? Hoje é a festa à fantasia. Lembra?

Olhei para a sacola em meu colo e puxei um par de peças de renda. Uma delas parecia uma blusinha, a outra um par de meias arrastão. No fundo estavam minha minissaia de brim e vários rosários e crucifixos que definitivamente não eram meus. Claro, era o dia da festa à fantasia. Além de karaokê, a outra coisa que eu mais gostava era da Madonna, pelo menos até 1987. Boa e velha Claire.

— Talvez você devesse vestir sua fantasia de puta logo — comentou Nigel. — Graham vai ter um ataque se vir que você ainda não se trocou.

— E quanto ao Graham e ao Archie? — perguntei, ignorando o comentário da puta. — Eles estão vestidos normalmente.

Nigel deu de ombros.

— Graham vai se trocar depois. Ele sempre espera até o último minuto, mas seria melhor o Archie se trocar o mais rápido possível. Ele sabe as consequências.

— Que consequências?

— Você vai ver depois. Agora, vai lá e se troca.


Trocar de roupa no abafado banheiro feminino foi uma má ideia. Tive duas ondas de enjoo e respirei fundo ao trotar de volta para minha mesa com as ridículas botinhas pretas de salto alto, os crucifixos pendurados no pescoço e a blusa de renda que pendia do ombro.

— Um look bastante vagaba, senhorita Brown — comentou Nigel quando me sentei.

— Na verdade, estou vestida de Madonna, seu ignorante.

— Jura? Em qual universo gótico?

— Ah, cala a boca, Cabeça de Capuz — retruquei, dando-lhe um tapa na cabeça. — Até parece que você sabe das coisas.

Olhei para meu monitor e comecei a digitar, mas me desconcentrei ao sentir que alguém estava me olhando. Girei a cadeira. Archie abriu um sorriso do outro lado da sala.

— Que foi? — murmurei.

— Nada — disse ele, fazendo que não.

Eu me sentia aliviada por termos resolvido as coisas depois da conversa na véspera. Archie parecia mais confortável com a minha presença e tinha parado de me encarar com aquele olhar de "acho que estou apaixonado por você". Mas ainda havia um grande problema — eu tinha só seis dias para encontrar um amor para ele.

Olhei para o monitor, o dedo parado sobre o botão do mouse. E agora? Sites de encontros estavam fora de questão. Fazer o registro, montar o perfil do Archie, esperar que alguém mostrasse interesse por ele, trocar e-mails e marcar um encontro levaria pelo menos uma semana. E não tínhamos uma semana! Digitei "encontros em Londres" no site de busca e examinei as possibilidades.

*Encontre um amor na hora do almoço?* Não, isso parecia o negócio do *speed dating*, que não tinha dado nada certo, por sinal!

*Encontros de gays e lésbicas?* Não.

*Escorts londrinas?* De jeito nenhum. Eu precisava encontrar um amor para o Archie, e não uma simples trepada.

*Encontros virtuais via webcam?* Não, Archie era tímido demais (e havia o risco de ele deixar a garota morta de tédio com uma conversa sobre as especificações técnicas da webcam dela).

O que eu precisava era encontrar um lugar onde ele se sentisse confortável, em casa. Pulei de site para site, verificando as páginas, até que, por fim, algo me despertou a atenção — *festa de solteiros do DJ Kirk*.

Kirk... minha mente começou a trabalhar rápido. Por que Kirk fizera repicar um sininho? Não, um sininho não, mais como um som sibilante. Um som sibilante de ficção científica. A-há! Capitão Kirk. De *Jornada nas Estrelas*. É claro. Archie tinha me dito que adorava esse seriado. Talvez algo a ver com *Jornada nas Estrelas* pudesse cativá-lo. Sem dúvida devia haver fãs femininas de *Jornada nas Estrelas*. Na verdade, até Jess admitira certa vez, no meio de uma bebedeira, que sentia certa atração por Jean Luc Picard. Eu implicara com ela sem parar por semanas a fio.

Digitei "Convenção de Jornada nas Estrelas" no Google e cruzei os dedos. Analisei os resultados e... Isso!... haveria uma naquele fim de semana. Só podia ser o destino.

***

Archie deu uma risadinha quando me aproximei da mesa dele, os crucifixos tilintando como sinos de igreja.

— Bela roupa, Lucy —, observou ele, erguendo uma sobrancelha. — Você está fantasiada de prostitu...

— De Madonna.

— Certo. É claro. Observação idiota a minha.

— Cadê a sua fantasia?

Ele deu de ombros.

— Não arrumei nenhuma.

— Por que não? — Baixei o tom de voz para um sussurro. — Você sabe que tem uma punição para a pior ou para a falta de fantasia, não sabe?

— Claro que sei — respondeu Archie, sem parecer nem um pouco preocupado. — Trabalho aqui há três anos. Só que estou cansado das pessoas me dizerem o que fazer.

Esperei que aquilo não fosse uma indireta para mim, por ter provocado a transformação visual dele.

— Não, não — ele completou em seguida, compreendendo a expressão em meu rosto. — Não estava falando de você. Só que percebi que preciso aprender a tomar minhas próprias decisões e assumir a responsabilidade por minha vida.

— Que bom — repliquei, aprovando a nova e decidida atitude de meu amigo. — A propósito, o que você vai fazer nesse fim de semana?

— Nada em especial — respondeu ele. — Por quê?

— Surpresa, mas você vai adorar. Confie em mim.

— Já confiei em você antes, lembre-se. — Archie correu a mão pelo cabelo e piscou para mim. — E acabei tosquiado como um carneiro.

Peguei um clipe na mesa e joguei em cima dele.

— Ficou melhor do que aquela cabeleira desgrenhada que você tinha antes. De qualquer forma, você vai adorar o que eu planejei para amanhã. Me encontre na Edgware Road às dez da manhã.

— Estação Edgware Road às dez — repetiu ele, digitando a informação na agenda eletrônica. — Estarei lá.

Abri um sorriso e voltei trotando para minha mesa, feliz comigo mesma. Eu tinha certeza de que ele ia adorar a convenção de *Jornada nas Estrelas*.

— Sanduíche? — uma vozinha animada perguntou ao pé do meu ouvido.

Dei um pulo e digitei *sdlsflkds* no registro da convenção.

— Sanduíche, senhorita Brown? — repetiu a voz. Ergui os olhos.

Sally estava de pé ao lado da minha mesa, parecendo particularmente adorável com seu jeans brilhantemente bordado, um tutu azul, tênis cor-de-rosa e uma blusinha justa rosa com uma borboleta na frente. O visual era completado por um par de asas de fada presas às costas.

— O que vai querer? — perguntou ela, balançando a cesta perigosamente próximo a minha cabeça.

— Uma baguete de queijo e presunto, por favor, se ainda tiver alguma — respondi, apertando o botão de deletar e digitando meu nome e o do Archie no formulário.

— Você e o Archie vão à convenção de *Jornada nas Estrelas*? — indagou Sally, olhando por cima do meu ombro.

Olhei para ela de cara feia.

— Vamos, e abaixe a voz, é pra ser uma surpresa.

— E por que isso? — Ela colocou meu sanduíche sobre a mesa e abriu a mão para pegar o dinheiro. — É alguma espécie de penitência por cortar o cabelo dele?

— Hahaha. — Coloquei duas libras e meia na mão dela, desejando ardentemente que ela começasse a bater as asinhas de fada e se mandasse.

— Obrigada. — Ela se virou para sair; em seguida, olhou por cima do ombro, me analisou de cima a baixo, e torceu o nariz. — Por que você se vestiu como uma *stripper*, Lucy?

Revirei os olhos. Será que todo mundo no escritório era jovem demais para se lembrar da Madonna na época prédiscoteca?

— Porque... — Suspirei. — ... isso é o que eu mais gosto no mundo, de *strippers*.

— Cada um na sua. — Ela deu de ombros. — Adivinha o que eu sou?

— Um membro de uma banda de garotas? — arrisquei.

— Não.

— Uma fada?

— Quase, mas não.

— Desisto. O quê?

— Sou uma bratz.*

Uau. Isso é que era coragem, admitir que era uma pirralha irritante. Talvez eu devesse ter me vestido como uma morta-viva, ou como uma casamenteira de merda. Desse jeito, eu poderia ter ido com minhas próprias roupas.

---

* Bratz é uma boneca americana. Originalmente, eram quatro: Cloe, Sasha, Jade e Yasmin. Em inglês, a palavra se assemelha a *brat*, que significa um pirralho irritante. (N.T.)

— Não acho que você seja uma pirralha irritante — falei. — Um pouco espalhafatosa, talvez, mas não irritante.

— Uma Bratz, sua imbecil — retrucou Sally, batendo com um dos tênis cor-de-rosa sobre o carpete cinza. — A Jade, com o visual do álbum Fashion Pixiez, se quer saber.

— Ah, certo. — Eu ainda não fazia ideia sobre o que ela estava falando. — Você ficou ótima.

— Estou sexy? — Ela riu e dançou, parada no mesmo lugar. As asas de fada cintilaram ao balançarem de um lado para o outro.

— Hum, com certeza.

— Ótimo. Era isso que eu queria. — Ela soltou um gritinho; em seguida, atravessou a sala aos pulinhos e quase bateu com a cesta na cabeça da vítima seguinte.

Virei de volta para o formulário, sentindo-me subitamente desesperada ao perceber que eles só aceitavam reservas online via cartão de crédito. Todos os meus cartões tinham desaparecido misteriosamente da minha bolsa ao chegar na Casa dos Aspirantes a Fantasmas, mas eu tinha dinheiro mais do que o suficiente (200 libras apareciam como que por mágica todas as vezes que o dinheiro acabava). Eu teria de ligar para o telefone fornecido.

— Oi — sussurrei. — Quero ingressos para a convenção desse fim de semana, a de *Jornada nas Estrelas*, mas estou com um problema com meu cartão de crédito. Posso pagar em dinheiro?

— Pode — resmungou o atendente, como se já tivesse respondido àquela pergunta um milhão de vezes. — Se vier até a bilheteria hoje, antes das seis da tarde. Se por acaso se atrasar, vai perder.

— Ótimo — respondi. — Até as seis. Certo, sem problema.

Desliguei o telefone e olhei para o relógio. Já era uma e meia, e não estava parecendo que a festa ia começar logo. Mas não tinha importância. Eu precisava comprar os bilhetes, custasse o que custasse.

De repente, às duas horas as luzes do escritório se apagaram. Olhei para o Nigel, mas ele não pareceu nem um pouco perturbado.

— Por que apagaram as luzes? — murmurei. — Não consigo ver nada.

Ele tirou os fones de ouvido.

— Está falando comigo?

— Estou. — Suspirei. — Por isso é que eu estava olhando para você e meus lábios estavam se mexendo. Por que apagaram as luzes?

— A festa à fantasia está prestes a começar.

— No escuro?

— Vai ter luz. — Ele deu um sorriso forçado. — Não se preocupe.

Olhei em torno da sala, meio que esperando que meus colegas pulassem e soltassem chuvas de confete, mas todo mundo continuou agarrado a seus computadores, os dedos martelando os teclados freneticamente, os olhos fixos nas telas. A única indicação de que não era um dia normal de trabalho eram as fantasias. Fiquei particularmente impressionada com o cara do outro lado da sala vestido como um kebab com molho de pimenta escorrendo pelo rosto (ou isso ou ele tinha sofrido um terrível acidente de carro no caminho para o trabalho). Contudo, até mesmo ele estava folheando um livro, com o dedo no nariz como quem não quer nada.

Tornei a me virar para o Nigel, mas ele estava com os fones de ouvido de novo.

— Nigel — chamei, cutucando-o com uma régua até que tirasse os fones. — A festa vai começar, mas ninguém está animado. Não entendo.

Ele suspirou.

— Se você estivesse trabalhando aqui há tanto tempo quanto a gente, Lucy, não ficaria animada com a festa a fantasia anual, ficaria com medo.

Fitei-o de cara feia. Uma festa não podia ser assim tão ruim, podia? Qualquer coisa seria melhor do que ficar agarrado a um computador o dia inteiro, não? Eu estava prestes a dizer isso ao Nigel quando de repente a sala piscou em tons de laranja, vermelho, azul e verde. Luzes de discoteca tinham aparecido como que por mágica sobre a mesa do Graham e uma música brega estilo house explodiu ao lado delas, vinda de um aparelho de som que parecia bastante caro. Graham estava de pé atrás da mesa, com um sorriso de orelha a orelha.

— Senhores e senhoras — gritou ele, abaixando a música e batendo palmas.

Senhoras? Só havia eu de mulher, não é? Ah, talvez não. Sally estava agachada ao lado da mesa do Archie, conversando e gesticulando animadamente.

— Senhoras e senhores — Graham repetiu —, a festa irá começar em cinco a dez minutos, assim que eu trocar de roupa. Então poderemos festejar, e eu julgarei quem está usando a melhor e a pior fantasia. Joe irá circular agora pelo escritório com a cestinha das doações. Por favor, sejam generosos.

Como ninguém disse nada, ele aumentou a música de novo e saiu de sua sala. Joe, que se fantasiara de Drácula, levantou da cadeira e balançou uma cestinha amarela bem na minha frente.

— Contribua, Lucy, por favor. — Ele suspirou. — Cinco libras no mínimo por se vestir como mulher-objeto por um dia.

— Se todos vocês odeiam isso tanto assim — falei, despejando um punhado de moedas na cestinha —, por que não falam alguma coisa?

— Graham é o dono da empresa, Lucy — interveio Nigel, pegando a carteira. — O que ele fala é lei. Se não gostar, pode ir embora. Simples assim.

Desliguei meu monitor. Festa ruim ou não, eu não ia trabalhar mais.

— Mas ele não pode te demitir por se negar a participar de uma festa a fantasia, isso não...

Ouvimos uma batida alta na porta do escritório.

— Deve ser o Graham — falou Nigel. — É melhor se levantar, Lucy. Você vai querer ver isso.

Levantei da cadeira e me virei desconfiada para a porta do escritório, que se abriu.

AI, MEU DEUS DO CÉU!

Graham Wellington, pelo menos eu tinha quase certeza de que era ele, estava encostado no umbral da porta. Ele usava um enforcador de couro preto, um par de shorts elásticos pretos, botas pretas de motociclista, uma malha metálica que deixava à mostra os arrogantes piercings dos mamilos e um tufo de cabelo vermelho no peito, e... fiz força para engolir... uma máscara de borracha preta que cobria a cabeça toda.

E não estava sozinho.

Graham segurava uma guia de cachorro. Ela se prendia à gargantilha de uma mulher pequena, magra e muito maquiada, com cabelos pretos que batiam na cintura. Ela entrou trotando na sala sobre um par de saltos inacreditavelmente altos, vestida com um corpete vermelho e preto e calcinhas vermelhas.

Virei-me para Nigel, minha boca abrindo e fechando como um peixe fora d'água.

— Que... diabos... é... isso? — perguntei, numa voz esganiçada.

— Isso, senhorita Brown... — Nigel deu uma risadinha — ...é nosso chefe mostrando sua coisa predileta.

— Me fazendo vomitar em minha própria boca?

Nigel riu.

— Sadomasoquismo. Ele usou uma fantasia parecida ano passado, mas a mulher na guia... essa é nova.

— Quem é ela?

— Só Deus sabe!

Observei, fascinada e horrorizada ao mesmo tempo, Graham marchar empertigado até o meio da sala e fazer sinal para Joe abaixar a música. A Mulher Cachorro na Guia entrou trotando atrás dele, como se ser conduzida por uma guia até o meio de um escritório fosse a coisa mais normal do mundo. Era simplesmente a coisa mais bizarra que eu já tinha visto na vida. E na morte.

— Pois bem — gritou Graham, a máscara que lhe cobria o rosto esticando e deformando em torno da boca. — Hora de escolher a melhor fantasia. Para ser honesto, a maioria de vocês não se esforçou nem um pouco. Dito isso, acredito que existam três candidatos à coroa. Em primeiro lugar, gostaria de indicar Mark por seu kebab, pelo menos eu acho que é um kebab, e não uma vagina gigantesca. Em segundo, eu mesmo. E em terceiro, a senhorita Brown, por sua esplêndida fantasia de puta.

Engasguei e agarrei meus crucifixos. Nigel abafou o riso.

— Alguém tem alguma outra sugestão? — perguntou Graham.

Ninguém disse nada.

— Vamos passar então à pior fantasia? — continuou ele. — Eu indico Archibald por nem tentar. Alguém mais?

Mais uma vez, ninguém disse nada. Archie, que estava de pé próximo à porta e ao lado da Sally, baixou os olhos para o chão.

— Certo. Hora de votar. Quem vota no Mark?

O próprio Mark e o sujeito que se sentava ao lado dele levantaram as mãos.

— Dois votos para o kebab vagina Mark. Quem vota na Lucy fantasia de vagaba?

Archie, Sally, Nigel, Joe e Geoff levantaram as mãos, assim como uns dois caras do outro lado do escritório. Olhei para eles.

— E quem vota em mim e na adorável senhorita Pescotapa aqui?

Levantei a mão o mais alto que consegui, assim como quase todo o resto dos funcionários. Cruzei os dedos e rapidamente contei de cabeça. Por favor, tem de haver mais votos para ele do que para mim, por favor, por favor.

Graham contou as mãos e abriu um sorriso deslumbrante.

— Ganhei. Há!

— Grande surpresa — sussurrou Nigel. — Ele sempre ganha.

— Como sou um homem muito gentil — falou Graham, coçando um dos mamilos à mostra. — Vou dividir o prêmio com vocês. Seis garrafas de champanhe. Tragam os copos plásticos, por favor. O perdedor vai pagar a prenda no final da tarde.

Merda. Eu tinha perdido seis garrafas de um bom champanhe. Devia ter encorajado as pessoas a votar em mim, em vez de fuzilá las com os olhos, mas Nigel tinha falado tanto da prenda que o perdedor teria de pagar que eu tinha imaginado que o prêmio para o vencedor também seria horrível. Virei-me para dizer isso a ele, mas fui imediatamente silenciada pelas batidas da música que o Graham botara para tocar de novo.

— Champanhe? — perguntou o kebab Mark, oferecendo um copo plástico.

Agarrei-o, agradecida.

— Pode encher o copo!

★ ★ ★

Por volta das quatro e meia eu estava bêbada e conversava com qualquer um que ficasse a meu lado tempo suficiente para escutar. A maioria dos rapazes especulava sobre quem seria a senhorita. Pescotapa. Geoff achava que podia ser a mulher do Graham (ressaltei que ele não era casado), Joe achava que ela devia ser uma modelo profissional de S&M, e Nigel, quanto mais bêbado, mais se convencia de que devia se tratar de uma profissional de outro tipo. Isso fazia sentido. Eu não podia conceber nenhuma mulher concordando em ser a "cadelinha" do Graham a menos que estivesse sendo paga.

Eu estava prestes a sugerir que trocássemos o horrível CD do Graham por algo menos ofensivo quando ele desligou a música de novo.

— Tudo bem, pessoal — berrou ele. — Hora da prenda do perdedor.

Vários caras assoviaram e berraram, entusiasmados. Archie, ainda num canto da sala com Sally, aproximou-se da porta.

— Ah, não, não vai fugir não — gritou Graham, cambaleando na direção do Archie. — Venha para o centro da sala, por favor, sr. Humphreys-Smythe.

Archie cruzou os braços e olhou para Graham com raiva. Ninguém disse nada.

— Vamos lá — Graham falou com voz pastosa, agarrando o braço dele. — A senhorita Pescotapa irá espancá-lo.

Quase na mesma hora, a senhorita Pescotapa levantou um pedaço de madeira no formato de uma raquete de pingue-pongue acima da cabeça e deu uma pirueta. Geoff gritou um encorajamento e, em seguida, soluçou.

— Graham — falou Archie, dando um passo para trás. — Você está bêbado.

— Bêbado como um gambá, mas você é um estraga-prazeres e será espancado — replicou Graham, puxando o braço do Archie e arrastando-o pela sala em direção à senhorita Pescotapa.

Archie, uns 15 centímetros mais baixo e 40 quilos mais magro que seu algoz, se contorceu e puxou, mas não conseguiu se livrar da mão de ferro do Graham.

— Abaixe-se — mandou Graham, forçando a nuca do Archie para baixo, de modo que seus joelhos dobraram.

— Sai fora, Graham — gritou ele, batendo os braços e se contorcendo.

O escritório inteiro ficou em silêncio. Até mesmo Nigel ficou sem palavras. Estávamos todos enraizados, boquiabertos com o que estava acontecendo do outro lado da sala.

— Espanque-o, senhorita Pescotapa — falou Graham, erguendo uma mão no ar e fazendo sinal com o dedo indicador. — Archie tem sido um menino muito mau e merece ser punido.

A senhorita Pescotapa cambaleou até o Archie e levantou o pedaço de madeira.

— Prepare-se para ser...

Uma mancha rosa cruzou o ar e derrubou-a no chão. Várias pessoas engasgaram.

— Graham! — ela gritou com uma voz esganiçada, os saltos pontiagudos balançando no ar, a peruca preta caída de lado. — Graham, me ajuda.

Mas Graham estava ocupado. A mancha cor-de-rosa fora para cima dele e o atacava com fortes chutes nas canelas.

— Sai de cima dele, seu pervertido! — gritava ela, agarrando a malha de metal e arrancando a máscara. — Tire suas mãos nojentas de cima dele.

Era Sally, que com os tênis cor-de-rosa chutava as pernas do Graham, os olhos esbugalhados, as bochechas coradas e as asas de fada entortadas. Graham empurrou Archie para longe e se virou para confrontar o atacante desconhecido.

— Pode vir — desafiou Sally, largando-o. Ela empertigou os ombros e abriu as pernas. — Tente me espancar e veja o que acontece. Vem, tenta.

Graham empalideceu visivelmente.

— Sai daqui — falou ele baixinho. — Saiam, os dois. Agora.

Archie levantou do chão e deu um tapinha no ombro do Graham.

— Eu me demito — disse ele. Seu punho cruzou o ar e acertou Graham direto no queixo.

A sala inteira engasgou com o ar. E eles saíram — Sally e Archie — porta afora.

— O que vocês estão olhando? — perguntou Graham, esfregando o queixo enquanto todos o olhávamos de boca aberta. — Saiam daqui antes que eu demita todos vocês. Fora. Agora.

Olhei para meu relógio. Cinco e quinze. Será que eu devia ir atrás da Sally e do Archie ou para a bilheteria da convenção de *Jornada nas Estrelas*? Eu tinha só 45 minutos até ela fechar. Meu coração bateu forte no peito. O que fazer? O que fazer?

# Capítulo Trinta e Três

*Sábado, 11 de maio*
*Décimo quinto dia*

Pulei de um pé para o outro do lado de fora da estação de Edgware, amassando os bilhetes em minha palma suada. Era sábado de manhã e eu não fazia ideia se Archie ia aparecer para a convenção de *Jornada nas Estrelas* ou não. Nem mesmo se ainda falaria comigo. Só depois de comprar os bilhetes foi que comecei a me arrepender de minha decisão. Eu o vira ser publicamente humilhado por nosso chefe pervertido e apenas ficara lá, encolhida. Se não fosse pela Sally, só Deus sabe o que teria acontecido. Eu não ousava nem pensar nisso. E não tinha sequer corrido atrás deles para ver se ele estava bem. Colocando-me no lugar dele, acho que *eu* não falaria comigo.

— Anime-se — falou uma voz alegre às minhas costas. — Pode ser que nunca aconteça.

Archie. Ele estava com o cabelo desgrenhado, o queixo coberto por uma barba por fazer e tinha círculos escuros sob os olhos, mas estava sorrindo.

— Não achei que você viria — falei, sentindo-me animada e nervosa ao mesmo tempo.

— Por que não? — perguntou ele, parecendo confuso. — Não é todo dia que alguém te convida para uma saída surpresa.

— Só achei... quero dizer... depois do que aconteceu ontem — balbuciei, enrolando os bilhetes nas mãos. — O que eu quero dizer é, você está bem, Archie?

Ele deu de ombros.

— Claro, nunca estive melhor. Estou desempregado, não tenho namorada e fui acordado às sete pela minha avó, que queria que eu fosse até a loja da esquina porque ela estava com vontade de comer peixe defumado com torradas no café da manhã.

— Ai, pelo amor de Deus! Por que ela mesma não foi? Ela me pareceu uma pessoa bastante ágil no evento de *speed dating*.

Archie me olhou de modo desaprovador.

— Lucy...

— Certo, certo. — Fiz sinal de que ia parar. — Vou guardar minhas opiniões para mim. Vamos lá.

— Ótimo. — Archie abriu um sorriso. — Estava ansioso por esse momento.

Descemos a rua em direção ao centro de conferência, conversando sobre nada em particular enquanto caminhávamos. Sempre que havia uma pausa na conversa, eu a preenchia com comentários aleatórios sobre o tempo ou as pessoas que passavam pela gente e o fazia rir com minhas descrições sobre os hábitos estranhos do Brian e da Claire, mesmo ele não os conhecendo. Se eu falasse sem parar, pensei, Archie não teria a chance de me repreender por não ter feito nada quando fora quase publicamente espancado na véspera.

— Para — mandei, quando estávamos prestes a virar a esquina do centro de conferência. — Preciso tapar seus olhos.

Havia um pôster enorme do Spock, capitão Kirk, e de um robô que parecia de plástico pendurado acima da entrada, e eu queria ver a expressão do Archie quando descobrisse a surpresa.

— Está pronto? — perguntei ao pararmos em frente ao prédio.

— Estou. — As bochechas do Archie inflaram sob meus dedos quando ele sorriu. — Totalmente pronto, senhorita Brown.

— Tudo bem, então. Quieto, parado... pode olhar!

Descobri os olhos dele e fitei seu rosto, esperando ver uma expressão deliciada.

— É *Jornada nas Estrelas*. Seu favorito — falei, animada.

Ele olhou do pôster para mim, e de volta para o pôster.

— Que foi? — perguntei.

— Nada — respondeu ele, e caiu na gargalhada.

Totalmente perplexa, observei-o se balançar para a frente e para trás, com a mão segurando a barriga. Uau. Eu nunca tinha visto ninguém rir tanto assim de felicidade. Era extraordinário, e um pouco assustador também. Nunca o vira tão histérico.

— Ah, Lucy, você é engraçada — disse ele, secando os olhos com as costas da mão.

— Ahn?

— Eu falei que gostava de *Guerra nas Estrelas*. Não de *Jornada nas Estrelas*.

— Como assim?! — Foi a minha vez de olhar do centro de conferência para ele e de volta para o centro. — Não! Diga que você está brincando, por favor!

Ele fez que não.

— Sinto muito. Existe uma grande diferença entre os fãs de *Guerra nas Estrelas* e os *trekkers*, Lucy. Uma diferença *enorme*. É como, hum, não sei. Você gostar de bolsas da Gucci e eu te comprar uma da Primark. Não que *Jornada nas Estrelas* não tenha qualidade, só que... — Ele parou no meio da frase.

Olhei para os bilhetes em minha mão. Uma palavra era tudo o que eu tinha entendido errado, uma palavra. Guerra em vez de Jornada. Como eu podia ser tão idiota?

— Vou devolver os bilhetes — falei, dobrando-os. — Tenho certeza de que eles vão me reembolsar e aí poderemos fazer outra coisa.

— Não, vamos entrar — disse Archie, me cutucando de maneira brincalhona. — Quem sabe, pode ser divertido. A gente pode rir dos geeks.

Aquilo me fez rir, logo ele, chamar outras pessoas de geeks. No entanto, eu ainda estava desapontada. Tinha quase certeza de que ele encontraria sua alma gêmea na convenção, e a chance fora por água abaixo. A menos que ele quisesse uma namorada "Primark". Eu teria de repensar tudo. E só tinha mais cinco dias para encontrar o amor da vida dele. Merda.

— Vamos lá — chamou Archie, me dando o braço. — Não fique com essa cara triste. Vai ser divertido, juro.

Sim, claro.


Um homem sorridente demais numa roupa de *Jornada nas Estrelas* pegou nossos bilhetes ao entrarmos no centro de conferência e nos entregou o programa.

— Tenham um bom dia — ele falou com um sotaque americano fajuto.

— Vida longa e próspera — replicou Archie. Ele fez um gesto estranho com a mão e caiu na gargalhada de novo ao entrarmos.

Apenas fitei-o. Ótimo, outra piada geek que eu não entendia.

— Vamos lá — Archie puxou meu braço e me arrastou para o salão principal. — O que você quer ver primeiro?

Era um salão enorme, repleto de gente e quinquilharias geeks. À esquerda ficavam os estandes, um após o outro, cada qual abarrotado de bugigangas de *Jornada nas Estrelas*, e à direita as barracas de comida. Respirei fundo. Basicamente cachorro-quente e batata frita.

— Olha. — Archie apontou para cima. — Tem espaçonaves penduradas no teto.

— Certo — repliquei, olhando de um pedaço de plástico cinza para o outro. — Muito interessante. Ah, olha lá, aquela não é a sala onde o capitão Kirk senta em sua cadeira e pilota a nave?

Archie olhou em direção ao centro do salão, onde modelos de vários personagens em uniformes e fantasias diferentes estavam enfileirados em poses incomuns.

— Eu diria que aquela é a ponte de comando da *Enterprise* — explicou ele.

A única coisa que me interessava eram os estandes — afinal, eles eram o que mais se aproximava de uma sessão de compras. Aproximei-me deles e peguei um ursinho de pelúcia com um uniforme de *Jornada nas Estrelas*.

— Que palestra você prefere escutar? — perguntou Archie, segurando o programa na frente da minha cara e apontando para os vários "eventos". — A física de *Jornada nas Estrelas* ou A alma de *Jornada nas Estrelas*: Além da principal diretriz?

Caí na risada e coloquei o ursinho de volta no lugar.

— Pode zombar, sr. Humphreys-Smythe, mas aposto que você já foi a centenas de convenções de geeks na sua vida. Você deve ser macaco velho nesse tipo de coisa.

— Na verdade — respondeu Archie, parecendo um pouco ofendido — , nunca fui a uma única convenção na vida. Acho que elas são um tanto patéticas.

— Jura? — Peguei um exemplar de uma espécie de alienígena com uma cabeça de peixe sobre um corpo de dançarina do ventre. — Mas você disse que gostava de *Guerra nas Estrelas*.

— E gosto, mas não sou obcecado. Você gosta de karaokê. Já foi a alguma convenção de karaokê?

— Não. Claro que não. — Pus o alienígena com cabeça de peixe de volta no lugar. Não tinha nada que valesse a pena comprar ali.

— Pois então.

Ponto para ele, pensei, enquanto me deixava ser arrastada em direção à réplica da ponte de comando da *Enterprise*.

— Ei — falei, apontando para meu programa. — William Shatner vai dar uma palestra.

Archie deu uma risadinha.

— E daí?

— Não quer ouvir?

Ele ergueu as sobrancelhas.

— Quem é o geek agora?

— Apenas gosto da versão dele para a música "Common People", da banda Pulp, só isso. — Minhas bochechas queimaram. — Você sabe, aquela que começa...

Eu estava prestes a começar a cantar quando Archie pulou e me agarrou pelos ombros.

— Não se desespere, e não olhe para trás — sussurrou ele. — Mas acho que estamos sendo seguidos.

Imediatamente olhei para trás.

— Eu falei para você não olhar para trás! — resmungou Archie, me virando de volta.

— Quem está seguindo a gente?

Tentei me virar de novo, mas ele segurou meu braço.

— Um Klingon.

— O que é um Klingon? — perguntei. — Algo que você gruda na cueca quando fica velho e tossir faz com que libere um pouco de xixi?

Archie fez uma careta.

— Bela imagem. Não, Klingon é uma das raças alienígenas de *Jornada nas Estrelas*. Eles têm uma testa grande, com protuberâncias e cabelos compridos e escuros.

— Parece o cara para quem perdi minha virgindade.

— Lucy, não estou brincando — replicou ele, passando a mão pelo cabelo. — Alguém está nos seguindo desde que entramos.

Meu coração quase parou.

— Sua avó? — perguntei, apertando o braço dele. — Por favor, diga que não é a sua avó.

— Claro que não é minha avó. — Ele revirou os olhos. — Por dois motivos: em primeiro lugar, ela foi fazer compras no West End e, segundo, por que minha avó usaria uma fantasia Klingon?

Dei uma risadinha.

— Bom, você tinha de herdar seu lado geek de alguém.

— Eu, um geek? — Archie apontou para o próprio peito. — Você é quem quer escutar a palestra do William Shatner.

— E você é quem acha que festa significa sentar numa sala escura com mais dois outros caras.

— *Touché*.

— Pois bem, onde está nosso perseguidor? — Havia um roqueiro já não muito jovem com cabelos oleosos na altura dos ombros e uma camiseta com os dizeres "Spock é Deus" bem atrás da gente, mas ele era o único maluco de cabelo comprido. — Não estou vendo nenhum Klingon.

— Isso é porque ela sumiu — comentou Archie, puxando-me pelo braço. — Acho que ela percebeu que a notamos.

— O que te faz pensar que seja ela?

— Era um Klingon muito, muito baixinho.

Dei de ombros.

— Talvez seja só uma criança brincando com a gente.

Archie não pareceu muito convencido.

— Vamos continuar a olhar em volta. Se estivermos sendo seguidos, logo, logo a gente descobre.

Dei o braço a ele e nos dirigimos ao manequim mais próximo. Era uma mulher de cabelos louros presos num coque francês e um pedaço de metal no formato de um lagarto em torno do olho esquerdo. Ela usava um macacão justo prateado com um emblema triangular preso logo acima dos peitos absurdamente grandes.

— Vamos parar aqui — sussurrou Archie ao nos aproximarmos dela. — Finja que está interessada.

Olhei para os peitos do manequim. Era impossível não notar.

— Quem é ela?

— Seven of Nine. Ela é uma espécie de símbolo sexual de *Jornada nas Estrelas*.

— Para alguém que diz não se interessar muito por esse seriado — comentei, erguendo uma sobrancelha —, você parece saber muito sobre ele.

— Todo mundo sabe que a Seven of Nine tem uma ótima "condição física" — respondeu ele, erguendo os olhos para ela. — Sou homem, você sabe. Ah, espera aí. Acho que nosso perseguidor voltou. Dá uma olhada, mas, pelo amor de Deus, seja sutil, Lucy.

Eu me escondi atrás do manequim e olhei pela dobra do cotovelo. Uma pessoa pequena com uma testa cheia de calombos, cabelo longo e espigado e sobrancelhas grossas observava um dos modelos de nave pendurados no teto. Ela usava uma roupa apertada preta e prateada, mas algo com relação à fantasia parecia meio fora do lugar.

— Archie — sussurrei, usando minha mão para esconder um enorme sorriso. — Quem você conhece que usa tênis cor-de-rosa com solado plataforma?

— Não faço ideia — respondeu ele, coçando a cabeça.

Céus, os homens eram tão distraídos às vezes.

— Sally — falei. — A Sally usa tênis desse tipo.

— Mas... mas. — Ele pareceu confuso. — Por que a Sally viria aqui e ficaria nos seguindo?

— Porque ela não está seguindo a *gente* — respondi, minha mente desenrolando pouco a pouco os eventos das últimas semanas. — Ela está seguindo você.

Tudo fazia sentido — a reação dela ao corte de cabelo do Archie, sua hostilidade para comigo, o modo como passara a festa inteira ao lado dele e depois pulara para defendê-lo quando o Graham tentara humilhá-lo.

— Como assim? Eu? — Archie me olhou como se eu estivesse louca. — Por que ela me seguiria?

— Não estou cem por cento certa — falei, tomando cuidado para não desafiar o destino e assustar o Archie —, mas acho que ela gosta de você.

— O quê? — Ele oscilou e agarrou o braço da Seven of Nine.

Olhei por cima do ombro. Nossa perseguidora Klingon me pegou olhando e voltou a fitar o teto.

— Acho que ela gosta mesmo de você, Archie.

— Se está tentando me pregar uma peça, Lucy — retrucou ele, ligeiramente esverdeado. — Não achei muito engraçado.

Alguém atrás de mim pigarreou.

— Pois não? — falei, virando-me.

Era o roqueiro gorduroso. Ele suava profundamente e enxugava a testa com um lenço de papel amarrotado que já tinha visto dias mais limpos. E estava acompanhado por uma mulher pequenina e magrela com uma camiseta que dizia: "Meu outro namorado é o Jean Luc Picard." Ela ficou me olhando.

— Você se importa de sair daí? — perguntou o Roqueiro Gorduroso. — Estou esperando para tirar uma foto com a Seven of Nine há alguns minutos.

— Ela é toda sua — retruquei, saindo do caminho. — A gente já estava saindo. Não é, Archie?

Ele deu um pulo quando o agarrei pelo braço e o puxei na direção do manequim seguinte.

— Não estou tentando pregar uma peça em você, Archie — comentei, tentando descobrir se eu estava olhando para um alienígena de *Jornada nas Estrelas* com orelhas e nariz grandes e uma testa enrugada ou para um modelo do Bruce Forsyth. — Realmente acho que a Sally gosta de você. A questão é... você gosta *dela*?

— Não sei — Archie gaguejou, as pontas das orelhas ficando vermelhas. — Sem dúvida, ela é uma garota bastante atraente, e me salvou do Graham ontem. O que, devo acrescentar logo, me deixou profundamente agradecido...

— Falando nisso — interrompi. — Sinto muito por...

— E tivemos uma conversa muito interessante sobre música no caminho para o metrô, depois que saímos do escritório — continuou ele, me ignorando por completo. — Sally também gosta de rap e hip-hop. Você sabia?

Fiz que não.

— Não, eu...

— Eu nunca, nem por um segundo, pensei que ela pudesse gostar de mim do jeito que você está falando, Lucy. Além disso, até pouco tempo atrás eu achava que estava apaixonado... — Ele baixou os olhos, incapaz de terminar a frase.

Fixei os olhos num dos cantos do salão, envergonhada demais para encará-lo. Sally, a Klingon, estava em pé perto do manequim da Seven of Nine. O roqueiro gorduroso posava para uma foto; uma mão sobre um dos seios da Seven, a outra segurando um hambúrguer. Aquilo me deu uma ideia.

— Archie — sussurrei. — Você gostaria de sair para jantar amanhã?

Ele franziu o cenho.

— O quê? Quero dizer, desculpe. Achei que estivéssemos falando da Sally.

— Estávamos. Agora estou perguntando se você gostaria de sair para jantar amanhã.

— Não sei — ele respondeu, coçando a cabeça.

— Por favor, diga que sim — implorei. — No restaurante Kung Po, próximo a estação Swiss Cottage, às oito. Diga que vai.

Ele deu de ombros.

— Vou ver o que posso fazer, mas não vou prometer nada.

— Ótimo — concordei, levantando uma mão. — Agora, fique aqui um minuto. Prometa que não virá atrás de mim.

— Você é quem manda, Lucy — respondeu ele. O pobrezinho parecia completamente confuso.

Sally não percebeu quando me aproximei por trás.

— Oi, Sally — gritei em seu ouvido.

Ela deu um pulo, se virou e me deu uma cotovelada no lado da cabeça.

— Lucy — Sally soltou um gritinho ao me ver estatelada no chão do centro de conferência. — Que bom te ver por aqui! Como descobriu que era eu?

— Uma coisa te entregou — falei, levantando e apontando para o tênis.

— Ah. — Ela baixou os olhos e balançou para a frente e para trás. — Tentei colocar botas pretas simples, mas adoro esse tênis. Não me sinto eu mesma sem ele.

— Então, o que te traz aqui? — perguntei. — Não achei que você fosse fã de *Jornada nas Estrelas*.

— Sou sim — ela respondeu de modo nada convincente, alisando o uniforme. — Eu gosto do seriado há, ahn, desde sempre.

— Entendo.

— Archie não veio com você? — indagou ela, ficando na ponta dos pés e olhando por cima do meu ombro.

— Por quê? Estava esperando encontrá-lo?

— Não exatamente. — Sally brincou com as abotoaduras de prata dos punhos. — Só estava pensando se ele tinha vindo, só isso. Você disse que tinha comprado os ingressos para ele.

Hora de acabar com o sofrimento dela. Eu já tinha implicado demais com a coitada.

— Ele está logo ali — falei, apontando para o outro lado do salão. — Acho que está observando uma das exibições. Vamos até lá?

— Isso seria legal — respondeu ela animada, quase quicando.

Abrimos caminho ziguezagueando pela multidão, a qual observava de boca aberta uma réplica em tamanho real de alguma espécie de planeta vermelho e rochoso. Mal dava para ver devido ao espocar dos flashes.

— Sally — falei, protegendo os olhos com as mãos. — Você gostaria de sair para jantar amanhã?

Ela parou e olhou para mim.

— Eu? — Apontou para o próprio peito.

— É, você.

— Com você? — Ela pareceu ligeiramente assustada.

— Só eu não. Archie vai também.

— Adoraria ir jantar. — Ela sorriu. — Adoraria mesmo.

— Achei que sim — repliquei ao nos aproximarmos do Archie, o qual parecia nervoso. — Achei que sim, *mesmo*.

# Capítulo Trinta e Quatro

*Domingo, 12 de maio*
*Décimo sexto dia*

Aquele seria o melhor domingo da minha vida (ou morte, tanto faz), eu sabia. A convenção de *Jornada nas Estrelas* tinha sido uma ideia brilhante. Podemos dizer, inspirada. No fim, Archie não era fã do seriado, mas e daí? Isso não tinha impedido que o dia fosse fantástico. Assim que vi a Sally com sua fantasia Klingon, soube que minha sorte tinha mudado. Eu vinha procurando a alma gêmea do Archie na Internet e, o tempo todo, ela estava debaixo do meu nariz. Tudo bem, ele passara a maior parte do dia enrubescendo furiosamente e rindo das minhas imitações do capitão Kirk, mas era exatamente para isso que serviria o encontro no restaurante: permitir que ele conversasse com a Sally num ambiente mais normal. Ponto para a missão. Já podia quase dá-la por completada.

Fui a primeira a chegar ao Kung Po, seguida pouco depois por um suarento Archie.

— Estou atrasado? — perguntou ele, aproximando-se da mesa e olhando para o relógio. — Desculpe, mas minha avó teve um de seus ataques pouco antes de eu sair. Quase não consegui vir, mas não aguentaria pensar em você sentada aqui sozinha, achando que eu tinha te dado um bolo. Você devia arrumar um celular, Lucy, de verdade.

— Certo, certo — retruquei, enquanto ele tirava a jaqueta e se sentava. — Respire, Archie, respire.

Enchi uma taça de vinho e ele me agradeceu com um meneio de cabeça.

— Desculpe, Lucy, só estou um pouco estressado. Passei horas na Internet procurando um emprego ontem à noite. Tem um monte de oportunidades, mas a gente leva uma eternidade para preencher os formulários, e preciso encontrar alguma coisa o mais rápido possível. Não tenho de sustentar só a mim.

— Então você não vai mesmo voltar para a Computer Bitz? — perguntei.

Ele cuspiu o vinho.

— Está brincando comigo, certo?

— Desculpe. Não estou dizendo que você devia. Claro que não. Só queria confirmar.

Se Archie não ia voltar ao trabalho na segunda, não fazia sentido eu ir. Eu tinha o número do celular dele e ele tinha o da minha casa, portanto poderíamos facilmente manter contato. O problema era a Sally. Até onde eu sabia, eles não tinham trocado telefones, e sem as conversas diárias da hora do sanduíche, rapidamente perderiam contato. Por isso é que aquele encontro no restaurante era tão importante. Falando da Sally, onde ela estava? Olhei para meu relógio.

— Vamos pedir? — sugeriu Archie, pegando o cardápio. — Ah, eles têm torradinha de camarão. Minha favorita.

— Na verdade, estamos esperando mais uma pessoa — confessei, olhando para a porta.

— Estamos? — Ele me olhou por cima do cardápio.

Eu não dissera nada sobre ter convidado a Sally porque não queria assustá-lo. Ela certamente gostava dele, mas eu não tinha absoluta certeza de como ele se sentia a respeito dela. E havia também o problema de ele estar apaixonado por mim, que não era tão pequeno assim.

— Convidei a Sally também — falei como quem não quer nada, pegando o cardápio. — Espero que não se importe.

— Sally. — Archie franziu o cenho. — O que você está tramando, Lucy?

— Nada — menti. — Só achei que seria legal sairmos todos juntos para jantar. Sei que nós duas tivemos algumas desavenças, mas ela foi muito divertida ontem na convenção, portanto achei que seria legal convidá-la.

— Você podia ter me contado — replicou Archie, enxugando as gotas de suor da testa. — Se eu soubesse que ela vinha também, não teria ficado tão preocupado por você estar aqui sozinha.

— Desculpe. Foi uma decisão de última hora e, de qualquer forma, ela ainda não chegou, chegou? Eu estaria sozinha.

Archie não respondeu. Em vez disso, fechou o cardápio, cruzou os braços e olhou para o teto. Ah, ótimo. Agora ele estava irritado comigo. Olhei para a porta, desejando que a Sally entrasse logo. Precisava dela mais do que nunca. Pelo menos para melhorar os ânimos.

Estava prestes a pegar a última torradinha de camarão de cortesia quando ela finalmente entrou no restaurante.

— Uau! — Fiquei sem ar, e deixei a torrada cair.

Sally estava absolutamente deslumbrante, uma visão em preto e prata. Ela usava um vestidinho curto e um par de sandálias de tiras com pequenos brilhantes presos às tiras. O cabelo estava preso num coque no alto da cabeça, e ela delineara os olhos com kajal e pintara os lábios de um vermelho forte. O sorriso radiante esmaeceu ao se aproximar da gente.

— Oi, Sally. — Levantei para cumprimentá-la com um beijo na bochecha. — Você está linda.

Archie olhava para ela de boca aberta, com um farelo da torrada agarrado ao lábio inferior.

— Desculpe, desculpe — falou ele, limpando a boca com um guardanapo enquanto se levantava. — Esqueci minhas boas maneiras. Sally, você está absolutamente deslumbrante.

Ela sorriu com nervosismo e se sentou na cadeira que o Archie puxara.

— Me sinto boba — ela retrucou enquanto ele empurrava a cadeira. — Vocês estão vestidos casualmente e eu me arrumei toda, que ridículo.

— Você está linda — comentei. — Juro. Eu é que sou uma relaxada por aparecer de jeans.

Archie fitou Sally fixamente, o cardápio quase caindo da mão; em seguida, virou-se para mim.

— Acho que as duas estão adoráveis — disse ele. Não consegui identificar a expressão em seus olhos.

— Você também, Archie — falou Sally. — Azul cai muito bem em você.

Ele corou e baixou os olhos para a toalha de mesa.

— Quer vinho, Sally? — perguntei, apontando com a garrafa para a taça vazia.

Estávamos na metade da nossa entrada de torradas de camarão, espetinhos de frango e costelinhas quando o telefone do Archie tocou. Sally estava nos ensinando como xingar em cantonês, e ria histericamente de nossa pronúncia.

— Desculpe, meninas — pediu Archie, colocando em seu prato o restante da torrada já mordida. — Vou ter de atender. Com licença.

Sally e eu paramos de rir e o observamos procurar o telefone em sua pasta.

— Oi, vó — ele atendeu.

Meu coração quase parou.

— Sim, vó — ele repetiu.

Dava para escutar seu tom afetado do outro lado da mesa, mas não consegui entender o que ela dizia.

— Tem uma lanterna no meu quarto — respondeu Archie. — Como? Certo, entendo perfeitamente... não, é claro... com certeza... estarei aí em mais ou menos meia hora. Certo, a gente se vê, então. Tchau. — Ele franziu o cenho enquanto desligava o celular e o devolvia à pasta.

— Que foi? — perguntei, tentando desesperadamente parecer indiferente.

— Era minha avó — respondeu ele, empurrando o prato para o centro da mesa. — As luzes se apagaram e ela não quer checar a caixa de fusíveis. Tem medo de tomar um choque.

O quê? Até *eu* sabia que não havia perigo nenhum em ligar um disjuntor de novo.

— Você está brincando?

Archie fez que não.

— Sinto muito. A escada que leva ao banheiro está escura como breu, e ela está cruzando as pernas há meia hora. Disse que não vai aguentar muito mais.

— Você vai voltar? — perguntou Sally, ainda sorrindo.

— Provavelmente não — respondeu Archie, olhando para o relógio. — Até eu chegar lá, ligar o disjuntor e voltar, já vão ser dez horas, e vocês já terão comido.

Sally pareceu desapontada.

— Você não pode vir comer a sobremesa com a gente? Ou tomar um café?

— Sinto muito, mesmo — falou Archie, levantando-se e vestindo a jaqueta. Ele pegou umas duas notas na carteira e as colocou ao lado do prato. — Talvez a gente possa repetir o jantar uma outra vez.

— Eu adoraria. — Sally se levantou e deu-lhe um beijo na bochecha. — Que tal na mesma hora semana que vem? Lucy? Você topa?

Peguei minha taça de vinho e a virei. Eu não tinha uma semana. Se Archie não percebesse que a Sally era sua alma gêmea até sexta, estaria tudo acabado para mim. Eu seria mandada para o céu, quisesse ou não, e nunca veria o Dan de novo. Anna fincaria suas garras nele e eu me tornaria uma lembrança distante. Lucy, Lucy quem? Ah, aquela garota com quem eu saía...

— Lucy — chamou Archie ao me ver encher minha taça de novo. — Você está bem?

Fiz que não.

— Vá encontrar sua avó, Archie. Ela precisa de você. Eu te ligo semana que vem, certo?

— Obrigado por ser tão compreensiva, Lucy. — Ele contornou a mesa e me deu um beijo na bochecha.

— Posso te perguntar uma coisa? — falei, ao vê-lo se afastar em direção à porta.

— Claro — respondeu ele, virando-se.

— Sua avó sabia que você ia sair comigo?

Ele sorriu.

— Claro.

Eu já imaginava.

\* \* \*

— Que foi aquilo? — Sally perguntou quando o sininho da porta repicou e Archie desapareceu rua abaixo. — Por que você ficou tão zangada por ele ter de ir socorrer a avó? Não tem problema. A gente pode jantar na semana que vem.

— É que eu estava ansiosa pela saída de hoje — respondi, empurrando meu prato para longe, meu apetite arruinado —, só isso.

Sally brincou com o prendedor de cabelo em forma de borboleta, pegou sua taça de vinho, colocou-a de volta na mesa e começou a roer a unha.

— Posso te perguntar uma coisa, Lucy? — Ela me olhou por baixo dos cílios postiços.

— Claro.

— Vocês estão apaixonados?

Ri.

— Claro que não! Por que você acha isso?

Seus dedos voltaram para a boca.

— Porque vocês dois têm sido inseparáveis desde que você entrou na Computer Bitz — murmurou ela. — Todo mundo acha que vocês estão tendo um caso.

— Bom, não estamos. Somos apenas amigos.

— Ah, ainda bem. — Ela suspirou e se recostou de novo na cadeira. — Você não faz ideia do quanto isso me deixa aliviada.

— Sally, você está...?

O garçom apareceu, ergueu as sobrancelhas ao ver a quantidade de comida que tínhamos deixado nos pratos e rapidamente limpou a mesa. Quando ele se afastou com as entradas, tentei de novo.

— Sally, você está apaixonada pelo Archie?

— Estou. — Ela mordeu o lábio, deixando marcas de dentes no batom vermelho. — Estou apaixonada por ele desde que comecei a vender sanduíches na Computer Bitz.

— Ah, Sally. — Estiquei o braço por cima da mesa e toquei a mão dela. — Isso é fantástico. Por que não disse a ele como se sente?

Ela deu de ombros.

— Sei que devo ter parecido uma pessoa impetuosa, agressiva, mas...

Ri. Talvez extravagante, barulhenta e amigável, mas impetuosa e agressiva? De jeito nenhum.

— Mas na verdade sou bastante tímida quando se trata de homens — confessou ela com tristeza. — Prefiro que eles tomem a iniciativa. Sou meio antiquada quanto a isso.

— Archie também é antiquado — comentei, animada.

— Eu sei, e gosto disso nele, mas não sou idiota, Lucy. Sei que ele se sente atraído por você.

— Não é verdade.

— É sim — disse ela, empertigando-se na cadeira e se inclinando em minha direção. — Ele raspou a barba por sua causa. Até cortou o cabelo, que era lindo. Por isso é que fiquei tão irritada naquele dia. Ele fez isso porque queria te agradar.

— Isso não é verdade — menti. — Archie me falou que se sentia solitário, e eu só estava tentando ajudá-lo a encontrar alguém. Imaginei que, se o arrumasse um pouco, as mulheres o achariam atraente.

— Mas eu o achava atraente do jeito que ele era.

— Eu não sabia disso, Sally. Infelizmente.

O garçom apareceu de novo, dessa vez com os pratos principais. Lançou um olhar inquisitivo para a cadeira vazia do Archie, mas colocou uma tigela de macarrão chinês com camarão no lugar dele mesmo assim. Sally pescou um de seus pedaços de frango com molho de pimenta *schezuan* com os pauzinhos e suspirou.

— Não faz diferença — disse. — Archie não gosta de mim do jeito que eu gosto dele. Ele me vê apenas como a garota tagarela do sanduíche.

Espetei um cogumelo com meu pauzinho, enfiei na boca e mastiguei devagar enquanto pensava numa centena de coisas.

— Acho que ele gosta de você sim. Só não percebeu isso ainda — concluí.

— Jura? — Sally me fitou com os olhos esbugalhados. — Não está dizendo isso só por dizer, está?

— Não, acho que ele realmente gosta de você. Só precisa perceber o quanto.

E precisa esquecer a paixonite por mim, pensei, mas não disse nada.

— Como? — Sally perguntou, animada. — Como podemos fazer com que ele se dê conta disso?

Balancei a cabeça. Eu não fazia ideia.

# Capítulo Trinta e Cinco

*Segunda-feira, 13 de maio*
*Décimo sétimo dia*

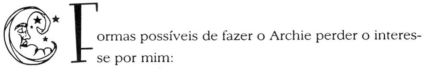ormas possíveis de fazer o Archie perder o interesse por mim:

1) Comer bolinhos cheios de creme até ficar obesa, e sentar em cima dele

2) Raspar a cabeça, inclusive os cílios e as sobrancelhas. Deixar o cabelo da perna crescer e pedir a ele para acariciá-los

3) Rir histericamente de tudo o que ele contar, inclusive das histórias tristes

4) Esfregar-me no Brian sempre que possível para ficar com cheiro de cecê também

5) Humm...

Coloquei a caneta e o papel de lado e me recostei nos travesseiros. Todas aquelas ideias eram idiotas. Pior que idiotas, eram burras e impraticáveis. Em primeiro lugar, eu não tinha tempo de me tornar obesa ou deixar o cabelo da perna crescer, e a ideia de me esfregar no Brian...

Mesmo assim, ainda tinha tempo para bolar um plano. Era segunda de manhã, mas eu não precisava ir trabalhar. Se Archie não ia voltar para a Computer Bitz, eu também não! Passei as pernas pela beirada da cama e me espreguicei. Eu precisava era de uma boa xícara de café bem quente para ligar meus neurônios. Talvez isso ajudasse.

Desci até a cozinha e abri a porta.

Como assim? Meus companheiros de casa estavam realmente *limpando*?

Claire, com os dreadlocks presos no alto da cabeça como um abacaxi, estava de joelhos no chão esfregando o piso, enquanto Brian, parecendo um tanto desconfortável num avental azul e branco, lavava a louça.

Parei na porta e esfreguei os olhos.

— O que aconteceu?

— É meu último dia — explicou Brian, erguendo os olhos da pilha de pratos ensaboados à frente. — E, de um jeito ou de outro, não estarei aqui amanhã, portanto achei que estava na hora de uma pequena faxina.

Claire sorriu.

— Eu não ia ajudar, mas não tinha nada melhor para fazer.

— Uau. Posso fazer alguma coisa?

— Você pode ligar a chaleira — respondeu Claire, secando a testa com o braço. — Acho que está na hora de um intervalo.

Atravessei o piso recém-esfregado na ponta dos pés e peguei a chaleira. A situação toda era tão surreal que me senti intimidada. Meus companheiros de casa estavam mais felizes do que eu jamais os tinha visto, e estavam limpando!

— Você está bem? — perguntei a Brian. — Achei que estaria nervoso.

Ele deu de ombros.

— A situação agora está fora das minhas mãos. O que tiver de ser será.

— Então, se o Troy não aparecer hoje à noite, você não vai ficar puto de ter que ir para o céu?

— Eu estaria mentindo se dissesse que não ficaria desapontado — disse ele, enxaguando uma xícara —, mas se não conseguir completar minha missão, terei de aceitar meu destino.

Meu Deus. Não acreditei que ele pudesse estar tão tranquilo. Eu só tinha ido encontrar o Troy porque achava que ele ficaria arrasado se não se tornasse um fantasma. Brian tinha dito que os trens eram o Dan dele.

— Você voltou a Tooting desde que estivemos lá juntos? — perguntei, abrindo o armário para pegar as xícaras.

Ele fez que sim.

— Umas duas vezes. Na primeira vez, fui até o McDonald's, mas Troy não estava lá, e na segunda ele apareceu sozinho. Sentei, li minha revista e fingi que não o tinha visto.

Dei uma risadinha.

— Você estava bancando o difícil?

— Por assim dizer. — Brian abriu espaço para que eu pudesse pegar a caixa com os saquinhos de chá. — Depois de uma meia hora, ele se aproximou e perguntou sobre as várias viagens de trem que eu tinha feito. Conversamos um tempão, bom, até os amigos dele aparecerem. Aí ele me chamou de pedófilo e se afastou.

— Ele falou alguma coisa sobre encontrar com a gente na Paddington hoje à noite? — perguntei como quem não quer nada.

Brian enxaguou um prato e o colocou no escorredor.

— Não.

— Ah.

— A esperança é minha única companheira, Lucy.

— Esperança é sempre uma boa coisa — falei, colocando os saquinhos de chá nas xícaras. Contudo, não saberia dizer se eu estava tentando tranquilizá-lo, ou a mim mesma.

Enfiei a cabeça pela porta do quarto do Brian às sete horas. Ele estava sentado na beirada da cama, com as mãos entre os joelhos. Ao contrário da cozinha, seu quarto não tinha mudado nada; os pôsteres de trens continuavam nas paredes, o tapete encardido no meio do aposento e os livros e revistas empilhados de maneira organizada ao lado da cama.

— Você não vai fazer as malas ou algo parecido? — perguntei, pegando um livro e folheando-o.

Brian fez que não.

— Não precisa. De um jeito ou de outro, as coisas desse quarto vão desaparecer.

— Jura?

— Juro, vai ser como se eu nunca tivesse estado aqui.

— Isso é horrível — repliquei, com toda a sinceridade. Nossos quartos refletiam nossas personalidades, estavam repletos de coisas que amávamos. Alguém, em algum lugar, já tinha esvaziado o apartamento em que o Brian vivera enquanto estava vivo. Talvez houvesse uma foto dele sobre um aparador ou um consolo de lareira na casa de alguém, mas, quando as coisas dele desaparecessem da Casa dos Aspirantes a Fantasmas, todos os traços de sua personalidade sumiriam também. Ele teria partido de verdade.

Sabia, por ter espiado pela janela, que Dan mantivera a casa exatamente como eu a deixara. Minhas almofadas continuavam espalhadas sobre o sofá, o tapete que tínhamos escolhido juntos ainda decorava o chão e meus livros permaneciam arrumados entre os dele. Mas um dia isso mudaria. Minhas coisas desapareceriam. E se a Anna conseguisse fincar as garras nele, isso aconteceria muito mais cedo do que eu gostaria.

— Você está pronto, Brian? — perguntei, tentando parecer animada.

Ele se levantou devagar e deu uma volta pelo quarto; pegou, uma a uma, as fotos e os modelos de trens, olhou-os e os colocou de volta no lugar. Chegou até mesmo a abrir a porta do guarda-roupa e sorriu ao ver suas sandálias perfeitamente alinhadas.

— Já me despedi — Brian disse baixinho. — Está na hora de ir.

— Você se incomoda de me esperar na porta da frente? — perguntei. — Preciso ter uma palavrinha com a Claire.

— Pode entrar — disse ela, quando bati na porta do quarto.

Ela estava sentada de pernas cruzadas na cama, dedilhando seu violão. Ainda não tinha se maquiado, e o rosto parecia jovem e resplandecente.

— Brian já vai sair — falei —, se você quiser se despedir, tem de ser agora.

Ela suspirou e colocou o violão de lado sobre o edredom.

— É estranho. Não conseguia nem olhar pro Brian quando o conheci... sem falar do cheiro...

Dei uma risadinha.

— Mas vou sentir falta dele. — Ela escorregou para fora da cama e veio em minha direção. — É estranho dizer adeus.

— Claire. — Coloquei minha mão sobre o ombro dela. — Posso te pedir um favor? Preciso que faça uma coisa para mim enquanto vou até a Paddington com o Brian.

Ela escutou pacientemente enquanto eu explicava que Anna e Jess iam se encontrar no White Horse como sempre. Descrevi as duas e como chegar até o pub, e perguntei se ela se incomodaria de escutar a conversa.

— Claro — respondeu Claire, abrindo a porta do quarto. — Não tem problema. Só que eu tenho uma péssima memória, portanto não vou conseguir me lembrar de tudo.

— Não tem importância. Só preciso saber o que a Anna vai dizer sobre o Dan.

Claire parou no corredor e se virou de volta.

— Ele não é o seu noivo? Tem alguma coisa errada com ele?

— Não é com o Dan que estou preocupada — respondi, lançando um olhar significativo —, é com a Anna.

— Qual o problema com ela?

— Nada que um bom tapa no meio da cara não resolva.

— Entendo. — Ela riu e pude perceber um vislumbre da antiga Claire, uma Claire capaz de derrubar uma loura vulgar no chão assim que a visse.

— Não estou sugerindo que você faça isso — acrescentei rápido, olhando para o relógio. Já eram 19h15; Brian e eu precisávamos sair logo. — Só escute o que elas vão dizer que eu te explico tudo quando voltar. Prometo.

— Sem problema — replicou Claire, apertando minha mão. — Só vou me despedir do sr. Fedorento.

Observei Claire descer a escada e se jogar nos braços de um surpreso Brian.

— Vou sentir sua falta, de verdade — disse ela, apertando-o com força. — Me prometa que você vai ficar bem, aconteça o que acontecer.

— Você também, Claire, você também — respondeu Brian, abraçando-a e acariciando suas costas. — Gosto muito de você. Por trás desse seu jeito agressivo e da maquiagem, você é uma garota adorável, e merece ser feliz.

Agarrei o corrimão na base da escada, os olhos marejados. Quando São Bob dissera que as pessoas se apegavam demais às suas vidas na Casa dos Aspirantes a Fantasmas, eu não tinha acreditado. Devia. Observar a Claire e o Brian se abraçando era de partir o coração. Eles não tinham nada em comum; Brian, alto e desajeitado, com bigode e um cabelo encaracolado e rebelde, e Claire, baixa e gorda, vestida de preto dos pés à cabeça, os dreads enrolados em volta dos dedos dele, mas eram as únicas pessoas no mundo que sabiam o que eu estava passando e o quanto aquilo era difícil. Eu teria feito qualquer coisa para deixá-los felizes. Qualquer coisa.

Claire abafou um soluço quando Brian se afastou delicadamente. Lágrimas escorriam pelas faces de ambos.

— Está pronto, Brian? — perguntei.

Ele secou o rosto com a manga e fez que sim.

— Você ainda está disposta a ir espionar a Anna e a Jess? — sussurrei ao abraçar Claire e dizer tchau.

Ela fez que sim, a cabeça contra meu ombro.

— Claro.

— Obrigada — agradeci, apertando-a com força. — E não se preocupe com o Brian. Vou cuidar dele. Prometo.


A escada rolante nos deixou no meio da Paddington Station.

— Brian. Como você está se sentin...

Ele não respondeu. Em vez disso, apressou o passo e partiu em direção à ponte de observação de cabeça abaixada e com as mãos enfiadas nos bolsos.

— Como você está se sentindo? — repeti, correndo para acompanhá-lo.

— O que tiver de ser será — murmurou ele, olhando para o chão.

— Eu sei, mas...

— O que tiver de ser será, Lucy.

Quando finalmente chegamos à ponte, eu estava a ponto de socá-lo. Em vez disso, comecei a andar de um lado para o outro. Brian ficou parado no meio da plataforma, de braços cruzados, observando os trens que se aproximavam vagarosamente da estação.

— Então o Troy confirmou que viria — falei, ao passar por ele pela quarta vez.

— Nada é tão certo assim, Lucy — respondeu ele com calma.

— Mas ele pareceu entusiasmado, certo? — Olhei para meu relógio. Onde diabos estava o garoto?

— O que você chama de entusiasmo? — retrucou Brian, dando de ombros.

Meu Deus! Será que ele estava deliberadamente tentando me irritar? Por que não demonstrava nenhuma emoção? Se eu estivesse prestes a descobrir se tinha passado na minha missão ou não, estaria arrancando os cabelos e enlouquecendo.

Olhei para meu relógio de novo. Eram 20h10 e ainda nenhum sinal do Troy. Quanto mais eu pensava nisso, mais achava improvável que ele aparecesse. Virei-me ao escutar o som de passos às nossas costas.

— Brian — chamei baixinho, dando-lhe um tapinha no ombro. — Troy chegou.

Ele se virou tão rápido que minha mão escorregou do ombro dele e bateu contra o corrimão da ponte.

— Troy — cumprimentou Brian, esticando uma mão trêmula. — Fico feliz que tenha conseguido vir.

Troy, com seu capuz azul-marinho cobrindo a cabeça, ignorou a mão estendida e devolveu o cumprimento com um simples aceno de cabeça.

— Tudo em cima, velho?

— Estou muito bem, obrigado — respondeu Brian, deixando a mão cair disfarçadamente ao lado do corpo.

Troy me olhou de cima a baixo.

— Tudo em cima?

Fiz que sim.

— Tudo, obrigada.

Fez-se um silêncio desconfortável enquanto todos olhávamos uns para os outros, incertos de qual seria o próximo passo.

— Então, li a revista que você me deu — Troy disse por fim, quebrando o silêncio. — Tive de escondê-la sob a *Loaded*, aquela revista masculina, para que minha mãe não visse. Mas aí, li tudo.

Brian ergueu as sobrancelhas.

— E o que achou?

— Tem umas coisas bem legais — respondeu Troy, meneando a cabeça com entusiasmo, o capuz caindo ainda mais sobre os olhos. — Li tudo sobre os trens no Peru. Aparentemente, há cinco estradas em zigue-zague ligando Cusco a Machu Picchu.

— El Zigzag — Brian sorriu. — Já estive lá.

Troy deixou o queixo cair.

— Está brincando?

— Há dez anos. A vista no caminho de volta de Machu Picchu é espetacular. À noite, a cidade inteira fica iluminada.

— Puxa, velho, adoraria ver isso.

Eles continuaram a conversar sobre trens, as mãos se agitando enquanto falavam. Não pude evitar sorrir. Depois de uns dois minutos, resolvi deixá-los sozinhos e fui me sentar numa lanchonete. Folheei as páginas de uma revista que estava sobre a mesa, mas não conseguia me concentrar. Minha cabeça estava fervilhando de perguntas. Será que o Troy ia admitir ser um aficionado por trens? O que a Claire ia escutar? Dan e Anna estavam juntos? Será que eu chegara atrasada? Às nove não consegui mais aguentar. Abandonei meu café e voltei para a ponte de observação. Brian e Troy continuavam exatamente no mesmo lugar, conversando. Nenhum dos dois percebeu minha aproximação.

— Então — falou Brian num tom mais agudo do que o habitual, as mãos nos bolsos. — Você diria que é um aficionado por trens?

Parei de caminhar e fiquei completamente imóvel, a alguns centímetros deles. Troy trocou o peso de um pé para o outro. Com exceção da gente, a ponte de observação estava completamente vazia. Prendi a respiração. Por favor, diga que sim, rezei. Por favor, diga que sim.

Troy pigarreou.

— Bom, sou, mas se você disser qualquer coisa para os meus amigos, eu te mato.

O sorriso do Brian foi extraordinário. Ele abriu um sorriso de orelha a orelha e seus olhos brilharam.

— Desculpe — disse ele. — Não ouvi direito. Pode repetir?

Troy coçou a cabeça.

— Você é surdo, velho? Falei que sim, sou um aficionado por trens. Não vou repetir de novo.

Brian abriu os braços e envolveu Troy.

— Obrigado! — gritou. — Obrigado, obrigado, obrigado!

— Me larga, velho — replicou Troy, batendo nos braços do Brian com uma expressão intrigada. — Não seja veado.

Quando Brian finalmente o soltou, ele ajeitou o pulôver, puxou o capuz de novo e olhou para o celular.

— Agora preciso ir — disse. — Vou encontrar minha garota. Obrigado pelo telefone daquele fã-clube, Brian. Vou ligar para eles.

— Faça isso — respondeu Brian, ainda sorrindo de orelha a orelha. — Você vai adorar. Prometo.

— Você vai à reunião? — perguntou Troy.

— Não. — Brian fez que não. — Vou partir, por um bom tempo.

— Algum lugar bacana?

Brian deu uma risadinha.

— Bem bacana.

— Então tudo bem. Faça uma boa viagem. Até mais.

Ele bateu uma meia continência para o Brian e se afastou de cabeça abaixada, o celular metido entre o capuz e a orelha. Esperei que desaparecesse e envolvi meu amigo num abraço de urso.

— Você conseguiu! — exclamei numa voz esganiçada. — Você conseguiu, Brian!

— Consegui! Consegui! — Ele me levantou do chão e me rodopiou. — E não teria conseguido sem a sua ajuda, Lucy Brown.

— E agora? — perguntei, balançando ligeiramente quando ele me colocou de volta no chão. — Como você se torna um fantasma?

— Você ainda não leu o manual, leu, Lucy? — Brian balançou a cabeça como quem já tinha perdido a esperança.

Quando eu estava prestes a replicar, dois homens altos e magros em ternos cinza e óculos escuros apareceram na ponte. Eles vieram andando lado a lado, os passos em sincronia, e pararam ao nos alcançarem.

— Brian Worthing? — perguntou o que estava mais próximo do Brian.

Olhei para ele, alarmada, mas Brian parecia tranquilo.

— Eu.

— Uma ligação para você do São Bob — falou o outro, estendendo um celular.

Brian pegou o celular.

— Sim, sim, isso mesmo. Sim, sim, pode deixar. Sim, obrigado, Bob. Boa sorte para você também.

Os dois homens observaram impassíveis Brian desligar e fechar o celular. O que estava mais perto de mim estendeu a mão para pegar o aparelho, colocou-o no bolso e fez um sinal de cabeça para o companheiro. Eles se viraram rapidamente e voltaram por onde tinham vindo.

— E então? — perguntei de imediato, pulando de um pé para o outro enquanto Brian me olhava sorrindo.

— Era o Bob — disse ele. — Vou me tornar um fantasma.

— Quando?

— Logo... — Brian baixou os olhos para a mão. As marcas de idade e as sardas haviam desaparecido e sua pele estava pálida como uma vela de igreja. — ...logo.

— Rápido — acrescentou ele, agarrando minha mão e me puxando pela ponte. — Temos de ir para algum lugar reservado. Não temos muito tempo.

De mãos dadas, atravessamos correndo uma das plataformas, só parando ao alcançarmos o banheiro masculino. Brian abriu a porta um milímetro e deu uma olhada.

— Não posso entrar aí — resmunguei quando ele me puxou para dentro.

— Está tudo bem — retrucou ele, abaixando-se e olhando por debaixo da porta dos reservados. — Não tem mais ninguém aqui.

Parei no meio do pequeno banheiro e tentei não tocar em nada. Os azulejos estavam sujos e amarelados, e o fedor dos mictórios era indescritível. Apertei o nariz e fiz uma careta para o Brian. Sob a luz difusa da lâmpada fluorescente ele parecia quase transparente.

— Brian! — engasguei. — Você está desaparecendo.

— É isso o que acontece quando você se torna um fantasma — ele explicou com um sorriso, fazendo o bigode se estender sobre o lábio superior. — Desculpe por te arrastar até aqui, Lucy, mas o manual diz especificamente que você não pode se tornar um fantasma a menos que esteja longe das vistas do público.

Olhei para ele, os olhos arregalados.

— Você não está brincando. Seu braço inteiro está quase transparente.

— Então me abrace. — Brian abriu o braço e meio. — Enquanto ainda tenho tempo.

Apertei-o com força em meus braços, mas ele já não era mais o Brian firme e aconchegante com o qual me acostumara. Era como abraçar uma esponja ou um mousse de chocolate. Até o cheiro de cecê tinha desaparecido. Brian não tinha mais cheiro nenhum. Ele realmente estava partindo.

— Vou sentir saudade, Brian — falei. — Não sei como teria suportado tudo isso sem você.

Meu cabelo esvoaçou como se uma leve brisa o estivesse soprando, e percebi que Brian estava tentando acariciá-lo.

— Você é mais forte do que pensa, Lucy — disse ele, a voz apenas um sussurro. — É uma garota adorável e Dan é um homem muito, muito sortudo por ter alguém assim que o ame. Se eu pudesse viver minha vida de novo, se pudesse ser jovem novamente, gostaria de ter uma mulher como...

A palavra "você" no final da frase saiu como um vooooh em meu ouvido e percebi que estava abraçando o ar. Dei um passo para trás. A silhueta do Brian tremulou no ar como um negativo fotográfico esmaecido, o rosto quase invisível, com uma expressão de paz nos olhos e um pequeno sorriso nos lábios.

— Seja feliz, Brian — murmurei. — Seja feliz.

Ele fez que sim e eu pisquei para conter as lágrimas.

— Pode ir. Brian. Vai. Vou ficar bem, prometo. Obrigada por tudo.

Ele me olhou por mais alguns segundos, em seguida deu um passo na direção dos mictórios, atravessou a parede e desapareceu. Eu ainda observava os azulejos quando a porta se abriu e um jovem num uniforme de condutor de trem entrou no banheiro.

— Banheiro errado, querida — disse ele, me olhando de cima a baixo. — O das damas é na porta ao lado.

Voltei para a Casa dos Aspirantes a Fantasmas e encontrei a Claire sentada à mesa da cozinha recém-arrumada, com uma xícara de chá na frente e a cabeça apoiada nas mãos.

— Você está bem? — perguntei, acariciando carinhosamente o abacaxi de dreadlocks. — Não se preocupe, Claire. Brian completou a missão e se tornou um fantasma. Nunca o vi tão feliz.

Claire ergueu os olhos enquanto eu puxava a cadeira em frente e me sentava.

— Não é o Brian — ela replicou, brincando com o piercing do nariz —, embora eu vá sentir muita saudade dele.

— Então o que é?

— É sua amiga Anna. — Claire me encarou, mas desviou o olhar logo em seguida.

Fiquei enjoada.

— O que tem a Anna?

— Você quer a boa ou a má notícia?

— A boa — respondi, entrelaçando as mãos e pressionando-as contra meus lábios.

— Anna contou a Jess que não dormiu com o Dan ainda. Eles ainda nem se beijaram.

A mesa guinchou sobre o ladrilho da cozinha quando me joguei por cima dela e dei um abraço apertado na Claire. Isso! Isso! Isso! Anna tinha mentido ao gritar para mim na estação do metrô que ele trepava maravilhosamente bem. Graças a Deus!

— E a má notícia? — perguntei, nervosa, sentando de volta na cadeira.

— Ela disse que quer passar o resto da vida com ele e que não se importa se ele não quiser ter filhos. Tudo o que ela quer é ficar com ele.

— O quê? — Todos os pelos do meu braço se eriçaram. — Anna está mentindo. Ela o quer como um doador de esperma. Está desesperada para ter filhos, é tudo o que ela quer desde que terminou com o Julian.

— Mas, Lucy, ela disse que nunca amou ninguém como o ama — Claire continuou baixinho —, e pareceu estar sendo sincera. Disse a Jess que o convidou para sua festa de aniversário na quarta, quando vai tomar a iniciativa e contar a ele como se sente.

— Não — retruquei. — Não, isso não é verdade. Não é verdade.

Tentei pegar a mão da Claire, mas meus dedos tremiam tanto que derrubei a xícara dela, derramando chá sobre a mesa inteira e sobre mim. Em seguida, tudo ficou escuro.

# Capítulo Trinta e Seis

*Terça-feira, 14 de maio*
*Décimo oitavo dia*

Que diabos? Por que a Claire estava deitada comigo? Fechei os olhos e os abri de novo. Ela ainda estava ali, os dreadlocks espalhados no travesseiro ao lado do meu, o edredom cobrindo os ombros. Seus olhos estavam abertos, me encarando.

— Você está bem, Lucy? — ela sussurrou, tirando o cabelo do meu rosto.

— Não sei — respondi, olhando em volta com cuidado, meio que esperando Brian, Archie e Sally saírem de debaixo do edredom. — Por que você está na minha cama?

— Fiquei muito preocupada com você ontem à noite. — Claire se ergueu num dos cotovelos. — Depois que te contei sobre a Anna, você desmaiou, caiu da cadeira e bateu com a cabeça no chão. Ficou apagada um tempão, e quando acordou, só falava bobagem.

— O que eu falei?

— Repetiu os nomes do Dan e da Anna várias vezes. Tentou sair de casa, portanto te joguei no chão e sentei em cima de você até que concordasse em vir para a cama.

Virei de barriga para cima e gemi.

— É por isso que minhas costelas estão doendo?

— Desculpe. — Claire deu uma risadinha nervosa. — Não queria que você estragasse suas chances de se tornar um fantasma por tentar se comunicar com o Dan de novo. Por isso fiquei aqui. Não podia arriscar te deixar fugir.

Suspirei.

— Obrigada, Claire. Você fez a coisa certa.

— Tem certeza? Não está zangada comigo?

— Não. Juro.

Olhei para o teto, minha cabeça trabalhando sem parar. Eu só tinha mais três dias antes que os 21 acabassem, e tinha duas escolhas:

1) Desistir e ir para o céu

2) Lutar até o final

— Lucy — disse Claire. — Tem certeza de que está bem?

— Estou. — Gemi ao sentar e puxar o edredom de cima de mim. — Honestamente. E para te provar que não tenho ressentimentos, vou preparar um café. Só preciso dar um telefonema antes.


Eram oito da noite quando abri a porta do restaurante Kung Po e confirmei com uma irritada garçonete que tinha reservado uma mesa para três. Ela me mostrou o lugar, anotou o pedido e, pouco depois, colocou uma garrafa de vinho e três taças na minha frente. Tomei um merecido gole, meu estômago revirando de nervosismo. Aquela era minha última chance de completar a missão.

— Oi, Lucy — falou uma voz animada a meu lado. — Você parece estar no mundo da lua.

Sally puxou uma cadeira e se sentou. Ela estava de calça jeans e com uma camiseta da Hello Kitty, e o cabelo preso em duas tranças. Estava inacreditavelmente fofa, e tive certeza de que o Archie a acharia irresistível. Pelo menos, era o que eu esperava.

— Fico feliz que tenha conseguido vir — falei com um sorriso. — Quer um pouco de vinho?

Enquanto esticava a mão para pegar a garrafa, ela olhou para a porta.

— Não se preocupe. — Enchi a taça até o topo. — Archie vai vir.

— É tão óbvio assim? — perguntou ela, olhando de volta para mim com as bochechas vermelhas.

— Somos apenas três amigos jantando juntos — repliquei, soando mais confiante do que me sentia. — Sem pressão.

— Sem pressão — repetiu ela, tomando um grande gole do vinho.

Convencer a Sally de que não havia pressão era uma coisa, convencer a mim mesma, outra bem diferente. Tudo dependia do jantar dar certo. Sally estava nervosa demais e era muito antiquada para dar em cima do Archie, e ele não fazia ideia de quem queria, portanto, meu plano se resumia a juntá-los, estimular uma conversa, arranjar uma desculpa e sair. Depois disso, teria de cruzar os dedos e torcer para que o destino resolvesse as coisas.

— Lucy — falou Sally, erguendo a taça. — Proponho um brinde.

— Não é um pouco cedo para isso? — perguntei, olhando para a porta. — Não devíamos esperar o Archie chegar primeiro?

— Não — respondeu ela, fazendo que não, as tranças balançando de um lado para o outro —, esse é um brinde para as garotas.

— Certo...

Ela esperou que eu erguesse minha taça e bateu a dela contra a minha.

— Tim-tim! — exclamou, quando elas se encostaram. — Às mulheres, e que consigamos realizar os desejos de nossos corações.

— Aos desejos de nossos corações — repeti, virando meu vinho.

Sally tomou um gole e me olhou por cima da borda da taça.

— Que foi? Por que você está me olhando desse jeito?

— Você é um mistério, Lucy Brown. Nunca fala de si mesma. Fala de trabalho, do Archie e passa uma tarde inteira numa convenção sobre *Jornada nas Estrelas* contando piadas, mas não sei nada sobre você.

Dei de ombros.

— Acho que sou um pouco reservada.

— Você não é tão reservada assim — retrucou ela, apoiando o queixo entre as mãos e olhando para mim. — Quando propus o brinde e falei sobre conseguir os desejos de nossos corações, notei uma expressão estranha em seus olhos.

— Que tipo de expressão?

— De desespero.

Peguei a garrafa de vinho. Será que meu desespero em conseguir voltar para o Dan era tão óbvio assim?

— Não é nada — falei, enchendo minha taça. — Só estava pensando numa coisa.

— Numa coisa, ou em *alguém*?

— Na verdade, eu...

Fui salva de ter de terminar a frase pelo retinir do sininho da porta do restaurante. Nós duas nos viramos para ver quem tinha chegado.

— Quem é aquela com o Archie? — murmurou Sally, olhando de volta para mim.

— Aquela — respondi, me levantando para cumprimentar a mulher que marchava em nossa direção — é a avó dele.

— Isso não é fantástico! — exclamou Archie, folheando o cardápio. — Minhas três garotas favoritas, todas no mesmo lugar.

Sally sorriu e brincou com o guardanapo. A sra. Humphreys-Smythe me olhou com evidente reprovação.

— Não foi legal esse meu neto — disse ela, virando sua atenção para Sally — convidar sua velha e solitária avó para jantar?

— A senhora não é velha — replicou Sally, empertigando-se e deixando o guardanapo cair. — Quando entrou, achei que fosse a mãe do Archie.

— Mas acredito que olhando de perto não. — A sra. Humphreys-Smythe estreitou os olhos.

— Não, não, de jeito nenhum. De perto, a senhora parece ainda mais jovem — acrescentou Sally.

— Bom, obrigada. — Ela retribuiu o elogio da Sally com um sorriso genuinamente caloroso. — É muito bom conhecer uma jovem tão bem-educada.

Sally soltou uma risadinha nervosa e escondeu o rosto atrás no cardápio, no exato instante em que o Archie fechou o dele.

— E então — disse ele, correndo os olhos pela mesa, completamente alheio à atmosfera glacial entre mim e sua avó — todas preparadas para pedir?

Lancei-lhe um olhar duro.

— Isso foi um sim? — continuou Archie, sem entender minha expressão. — Todas preparadas? Vó? Sally? Ótimo.

Archie chamou o garçom com um aceno de cabeça, o qual aproximou-se rapidamente de nossa mesa, parando ao lado dele.

— Vó? Pronta para fazer o pedido?

A sra. Humphreys-Smythe começou a bombardear o garçom com perguntas sobre o menu. Tudo continha glutamato monossódico? Ela podia pedir o arroz colorido só que sem ovo (ovo não lhe fazia muito bem)? O frango era só peito (não suportava coxa)? O especial da casa era muito apimentado (um pouco era legal, mas muito, não)? Quando, por fim, não havia mais o que perguntar, ela pediu a entrada, o prato principal, a sobremesa e o café.

Ai meu Deus!

Ela planejava permanecer o jantar inteiro. Mesmo que eu fosse embora, como tinha planejado, Archie e Sally não ficariam um segundo sequer sozinhos. Eu estava ferrada. Completamente, inteiramente, totalmente ferrada. E, indo direto ao ponto, o mesmo se podia dizer da minha missão. Só havia uma coisa a fazer. Beber muito, muito.

Na hora em que o prato principal foi finalmente servido, eu já estava bastante tonta. Sally passara aos refrigerantes depois de sua segunda taça (uma decisão que lhe garantiu um meneio de cabeça de aprovação da sra. Humphreys-Smythe), e Archie insistira em pedir "a melhor garrafa de tinto que eles tivessem", a fim de dividi-la com a avó. O que me deixou o branco para terminar sozinha. Enquanto os outros devoravam suas refeições, empurrei meu yakisoba de frango de um lado para outro do prato com o garfo, a outra mão agarrada à taça de vinho.

— Você não está com fome? — perguntou Archie, levantando os olhos do próprio prato de camarões agridoces, já pela metade

Estreitei os olhos e o fitei.

— Estou bem. Obrigada pela preocupação.

Ele engoliu em seco nervosamente, e não disse mais uma palavra até a hora da sobremesa, quando chegou minha segunda garrafa de vinho.

— Está com sede, é? — comentou a sra. Humphreys-Smythe, erguendo uma sobrancelha ao ver o garçom encher minha taça.

— Estou, obrigada — respondi. Tomei metade da taça de uma só vez e a coloquei de volta na mesa. Ela balançou, mas não virou.

A sra. Humphreys-Smythe espetou sua lichias com o garfo e murmurou algo por entre os dentes.

— Como? — Exigi saber, virando-me para encará-la. — Isso foi dirigido a mim?

Sally e Archie me olharam alarmados. A sra. Humphreys-Smythe contraiu os lábios e abriu o menor e mais falso sorriso que eu já vira.

— Eu disse... — Ela pronunciou as palavras lentamente, como se eu fosse burra. — ... que há lugares que ajudam pessoas como você.

— Pessoas como eu? O que a senhora quer dizer com isso?

As Minhas palavras saíram arrastadas. Vi três senhoras Humphreys-Smyte onde só devia haver uma. E todas tinham uma expressão diabólica.

— Não é vergonha alguma admitir que tem um problema, querida — replicou ela, brincando com o colar de pérolas. — Parece ser a última moda hoje em dia. Todas as vezes que a gente abre o jornal, tem alguma celebridade se internando numa clínica de reabilitação.

— Então a senhora está dizendo que eu devia me internar numa clínica de reabilitação? — indaguei, erguendo uma sobrancelha.

— Talvez não seja uma má ideia — retrucou ela, sarcástica. — Pelo que o Archie me contou, a senhorita tem uma queda pelas uvas.

— Bom, pelo que o Archie me contou, a senhora devia ir para um asilo e deixá-lo viver a própria vida.

Os três engasgaram simultaneamente.

— Lucy — replicou Archie. — Não posso permitir que fale com minha avó desse jeito.

— Bom, alguém precisa fazer isso — devolvi, virando-me para encará-lo. — Você com certeza é covarde demais para enfrentá-la.

— Lucy. Para com isso.

Havia um tom de evidente ameaça na voz do Archie, mas eu estava bêbada demais para me importar. Eu fizera de tudo para ajudá-lo, mas ele ainda preferia tomar o partido da avó, e não o meu. Para o inferno com ele. Para o inferno com ele, com a avó e com a idiota da Sally, que tentava, sem conseguir, esconder as risadinhas atrás da mão. Eu tinha falhado na minha missão. Falhara. Depois de sexta, nunca mais veria o Dan de novo ou teria a chance de me desculpar pela discussão, e Anna fincaria as garras nele, e seria assim, ponto final. Seria como se eu nunca tivesse existido. Como se nunca tivesse sido importante. Nunca tivesse sido amada. Inclinei-me para a frente e peguei a garrafa de vinho. Para o inferno com Archie e sua avó. Para o inferno com todos eles. O que eu tinha a perder? Nada.

— Não vou parar — repliquei, a voz pastosa. — Está na hora de ser honesta com você, Archie. Alguém devia te dizer o geek idiota e fracassado que você é. Quer saber por que ninguém demonstrou interesse por você no encontro de *speed dating*? Porque você é chato. Sua vida é chata, suas conversas são chatas. Você é assim, chato, chato, chato.

Eu estava sendo injusta e cruel, terrivelmente cruel, porém, mesmo sem acreditar no que estava dizendo, não consegui evitar. Naquele momento, culpei o Archie por tudo o que tinha acontecido comigo, todos os meus fracassos, todos os erros que eu havia cometido, todas as noites que chorara até cair no sono.

— Lucy, por favor — falou Archie, pousando a mão sobre a minha.

Eu me retraí, e afastei a mão dele com o safanão mais forte que uma bêbada podia dar. Ele se encolheu e esfregou o braço, com uma expressão chocada.

— Acho que está na hora de ir embora, mocinha — interveio a avó do Archie, pousando o garfo no prato. — A senhorita já envergonhou a si mesma o suficiente por uma noite.

— Ah, é, a senhora acha isso, é? — Virei-me para encará-la. — Bom, tenho uma boa notícia para lhe dar, vovó Babaca Metida. Ainda não terminei. Por que não conversamos um pouco mais sobre a senhora? Não que já não tenhamos feito isso o suficiente hoje. Ah, a senhora adora música clássica. Que maravilha! E acha que a versão de *Lago dos Cisnes* com os cisnes machos foi uma atrocidade. Ah, *quel dommage*. Mas vamos continuar a falar da senhora. Vamos falar sobre o fato de que a única coisa que a faz feliz é fazer seu neto se sentir tão deprimido quanto a senhora, que tal?

Nesse momento, recuei. Archie tinha se levantado e segurava o meu ombro. Ele tremia, o rosto vermelho.

— Chega, Lucy — disse. Não era só isso, o restaurante inteiro olhava para a nossa mesa. — Vá embora.

Tentei me livrar dele, mas ele era mais forte do que parecia.

— E se eu não quiser ir? — revidei.

— Apenas vá. — Ele me fitou direto no olho, sem pestanejar. — Agora.

De repente, dois garçons apareceram ao lado da mesa.

— Está tudo bem? — perguntou um deles.

— Tudo — respondi, olhando para o Archie. — Eu já estava de saída.

Ele me soltou e deu um passo para trás. O restaurante inteiro estava em silêncio. Estiquei o braço para pegar minha bolsa.

— Vou embora — falei com a voz pastosa, jogando a bolsa por cima do ombro e acertando minha cabeça. — Obrigada a todos pela noite maravilhosa.

Enquanto cambaleava em direção à saída, um dos garçons se adiantou e abriu a porta. Apertei os olhos para focalizar minha rota de escape e me concentrei em colocar um pé na frente do outro.

— Que mulher mal-educada — a avó do Archie comentou em voz alta. — Alcoólatra e boca-suja. Eu te falei que ela era uma desclassificada, Archie, eu te avisei.

Virei-me e voltei cambaleando em direção à mesa.

— Pode repetir?

A sra. Humphreys-Smythe abriu um sorriso beatífico.

— Acho que me escutou da primeira vez.

Devolvi o sorriso.

— Só queria checar. Antes de fazer isso...

Não tenho certeza de quando ela começou a gritar — quando agarrei a taça de vinho ou a ergui acima de sua cabeça —, mas ela estava definitivamente gritando quando a virei sobre aquele rosto velho e horrendo, e o vinho escorreu pelas bochechas.

# Capítulo Trinta e Sete

*Quarta-feira, 15 de maio*

*Décimo nono dia*

Liguei para Archie 15 vezes na quarta de manhã. Quinze vezes, cada toque soando como uma furadeira em meu cérebro de ressaca, e ainda assim ele se recusou a me atender.

A sra. Humphreys-Smythe atendeu na primeira vez, mas eu me sentia envergonhada demais para dizer alguma coisa, mesmo quando ela falou: "Pode ficar em silêncio se quiser, sei que é você, e sei por que está telefonando. Se quer falar ou ver o Archie de novo, esquece. Ele ficou enojado com seu comportamento ontem à noite. Completamente enojado. Desprezível, senhorita Brown. Isso é o que você é: desprezível e vulgar."

O que eu podia dizer diante disso? Como poderia começar a me defender? Não poderia, porque ela estava certa. Eu tinha sido realmente cruel com o Archie. Ela, por outro lado, merecera escutar tudo aquilo, embora eu tivesse ido longe demais ao jogar o vinho sobre sua cabeça. Sabia que o Archie nunca conseguiria me perdoar, mas, ainda assim, queria pedir desculpas. Eu só tinha mais dois dias antes que São Bob me arrastasse de volta para o limbo. Não podia partir sem me desculpar. Simplesmente não podia.

Claire me encontrou na cozinha, com uma xícara de chá fria nas mãos.

— É meu último dia — ela informou ao pular na cadeira à minha frente —, e não consigo decidir como vou passá-lo. Não faz sentido tentar completar minha missão. Não vejo minha aluna há semanas. Estou tentada a passar o dia transformando a vida do Keith num inferno, mas, por outro lado, eu também podia simplesmente me embebedar. Não acredito que eles tenham *snakebite* no céu, têm? Lucy... Lucy... você está bem?

Fiz que não. Minha boca estava tão seca que a língua estava grudada no palato.

— Como foi o jantar ontem à noite? — Claire perguntou animada. — O Archie e a Sally se apaixonaram? Você completou sua missão?

Tomei um gole do chá gelado e desgrudei minha língua.

— Ferrei com tudo.

— Como assim? — Ela enroscou um dos dreadlocks em torno do dedo e sorriu para mim. — Tenho certeza de que não é tão ruim quanto você pensa.

— É pior.

— Ah, cala a boca. Você é a rainha do drama às vezes, Lucy. Se ferrar na sua língua provavelmente significa que você derramou um pouco de vinho sobre a blusa enquanto a Sally ria histericamente de algo que o Archie tinha dito.

— Não derramei vinho nenhum — falei, passando o dedo sobre uma mancha de café que havia na mesa. — Joguei vinho em alguém.

Claire riu.

— Ah, não fode! Isso é algo que eu faria, não você. Bom, e em quem você *supostamente* jogou o vinho?

Fechei os olhos.

— Na avó do Archie.

— Merda. — Ela sugou o ar como um construtor ao dar o orçamento de uma grande obra. — Você está brincando? Não, não está, está? Posso ver pela sua expressão. O que aconteceu?

— É uma longa história — respondi, soltando uma gota do chá sobre a mancha e esfregando-a —, mas, resumindo, eu ferrei com tudo e agora o Archie se recusa a falar comigo. Minha missão foi pelos ares, Claire. Ferrei com tudo.

— O que você vai fazer?

Balancei a cabeça.

— Não sei. O que eu posso fazer? Não posso forçar o Archie a falar comigo, e não posso tentar encontrá-lo porque não faço ideia de onde ele mora. Tudo o que posso fazer agora é tentar impedir a Anna de dizer ao Dan como se sente hoje à noite. Se eu conseguir salvá-lo dela, pelo menos já vai ser alguma coisa.

— Então vou te ajudar — declarou Claire, apertando minha mão. — Pro inferno com o Keith Krank e a bebedeira. Vamos impedir aquela vaca de enfiar as garras no seu namorado.


Estava escuro ao atravessarmos a rua da Anna e nos aproximarmos da casa. Ela vibrava ao som da música house e das luzes multicoloridas que irradiavam das janelas. Pessoas bonitas e arrumadas se agrupavam no pátio da frente, bebendo e fumando um cigarro atrás do outro. Uns mil anos antes eu teria sido convidada para aquela festa também. Estaria virando os drinques caseiros da Anna e pulando ao som dos acordes. Dan estaria lá também, sorrindo para mim do outro lado da sala enquanto as batidas martelavam seus ouvidos. No fim da noite, bêbados e exaustos, sairíamos abraçados para pegar um táxi, e conversaríamos sem parar até chegar em casa. Em seguida, cairíamos na cama, rindo, e se ainda tivéssemos energia, transaríamos preguiçosamente antes de cairmos no sono.

— Parece uma merda de festa — comentou Claire, ao nos sentarmos sobre o muro baixo da casa do vizinho.

Nenhuma das pessoas no jardim da Anna reparou na gente. Elas estavam ou bêbadas ou envolvidas demais em suas conversas para notarem uma garota gótica gorducha e sua amiga morena.

— E se o Dan e a Anna não aparecerem no jardim? — sussurrei. — Se eu entrar na casa e ela me vir, vai me agarrar pelas orelhas e me expulsar.

— Eu posso entrar — sugeriu Claire. — Não sei como o Dan é, mas posso reconhecer a Anna. Aquela vaca ardilosa.

— Obrigada por se oferecer — repliquei, olhando para a porta. — Mas acabei de lembrar, Dan deve sair logo. Anna não permite que fumem dentro de casa.

Claire enfiou a mão em sua bolsa preta e puxou um maço de cigarros.

— Falando nisso. — Ela sorriu. — A gente pode fumar um também. Não acredito que exista uma boa marca de tabaco no céu.

Ela fumou quatro cigarros, um atrás do outro, e estava prestes a acender o quinto quando ofeguei e apontei para a porta. Um homem alto e de cabelos escuros estava metendo a mão no bolso traseiro do jeans, enquanto tomava um gole direto de uma garrafa de uísque.

Dei uma cutucada na Claire.

— Aquele é o Dan.

Ela estreitou os olhos para ver através da fumaça de cigarro que nos rodeava.

Quase na mesma hora, Dan tropeçou ao sair para o jardim e só não caiu de cara no chão porque conseguiu se agarrar ao braço de um sujeito nas proximidades.

— Desculpe — gritou, empertigando-se. — Minhas sinceras desculpas. Desculpe. Desculpe.

O sujeito se livrou do Dan com um safanão e disse alguma coisa que não consegui escutar. Observei meu namorado passar cambaleando pelo meio das pessoas, esbarrando nelas e derramando seus drinques enquanto tragava o cigarro. Quando finalmente alcançou o muro, Dan desmoronou sobre ele, esparramando-se de costas.

— Dan — chamou uma voz feminina. — Dan, você está aqui fora?

Anna, resplandecente num corpete preto, jeans skinny e saltos ridiculamente altos, apareceu na porta.

— Dan! — chamou ela de novo. — Alguém viu o Dan?

— Ele está logo ali — gritou alguém de volta, apontando para o muro. — Acho que precisa ser resgatado.

— Sou a garota certa para a missão.

Olhei para a Claire. Ela estreitou os olhos e empertigou o corpo, e permaneceu rígida observando a Anna atravessar languidamente a multidão em direção ao Dan.

— Quer que eu dê um soco nela? — perguntou. — Se quiser, eu faço, você sabe.

Fiz que não.

— Já tentei isso. Não deu resultado nenhum.

— Você fez o quê? — Claire me fitou, o cigarro quase caindo da mão. — Está brincando?

— Eu te conto depois. É uma longa história.

Ela se afastou um centímetro e deu uma risadinha.

— É para eu ficar com medo de você?

— Shhh. — Levantei uma mão. — Dan está dizendo alguma coisa.

Dan, ainda prostrado sobre o muro, erguera os olhos para fitar Anna. Ela estava curvada sobre ele, afastando o cabelo de seu rosto.

— Você é um anjo? — gritou ele. — Você é um anjo louro que apareceu para me salvar?

O cabelo da Anna caiu na frente dos olhos quando ela se inclinou e sussurrou algo no ouvido do Dan. Ele achou o que quer que ela tivesse dito extremamente engraçado, e só parou de rir por tempo suficiente para tomar outro gole desajeitado do uísque. Eu nunca o tinha visto tão bêbado. Meio alto, com certeza, mas não completamente embriagado. Ele estava com o rosto vermelho e os olhos semicerrados, e o jeans, com os fundilhos sujos de lama ou terra. Dava a impressão de não tomar banho ou trocar de roupa há dias.

— Me salve, anjo! — Dan berrou de novo. Um grupo de pessoas que havia nas proximidades deu um pulo e se virou para ele. — Me salve deste mundo cruel, muito cruel.

Anna sorriu, primeiro para o Dan e depois para os espectadores. Ela estava nitidamente deliciada com toda a atenção.

— Será que isso ajuda? — perguntou, elevando a voz para que todos pudessem ouvir.

Meu coração veio à boca quando ela se agachou e deu um beijo na testa do Dan.

Ele fez que não.

— Não. Ainda estou arrasado.

— E que tal isso?

Anna o beijou de novo, dessa vez na bochecha, deixando uma marca vermelha de batom. Dan fez que não com tanta força que quase caiu do muro.

— Lucy — murmurou Claire, apagando o cigarro com o salto da bota. — Não estou gostando nada disso. Vou interferir.

— Claire, não — pedi, quando ela se pôs de pé. — Não. Nós duas já recebemos o último aviso do Bob. Claire, para!

Agarrei a mão dela, mas Claire se soltou com um safanão.

— Não tenho nada a perder — retrucou ela, ajeitando o tutu. — Não vou completar minha missão mesmo, portanto, o que eu fizer agora não vai fazer a menor diferença.

Observei, petrificada, Claire sair marchando de punhos fechados em direção aos dois. Anna, completamente alheia à aproximação da garota gótica, jogou o cabelo para trás, desviou os olhos do Dan para dar uma olhada na multidão hipnotizada, e voltou-os de novo para ele.

— E isso? — disse.

Sua expressão ao se virar novamente fez meu estômago revirar. Era doce e gentil. O olhar de uma mulher apaixonada.

— Não! — Claire gritou no momento em que ela se abaixou e deu um beijo decidido na boca do Dan. — Dan, não! Lucy ainda te ama. Ela te ama. Ela está aqui.

Houve um segundo, um terrível e longo segundo, quando o tempo parece parar e todo mundo congela, em que os lábios dos dois permaneceram grudados, os dedos do Dan entrelaçados ao cabelo da Anna. Claire parecia a própria fúria vestida de preto, as unhas pintadas de vermelho suspensas como garras logo acima da cabeça da Anna. A multidão, com os drinques a caminho da boca e os cigarros pendendo dos dedos, observava de boca aberta. E então meu coração bateu forte dentro do peito, e Dan e Anna, ainda agarrados, caíram no chão. Claire gritou e socou o ar, mas não conseguiu emitir uma única palavra. As pessoas olhavam para ela, ainda reunidas em pequenos grupos, chocadas e petrificadas.

Dan foi o primeiro a se levantar.

— O que foi que você disse? — gritou ele para Claire. — Que merda você disse?

Os lábios dela se moveram, mas nenhum som saiu. Ela engoliu com força e os lábios se mexeram de novo. Silêncio. Dan se lançou para a frente e tentou agarrá-la, porém ela foi mais rápida e escapou, fazendo com que ele batesse contra o muro.

— Por que você falou isso da Lucy? — perguntou ele, a voz falhando ao dizer meu nome. — Por que você disse isso para mim?

Anna conseguiu se pôr de pé também, com o cabelo despenteado e o batom borrado. Ela passou um braço protetor em volta do Dan e apontou o indicador bem manicurado na direção da Claire.

— Você tem cinco segundos para sumir daqui ou vou chamar a polícia.

Claire colocou as mãos na cintura e olhou direto para Anna. Ai, meu Deus! Ela parecia estar se preparando para uma luta. Saltei do muro e dei um passo na direção dela. Nossos olhares se encontraram e o ódio em seu rosto desapareceu.

— Desculpe — murmurou ela. — Lucy, me desculpe. — Ela então correu para mim, agarrou minha mão e saiu me puxando para a rua, para longe da festa e do Dan.


A voz da Claire voltou uns dez minutos depois, enquanto descíamos correndo os degraus da estação de metrô mais próxima, embora ainda bastante rouca. Ela também mudara de cor. O rosto, os braços e o pouco das panturrilhas que ficava à mostra entre os coturnos e a ponta da calça legging pareciam manchados. As veias do pescoço e dos braços estavam escuras e inchadas. Ela parecia tão doente que eu teria ficado preocupada com sua saúde caso já não estivesse morta. Claire, porém, parecia completamente alheia à mudança em sua aparência.

— Você viu a cara da Anna quando eu a empurrei do muro? — Claire perguntou orgulhosa enquanto atravessávamos a plataforma. — Ela ficou mortificada.

Concordei com um meneio de cabeça, chocada e triste demais para emitir qualquer comentário. Meus braços estavam eriçados, os pelos recusavam-se a relaxar e abaixar. Senti como se não pudesse respirar, como se meu coração estivesse batendo de encontro aos pulmões, esmagando-os e me fazendo sufocar aos poucos. Dan tinha retribuído o beijo da Anna. Meu Dan. O homem que prometera me amar para sempre tinha enfiado as mãos nos cabelos da minha melhor amiga e a beijado. Ele poderia tê-la desprezado, feito uma piada, empurrando-a para longe... qualquer coisa, qualquer coisa, menos beijá-la.

Dei um passo em direção à beira da plataforma e olhei para os trilhos escuros. Escutei um trem aproximando-se pouco a pouco pelo túnel. A única coisa que me impediu de pular foi a reação do Dan ao que a Claire dissera. Ele parecera genuinamente angustiado. Mexido. Mas por quê? Será que se sentia culpado por beijar a Anna? Talvez ele só quisesse me esquecer. Ó céus, e se a Anna estivesse realmente apaixonada por ele e ele por ela? Isso explicaria por que ele a chamara de anjo e a beijara com tanto desespero.

— Ela realmente o ama — falei, virando-me para Claire enquanto o trem aproximava-se barulhento e parava na estação. — E acho que ele a ama também.

— Lucy — replicou ela, colocando a mão em meu braço. — Gostaria de saber o que dizer para consertar as coisas.

Eu também.

★ ★ ★

— Claire — chamei, parando na esquina da nossa rua.

— Eu — respondeu ela, erguendo os olhos para mim, o rosto preocupado.

— Só queria agradecer pelo que você fez por mim hoje à noite.

Ela puxou as mangas do pulôver e deu de ombros.

— Sem problema. Você é minha amiga e eu queria te ajudar. Eu só queria, sei lá, que tudo tivesse terminado de um jeito diferente.

Nós duas baixamos os olhos para os dedos dela. Eles agora estavam da cor do cimento. Pela expressão em seu rosto, percebi que ela notara a mudança na cor, mas se isso a assustava ou preocupava, ela não deixava transparecer.

— Mas e se o limbo resolver te punir? — perguntei. — E se eles não te deixarem ir para o céu? É tudo culpa minha.

— Não, Lucy — retrucou Claire, o rosto firme. — O que quer que aconteça agora é responsabilidade minha. Quando estava viva, culpava os outros por me sentir mal comigo mesma. Não posso voltar e mudar minha vida ou retroceder no tempo e me impedir de cometer suicídio, mas posso decidir o que vai acontecer agora. E não quero ser uma espécie de fantasma psicopata em busca de vingança. Minha infelicidade não era culpa do Keith Krank. Era minha. — Ela sorriu. — Se você estiver certa e a gente puder encontrar um amor no céu, vou ter minha segunda chance, não vou? Ainda poderei ser feliz.

Olhei para ela com uma recém-descoberta admiração. Para alguém tão jovem, Claire se tornara inacreditavelmente sábia.

— E vai — falei baixinho. — Você vai ser feliz, Claire.

— Vamos. — Ela pegou minha mão. — Vamos voltar para casa e ver o que vai acontecer.

Como pudemos constatar, não precisamos esperar muito para descobrir o que iria acontecer, visto que os dois homens de terno cinza que eu encontrara antes estavam parados lado a lado na frente da porta.

— Claire Walters — falou o que estava à esquerda.

— Sou eu — ela respondeu, soltando minha mão e dando um passo à frente.

— Claire Walters — o homem repetiu sério —, você quebrou a regra 520.5 do manual de aspirantes a fantasmas... ajudando e sendo cúmplice de um membro dos mortos-vivos ao tentar entrar em contato com um de seus conhecidos durante a vida.

— Não fui cúmplice — interrompeu Claire. — Lucy me pediu para parar, mas eu fiz mesmo assim.

— Sabemos disso — falou o segundo homem cinza. — A tentativa da Lucy Brown de te impedir foi registrada e, como resultado, não a consideramos culpada por quebrar as regras dessa vez.

— No entanto, Claire — continuou o primeiro homem —, você também quebrou as regras 501 em 28 de abril, e 501.5 em 9 de maio. E foi avisada depois do segundo delito de que haveria consequências se algo semelhante acontecesse de novo.

— Sei, sei — replicou Claire, que estava tremendo, apesar do tom desafiador. — Só me digam quais são as consequências.

Os dois homens deram um passo na direção dela.

— Você terá de voltar imediatamente para o limbo — informou o segundo. — Uma vez lá, será conduzida à escada rolante que leva ao céu. E permanecerá no céu por toda a eternidade, sem chances de voltar à Terra, ao limbo ou a qualquer outro lugar celestial, e não poderá concorrer a anjo.

— Que se fodam os anjos — resmungou Claire, rindo para mim. — Eu fico uma merda de branco. Vou para o céu, Lucy. Viu? Eu te falei que tudo daria certo.

Abri os braços e a puxei para mim, envolvendo-a num abraço apertado.

— Vou sentir saudade — sussurrei, inalando o doce aroma de patchuli do cabelo dela. — Vou sentir muita saudade.

— Não diga isso — sussurrou ela de volta. — Você vai me fazer chorar e já fiz isso o suficiente por uma vida inteira.

— Claire — chamou um dos homens de cinza. — Está na hora.

A gente se afastou devagar. Claire olhou para mim e balançou a cabeça.

— O que quer que aconteça, Lucy — disse ela —, quer você conclua sua missão ou não, apenas certifique-se de que vai fazer a coisa certa. Só me prometa isso.

— Prometo — respondi, enquanto ela enfiava a chave na fechadura, entrava na Casa dos Aspirantes a Fantasmas e subia a escada, seguida pelos dois homens de cinza. Claire parou no topo e acenou para mim, em seguida desapareceu corredor adentro, em direção ao meu quarto.

— Prometo que vou fazer a coisa certa — gritei de novo, embora eu não fizesse ideia do que isso queria dizer.

# Capítulo Trinta e Oito

*Terça-feira, 16 de maio*
*Vigésimo dia*

Faça a coisa certa, dissera Claire. Faça a coisa certa. Arrastei-me para fora da cama, me enrolei no roupão e sentei na cadeira em frente ao armário. A casa estava estranhamente quieta, e cada estalo da madeira do chão ou do encanamento me fazia pular. Pela primeira vez desde que eu entrara pelo armário do Brian, há 20 dias, estava completamente sozinha. Puxei os joelhos de encontro ao peito e os abracei. O que a Claire tinha querido dizer com "faça a coisa certa"? Seria para eu lutar pelo Dan ou desistir e segui-la para o céu?

Malditos homens de cinza que a tinham obrigado a subir a escada. Se tivéssemos mais alguns minutos para conversar, eu poderia ter perguntado o que ela queria dizer com aquilo. Como eu podia lutar pelo Dan quando obviamente falhara na missão? Talvez ela estivesse sugerindo que eu ignorasse o aviso de São Bob e tentasse me comunicar com ele? Mas eu perderia a voz de novo. Ou será que ela estava me dizendo para seguir em frente?

Claire tinha me dito que a Anna estava apaixonada pelo Dan e eu não acreditara. Só que agora eu tinha visto com meus próprios olhos. O que ela sentia estava evidente em seu rosto. Eu só vira aquela expressão uma vez antes.

Levantei da cadeira, ajoelhei no chão ao lado da cama e olhei embaixo dela. Meu álbum de fotos estava lá, empoeirado, no meio das roupas empacotadas e dos sapatos. Puxei-o e folheei até encontrar o que eu estava procurando, uma foto da Anna com o ex-namorado, Julian. A foto fora tirada na festa de aniversário do Dan, três anos antes. Dan e Julian estavam sentados no nosso sofá, cada um com um braço passando em volta do outro e uma lata de cerveja na mão livre. Eles sorriam para a câmera, só que não era neles que eu estava interessada, e sim na Anna, aboletada sobre o braço do sofá. Ela olhava para Julian com uma expressão de pura adoração.

Anna conheceu Julian quando ele começou na empresa dela como gerente de contas. Julian era seu subordinado, e uns dois anos mais novo, mas ela se apaixonou de cara. Até me ligou depois do primeiro dia de trabalho dele para me dizer que havia encontrado o homem com quem ia se casar, e ela não era o tipo de mulher que daria uma declaração daquelas sem estar muito, muito certa. Anna jurava que não tinha um pingo de romantismo em seu corpo, e que preferiria morrer a atravessar a nave de uma igreja vestida de branco, portanto fiquei superanimada com as notícias. Uma semana depois eles estavam juntos, e ela declarou que estava perdidamente apaixonada. Ele tinha alguns defeitos, dissera ela, mas nada muito importante. Só gostava de beber um pouco demais de vez em quando, mas todos nós não gostávamos?

Meses depois, quando Julian começou a ligar para o trabalho dizendo que estava doente após uma bebedeira, Anna o acobertou.

"Está tudo bem", dissera ela na época, "todos damos essa desculpa depois de uma farra de vez em quando".

Um ano depois, quando Julian por fim reconheceu que tinha um problema e foi para uma clínica de reabilitação, Anna ligou para ele diariamente e sumiu com todas as garrafas de seu apartamento. Quando Julian voltou, pálido e exausto, ela o abraçou, conversou com ele, e começou a arrumar programas que não envolvessem bebidas. Anna me disse que faria qualquer coisa por ele, porque sabia que ele era o homem certo. E ela realmente acreditava nisso, até chegar um dia do trabalho e o encontrar na cama com uma das suas colegas da clínica de reabilitação.

Jess e eu a consolamos. Nós bebíamos com ela, conversávamos, dormíamos ao lado dela e a abraçávamos enquanto ela chorava até dormir, noite após noite. Pouco a pouco, no decorrer dos meses seguintes, Anna se tornou dura, amarga e cínica. Ela dormiu com tantos homens que perdemos a conta. Dava a eles nomes e números de telefone falsos, depois os chutava para fora do apartamento no meio da noite. Ninguém, disse ela, jamais a trairia novamente, e nós acreditamos.

Ano passado ela decidira que queria engravidar mais do que qualquer outra coisa no mundo, e bolou o plano do doador de esperma. Jess e eu ficamos preocupadas, mas o que podíamos fazer? Anna era tão teimosa que não havia nada que pudéssemos fazer para impedi-la. E depois de odiar os homens por tanto tempo, isso quase fazia sentido.

Fechei o álbum de fotos. Anna tinha odiado todos os homens — até o Dan. Por mais que eu tentasse, não conseguia esquecer a expressão de ternura no rosto dela antes de beijá-lo. De alguma forma, ele derretera seu coração empedernido e ela voltara a ser a "doce" Anna, a Anna que secretamente acreditava no amor e em almas gêmeas. A "doce" Anna impediria que ele se sentisse solitário e que bebesse até perder a consciência. Ela o ampararia, o confortaria, o protegeria e cuidaria dele. Ela faria todas as coisas que eu não poderia fazer. Mesmo que eu não tivesse ferrado a missão, nunca seria capaz de proporcionar um conforto físico ao Dan, ou de conversar com ele. O que um fantasma podia fazer de verdade? Pairar ao pé da cama? Quem sentiria conforto nisso?

Levantei do chão e me dirigi ao armário. Meu vestido de casamento ainda estava fechado em sua tumba de plástico, embora tivesse sido empurrado para o lado, revelando a porta para a escada rolante do limbo. A escada que a Claire tinha subido na véspera. Abri o zíper do saco plástico e meus dedos correram pela seda. Quando estava viva, meu vestido de noiva representava meu futuro. Agora ele simbolizava tudo o que eu tinha perdido. Eu estava convencida de que voltaria à Terra para ajudar Dan, mas estava apenas me enganando. Estivera me enganando por quase três semanas. Não estava tentando completar a missão por causa dele; ele não precisava de mim, pelo menos não como um fantasma; eu é que precisava dele. Precisava fingir que não estava realmente morta e que ainda poderíamos ficar juntos até o final de nossas vidas. Só que não havia final de nossas vidas. A minha já acabara, mas a dele poderia prosseguir. Não seria egoísmo demais achar que ele deveria ficar de luto por mim pelo resto da vida?

Fechei de novo o saco do vestido e olhei para a porta que levava à escada rolante, as palavras do Brian ecoando em minha mente. "Às vezes, Lucy", dissera ele, "as pessoas completam suas missões e decidem não se tornar fantasmas".

Na hora, eu não tinha entendido isso. Só me sentia magoada pelo fato de mamãe ter voltado à Terra para ficar comigo, mas depois decidido ir para o céu. Agora tudo fazia sentido. Ela devia ter visto o Dan cuidando de mim, dando-me apoio. Não havia necessidade de ela aparecer para mim como fantasma para me assegurar de que estava comigo, se ele já estava lá. Agora a Anna estava fazendo o mesmo pelo Dan, e ele a chamara de anjo e a beijara. Ele ainda me amava. Eu tinha certeza disso, mas ele estava fazendo o que todo mundo faz quando perde alguém que ama; fica de luto e chora, e depois segue em frente e reconstrói sua vida.

Estiquei o braço e pousei a mão sobre a maçaneta. Se eu realmente amava o Dan, só havia uma coisa a fazer...

Um trinado agudo me fez pular para longe da porta. Que negócio era esse? Alguma espécie de alarme? O trinado continuou, reverberando pela casa. Era o telefone, percebi por fim. Será que era o São Bob ligando para me dizer que não abrisse a porta? Saí correndo do quarto e desci a escada de dois em dois degraus.

— Bob? — atendi ofegante. — Sou eu, Lucy.

— Quem é Bob? — perguntou uma voz familiar.

— Archie?

— Acertou. Quem é Bob?

Disse a primeira coisa que me passou pela cabeça.

— Meu tio.

— Bob é seu tio? — Archie começou a rir, mas parou de imediato. — Escuta, Lucy, não posso falar agora porque vovó está prestes a chegar em casa, mas preciso conversar com você sobre a outra noite.

Fiquei enjoada.

— Sinto muito, Archie — balbuciei. — Você não faz ideia do quanto me senti mal por aquilo...

— Guarde para amanhã — ele me interrompeu, sério. — Me encontre no Café Rio, na Wardour Street, às duas.

A ligação caiu antes que eu tivesse a chance de responder, e fiquei olhando para o telefone em minha mão. Archie queria conversar comigo. Ele queria realmente conversar comigo. Eu teria a chance de me desculpar e tudo o mais. Não consegui parar de rir. Era a melhor notícia que eu escutava em dias. O céu teria de esperar.

# Capítulo Trinta e Nove

*Sexta-feira, 17 de maio*
*Vigésimo primeiro dia*

Uns 15 minutos antes da hora marcada para o encontro com o Archie, eu já estava sentada com uma xícara de café quente nas mãos. Precisava de tempo para rever tudo o que pretendia dizer a ele. Não havia mais nada que eu pudesse fazer pelo Dan antes de partir para o limbo, mas podia tentar consertar as coisas para o Archie. Pelo menos, dizer sinto muito.

Dei um gole pequeno no café, saboreando o calor e o ligeiro amargor que aquecia minha boca e garganta. Seria ótimo poder ver meus pais de novo no céu, mas eu ia sentir muita falta de certas coisas relacionadas à vida: a luz do sol em meu rosto, o vento contra minha pele, a pressa e o rugido do trânsito londrino em meus ouvidos, o som de uma sala inteira caindo na gargalhada, o gosto de chocolate e sorvete, a maciez da pele do Dan depois de fazer a barba, o perfume daquele espaçozinho entre o pescoço e a clavícula dele...

— Lucy.

Archie estava de pé a meu lado, com uma expressão séria.

— Oi, Archie — cumprimentei, sorrindo nervosamente. — Fico feliz que tenha vindo. Não quer se sentar?

Ficamos olhando um para o outro por alguns segundos, até que abaixei a cabeça e desviei os olhos, incomodada com a raiva que vi nos olhos dele.

— Posso pedir um café para você? — perguntei quando ele se sentou.

Ele fez que não.

— Não, obrigado, Lucy. Não vou demorar muito.

— Archie... — Tentei pegar a mão dele, mas ele a puxou com um gesto brusco, deixando meus dedos a vaguearem perdidos sobre a toalha de plástico. — Me desculpe — pedi. — Archie, me desculpe pelo que aconteceu na outra noite...

— Você sabia... — disse ele, interrompendo minhas desculpas. — Você sabia que minha avó e meu avô foram casados por 45 anos? Sabia, Lucy?

Fiz que não, envergonhada demais para dizer qualquer coisa.

— E quando ele morreu... — Archie apoiou os cotovelos na mesa, inclinou-se para a frente e me olhou direto no olho. — ... ela não perdeu apenas o marido, perdeu sua alma gêmea. Sua alma gêmea, Lucy, o homem que amava desde os 20 anos. E eu sou tudo o que restou para ela. É de admirar que ela não queira me perder também?

— Eu não pensei... — comecei, sentindo-me péssima. Pior do que péssima. Como algo que você raspa da sola do seu sapato. E eu não tinha pensado, pelo menos não sobre o fato de a senhora Humphreys-Smythe ser uma viúva. Eu só tinha me concentrado no fato de ela me odiar e se mostrar determinada a destruir minha missão. Nunca me ocorrera que ela pudesse estar de luto por sua própria alma gêmea. Que ela também tivesse medo de ficar sozinha.

— Sinto muito, Archie. Sinto muito, muito mesmo. O que eu fiz foi completamente fora de propósito, e não consigo nem começar a explicar por que fiz aquilo.

Ele se recostou de novo na cadeira e cruzou os braços.

— Vai ter de fazer melhor do que isso, Lucy. *Não consigo explicar* não vai servir, infelizmente.

O que eu podia dizer? Não podia contar a verdade. Não podia dizer: "A verdade é, Archie, estou morta e vim do limbo para realizar uma missão, a fim de poder ficar com meu noivo novamente. Ah, sim, e você é a missão." Assim que as palavras deixassem minha boca, São Bob me faria perder a fala e Archie acharia que eu estava embromando.

— O negócio é, Archie — comecei, baixando os olhos para minha xícara —, era realmente importante para mim que você e a Sally se conhecessem melhor. Não posso te dizer por que, mas isso era mais importante para mim do que qualquer outra coisa no mundo, e quando sua avó apareceu no jantar, fiquei extremamente frustrada.

— Frustrada? Por quê? Era só um jantar. Você podia ter programado outros só para nós três.

— Não podia, não. Não dava tempo. — Ergui os olhos. — Você e Sally tinham de ficar juntos naquela noite porque...

— Porquê... — Archie se inclinou para a frente e meneou a cabeça. — Por quê?

— Porque vou partir hoje à noite.

— Para onde? — ele perguntou, a expressão de raiva desaparecendo.

O limbo? O céu? O que eu podia dizer? Tinha de ser um lugar bem longe.

— Para a Austrália — respondi por fim.

— Você não vai voltar? — Ele franziu o cenho.

— Não.

Archie suspirou, correu os dedos pelo cabelo e ergueu os olhos para o teto. Quando finalmente olhou de volta para mim, sua expressão era de dor.

— Deixe-me entender direito. Você está me dizendo que sua maior prioridade antes de emigrar para a Austrália era fazer com que Sally e eu ficássemos juntos?

— É.

— Tão importante, para falar a verdade, que quando minha avó apareceu no jantar, você optou por nos insultar e jogar vinho na cabeça dela?

— Sei que isso parece ridículo...

— Ridículo? — Archie bufou. — Parece completamente louco.

O que dizer diante daquilo? É claro que parecia louco. Eu tinha agido como uma espécie de psicopata.

— O que mais me machuca — continuou ele — é que eu acreditava que éramos amigos. Realmente achei que você gostava de mim, Lucy.

— E gosto — falei.

— Então por que me chamou de perdedor e me humilhou?

— Não quis dizer aquilo. Só falei porque estava tão frus...

A cadeira do Archie guinchou contra o chão quando ele a afastou da mesa.

— Se disser frustrada mais uma vez, Lucy, juro que vou embora e você nunca mais vai me ver.

— Por favor — murmurei ao ver que todos no café tinham parado de conversar e olhavam para a gente. — Por favor, me escute. Vou explicar tudo. Não vá.

Ele puxou a cadeira de volta e apoiou os cotovelos sobre a mesa.

— Estou escutando.

— Archie. O motivo para eu me sentir tão frus... tão horrível naquela noite foi porque suspeitei que meu namorado estivesse apaixonado por outra.

O queixo do Archie caiu.

— Você tem um namorado?

— Tenho.

— Então mentiu para mim quando disse que era solteira?

— Menti.

Por um terrível segundo, achei que ele ia manter a palavra e ir embora. Em vez disso, ele se empertigou na cadeira e cruzou os braços.

— Há quanto tempo vocês estão juntos?

— Sete anos.

— Sete anos. — Ele ergueu as sobrancelhas. — Então não havia motivo para você ir ao encontro de *speed dating*?

— Não, a não ser para encontrar alguém para você.

— Por que eu? — Archie perguntou, abrindo as mãos. — Por que eu? Não preciso de caridade, Lucy. Você não pode interferir na minha vida porque a sua própria vida amorosa está de pernas para o ar.

— Sei disso agora.

Archie suspirou e balançou a cabeça.

— Então, me corrija se eu estiver errado, porque esta é a única explicação lógica que consigo ver para essa loucura toda: você pensou que seu namorado estava te traindo, então decidiu emigrar para a Austrália, mas, antes de ir, queria provar a si mesma que o amor verdadeiro existe, e, portanto, decidiu encontrar uma alma gêmea para mim. Sua pequena missão, por assim dizer. Foi isso o que aconteceu?

— Mais ou menos isso.

— Ah, Lucy. — Os olhos do Archie se abrandaram. — Eu não fazia ideia que você estava tão triste e amarga.

Baixei os olhos para minhas mãos. Elas estavam tremendo.

— Eu tinha tantos sonhos, e não consegui aceitar quando eles foram destruídos. Estava procurando um jeito de endireitar as coisas, mas até pouco tempo atrás, não tinha percebido o quanto estava sendo egoísta.

Archie fez menção de pegar minha mão, mas parou no meio do caminho.

— Você irritou muita gente na outra noite, Lucy.

Olhei para ele.

— É, irritei, e sinto muito por isso.

— A vovó ainda está zangada, não pode nem ouvir o seu nome.

— Não a culpo.

— Mas você acertou num ponto, Lucy.

Eu tinha certeza de que não tinha acertado em nada, porém um sorriso começou a se desenhar nos lábios do Archie, então decidi perguntar de qualquer forma:

— Qual?

— Você conseguiu me aproximar da Sally.

Fitei-o, surpresa.

— Consegui?

— Conseguiu sim. — Ele sorriu. — Vovó decidiu ir para casa pouco depois do episódio com o vinho, e Sally e eu ficamos sozinhos. No começo, a conversa foi artificial, surpresos como estávamos com sua reação, mas depois fomos falando e relaxamos, e acabamos tendo uma noite bastante agradável.

— Tiveram?

— Tivemos. E parece que nós temos mais coisas em comum do que eu achava. Ela deve ser a única pessoa que eu conheço que gosta de rap, Warcraft, comida italiana, Miró e Dostoievski com a mesma intensidade.

— Você gosta de Dostoievski? — perguntei, incrédula. Sempre achara que ele fazia mais o tipo *Senhor dos Anéis*.

Ele fez que sim.

— E a Sally também. Na verdade, temos gostos muito parecidos para arte e literatura, e partilhamos um interesse por filosofia.

Fiquei sem fala. Sally, a fã das Bratz, gostava de arte e literatura? Eu nunca teria imaginado. Também não teria imaginado que o Archie gostava de rap, que a Claire era uma romântica insegura e que o Brian era um homem atencioso e amável. Logo que os conheci, achava que eles eram apenas o geek, a gótica e o aficionado por trens, e não muito mais do que isso. Tanta coisa tinha mudado em 21 dias.

— Eu estava morrendo de medo de te contar isso — continuou Archie, os olhos pousados sobre minha xícara de café vazia —, pelo menos antes de você me revelar sobre o seu namorado. Só que o modo como agiu na outra noite, as coisas que disse, me fizeram te ver como você realmente é.

Abri a boca para responder, mas Archie levantou a mão.

— Você não é uma má pessoa, Lucy, longe disso, mas não é a garota por quem me apaixonei. Sabe por quê?

Fiz que não.

— Porque eu não estava realmente apaixonado por você. Estava apaixonado pela ideia de estar apaixonado. Num primeiro momento, pelo fato de você ter demonstrado interesse por mim, achei que era a mulher certa para mim, mas eu estava errado. Ela estava muito mais perto do que eu esperava.

Mordi o lábio. Será que ele ia dizer o que eu achava que ia?

— Ainda é muito cedo — continuou ele —, e seria precipitado da minha parte usar a palavra amor de novo... — Ele fez força para engolir. — Tenho sentimentos muito fortes pela Sally, e parece que ela corresponde. E a gente gostaria de ver aonde isso vai dar. E acho que vovó gosta muito dela também.

Archie ergueu os olhos, encontrando os meus. Sorri para ele, um sorriso enorme, genuíno, o primeiro sorriso de verdade em dias.

— Fico muito feliz por você — falei, esticando o braço e apertando as mãos dele. — Muito, muito feliz. Não faz ideia do quanto isso me deixa feliz.

— Jura?

— Juro.

— Então conseguiu realizar sua missão?

— Como?

— Sua pequena missão de nos aproximar, Sally e eu... funcionou. Conseguimos todos um final feliz.

Archie parecia tão extasiado que não tive coragem de dizer que já não importava se eles ficassem juntos ou não. Dizer que ele nutria fortes sentimentos pela Sally não era o mesmo que dizer que ela era sua alma gêmea. Falar que ele "queria ver aonde as coisas iam dar" não era o mesmo que falar que tinha encontrado o amor de sua vida. Mais cedo ou mais tarde, os homens de cinza apareceriam e, o que quer que eles dissessem, não haveria final feliz para mim. Mesmo que, por algum milagre, eu *completasse* a missão, já tomara minha decisão. E isso significava deixar o Dan para trás. Eu estava prestes a dizer alguma coisa quando o telefone do Archie tocou.

— É a Sally — disse ele. — Nós vamos a um piquenique no parque hoje à tarde, e sou o responsável pela comida, portanto é melhor eu ir embora logo.

— Isso é ótimo.

— Ah, que grosseria da minha parte — Archie ajeitou-se na cadeira. — Você quer ir, Lucy?

Fiz que não.

— Tenho que fazer umas coisas.

— Imagino que sim — concordou Archie, levantando-se e sorrindo para mim. — Você está de partida para a Austrália. Que bacana! Um novo começo e tudo o mais. Isso não quer dizer que não vou sentir sua falta. Nós dois vamos. Talvez possamos te visitar no ano que vem, depois que você já tiver se ajeitado.

— Não me entenda mal — falei, pensando para onde eu realmente estava indo. — Mas espero que eu não veja vocês por muito, muito tempo.

Archie pareceu intrigado, mas abriu os braços de qualquer jeito.

— Um abraço? Sem ressentimentos, Lucy.

— Sem ressentimentos, Archie — concordei, agarrando os braços da cadeira. — Mas se importa se a gente não se abraçar? Já tive muitas despedidas recentemente, e isso só vai me fazer começar a chorar de novo.

— Se você acha que eu vou aceitar uma desculpa esfarrapada dessas, está muito enganada — retrucou ele, dando a volta na mesa e envolvendo meus ombros. — Você vai ser feliz de novo, Lucy. Sei que vai.

— Espero que sim, Archie — falei, retribuindo o abraço.

— Certo. — Ele me soltou e jogou a sacola por cima do ombro. — Vou para o piquenique. E você vai fazer as malas, certo?

— Logo, logo. Preciso me despedir de mais uma pessoa antes.

\* \* \*

Só saí do café quando vi dois familiares homens de terno cinza vindo em minha direção. Parei na esquina da Wardour Street e esperei que se aproximassem.

— Lucy Brown? — perguntou o da esquerda.

Fiz que sim.

— Sou eu.

— Vamos para algum lugar mais reservado — falou o da direita, enquanto turistas e compradores passavam de um lado para o outro, tumultuando a calçada.

Os dois se puseram a andar num passo tão apressado que quase precisei correr para acompanhá-los. Eles por fim pararam ao alcançarmos Southbank. Nenhum dos dois sequer suava, mas eu estava ofegante. Desmoronei sobre a mureta do Tâmisa e olhei para as águas escuras lá embaixo até minha respiração voltar ao normal.

— Podemos sentar? — perguntei, colocando-me de pé de novo e apertando os dedos na cintura. — Tem um banco logo ali.

Os homens olharam para ambos os lados como uma dupla de cães decorativos de lareira, em seguida se viraram de volta para mim.

— Tudo bem — concordou um deles. — Mas se alguém vier, teremos de ir.

— Certo. — Caí esparramada no banco. — Mas vocês talvez tenham de me arrastar.

Os dois levantaram a sobrancelha esquerda e se sentaram, um de cada lado, de modo que fiquei espremida entre seus ombros.

— Não quis dizer que me recusaria a ir com vocês — falei, contorcendo-me. — Só estou cansada demais para andar.

Quando eles relaxaram e se afastaram um pouco, o telefone tocou. O homem à minha esquerda enfiou a mão no bolso interno do paletó.

— Sim, Bob — falou ele para o celular. — Sim, estamos com ela. Certo. Vou passar.

Ele me entregou o telefone, e o pressionei contra a orelha.

— Meus parabéns por completar a missão, srta. Brown — informou Bob, a voz gentil e jovial como sempre.

Meu coração bateu forte no peito.

— O quê?

— Você completou a missão.

— Mas o Archie não disse que a Sally era o amor da vida dele.

— Eu sei.

— Mas... mas... — gaguejei —, para o Brian completar a missão, ele precisava fazer o Troy admitir ser um aficionado por trens. Não consegui fazer o Archie admitir que tinha encontrado sua alma gêmea.

— Você não precisava — respondeu Bob, a voz tão clara que parecia que ele estava em pé ao meu lado. — Sua missão dizia que você precisava encontrar para o Archibald Humphreys-Smythe o amor da vida dele, e encontrou. Sally estava destinada a ser a alma gêmea dele. Eles só precisavam de uma forcinha, e foi isso o que você fez. Você passou na missão, Lucy.

Engasguei, maravilhada. Eu tinha conseguido. Tinha conseguido mesmo! Sally e Archie estavam destinados a ficar juntos. Eles viveriam felizes para sempre, e eu era a responsável.

— Pois então — continuou Bob —, vamos direto ao ponto. Como você se qualificou para o cargo de fantasma, agora é só decidir se quer se tornar um ou se prefere voltar ao limbo e partir daqui para o céu.

Minha euforia por ter completado a missão esvaeceu como um balão cujo ar escapa.

— Se eu optar pelo limbo — falei baixinho, ciente de que os homens de cinza estavam escutando atentamente —, preciso partir de imediato ou você pode me dar algum tempo?

— Tempo?

— Para me despedir de uma pessoa.

— Lucy — Bob adotou seu tom de voz oficioso. — Você ainda está terminantemente proibida de tentar entrar em contato ou se comunicar com qualquer um que tenha conhecido enquanto estava viva, como está escrito no manual, regra...

— Eu sei — interrompi. — Sei disso, Bob. E não vou me comunicar com ninguém. Só quero ver uma pessoa pela última vez e me despedir. Em silêncio — acrescentei, antes que ele pudesse objetar.

— Você será impedida se tentar se comunicar — informou Bob.

— Não vou. Prometo. Por favor, Bob. Por favor, só me dê um pouco de tempo para me despedir. Essa não foi uma decisão fácil.

— E qual é sua decisão?

— Limbo, depois o céu.

— Você tem até a meia-noite de hoje para se despedir. Se quebrar as regras do manual ou não voltar para a Casa dos Aspirantes a Fantasmas até a meia-noite, será agarrada e conduzida de volta.

— Entendi.

— Lucy — continuou ele, sério. — Essa é sua última chance de mudar de ideia. Se quiser se tornar um fantasma, precisa me dizer agora. O que você disser a seguir ficará gravado em pedra e não poderá ser mudado. Pois bem, qual vai ser? Fantasma ou céu?

Fantasma, pedia meu coração. Escolha fantasma. Caso contrário, nunca mais verá o Dan depois de hoje. Terá de esperar muitos anos para vê-lo novamente, e quando ele chegar ao céu, o coração dele pertencerá a Anna, e não a você.

Céu, dizia meu cérebro. Lucy, você precisa ir para o céu. Precisa fazer o certo, pelo Dan. Se o ama, precisa deixá-lo ir, para que ele encontre a felicidade de novo. Você precisa fazer o que é melhor para ele, e não para você. O verdadeiro amor é isso — colocar a felicidade do outro na frente da sua.

Respirei fundo.

— Escolho o céu, Bob.

Continuei sentada no banco por um longo tempo depois que os homens de cinza guardaram o telefone e se afastaram pela ponte. O sol se pôs devagar sobre Londres e milhares de luzes começaram a piscar na escuridão. Por toda a cidade, as pessoas saíam de seus escritórios e lotavam os bares, boates e restaurantes. Eu sempre amara Londres à noite. A gente nunca sabia em qual aventura ia se meter ou quem ia encontrar. Enquanto olhava para a cidade que tinha sido meu lar por tanto tempo, dei adeus à vida que eu havia tido. Sem mais manhãs frias enrolada debaixo do edredom, tardes quentes de verão, mergulhar os dedos do pé no mar no primeiro dia de férias, dançar pelada na cozinha, cantar a plenos pulmões ou derreter chocolate na língua. Sem mais compras, livros, cinemas ou aniversários. Eu nunca mais arrumaria as luzinhas de uma árvore de Natal, nem veria as folhas de um pinheiro caindo enquanto organizava os presentes debaixo dela. Abracei a mim mesma e pensei em todas as pessoas que tinha amado durante a vida. Lembrei de beijos, gargalhadas, discussões, lágrimas, risadinhas e piadas. Embriaguei-me com a visão à minha frente, sabendo que nunca a veria de novo, nunca experimentaria aquelas coisas novamente, e dei um adeus silencioso.

Senti-me estranhamente em paz ao me levantar do banco e caminhar pelo Southbank, com as águas do Tâmisa correndo silenciosas ao meu lado. Precisava me despedir de mais uma pessoa, e então partiria. Para sempre.

* * *

As luzes estavam acesas no número 33 da White Street. Sentei sobre o muro baixo do outro lado da rua e olhei pela janela. As cortinas estavam abertas e pude ver a silhueta longa do Dan no sofá, a cabeça sobre minha almofada favorita, uma lata de cerveja na mão. Não saberia dizer se ele estava dormindo ou não, mas estava muito quieto. Fiquei aliviada ao vê-lo em casa numa sexta-feira à noite, em vez de estar num bar, ou pior, na casa da Anna. Era bom que fosse assim, só nós dois, separados, porém juntos, na minha última noite na Terra. Talvez, lá no fundo, ele soubesse que essa era a noite em que eu daria meu último adeus.

— Eu te amo, Dan — murmurei do outro lado da rua. — Te amo mais do que qualquer outra pessoa no mundo. Você era o homem com quem eu queria passar o resto da minha vida, o homem com quem ia me casar. Achei que você fosse chorar no altar quando me visse atravessando a nave da igreja com meu vestido de noiva, me rodar na pista de dança da recepção e aninhar o rosto em meu cabelo. Queria que você fosse o pai dos meus filhos, Dan. Que me erguesse e me girasse quando eu dissesse que estava grávida, e segurasse minha mão na hora do parto. Seu sorriso estonteante iluminaria a sala quando nosso filho ou filha despontasse no mundo. Queria partilhar todas as minhas alegrias e decepções com você, envelhecer ao seu lado. Você foi o único homem que amei, quis ou precisei. Eu te amo, Dan, e nunca vou deixar de te amar. Você é, foi e sempre será minha alma gêmea. Eu te amo, Daniel Harding. Eu te amo. Eu te amo. Eu te amo.

As lágrimas escorriam pelo meu rosto quando levantei e me forcei a me afastar da casa, do Dan, de tudo o que minha vida poderia, deveria ter sido. Parei. Eu não conseguia. Precisava dar uma última olhada nele. Precisava ver seu rosto mais uma vez. Virei-me devagar e o ar ficou preso na garganta. Anna estava parada na porta da frente, o dedo na campainha.

Não, pensei, não, não, não. Por favor, Anna. Por favor, vá embora. Não estrague esse momento. Você pode ficar com o Dan pelo resto da sua vida, mas esse momento é meu. Esse é o meu adeus. Não atenda a porta, Dan, desejei. Por favor, esteja dormindo. Por favor, não escute a campainha.

Dan, porém, não me escutou.

Ele levantou do sofá e desapareceu no corredor. Cada osso do meu corpo me dizia para virar e ir embora, mas não consegui. Não consegui evitar atravessar a rua e me aproximar da casa. Anna, cuja atenção estava toda voltada para a porta, não viu quando me agachei atrás da porta do carro do vizinho. Ela ajeitou a minissaia e alisou o cabelo.

— Oi, Dan — cumprimentou quando ele abriu a porta e encostou-se ao umbral. — Você vai me convidar a entrar ou vou ter de ficar aqui fora a noite toda?

Dan balançou a cabeça e disse alguma coisa que não consegui escutar.

— O que foi, Danny? — perguntou Anna, esticando a mão para acariciar o rosto dele. — Está com vergonha pelo que aconteceu na outra noite?

— Não estava esperando você — Dan respondeu bruscamente, movendo a cabeça de modo que a mão da Anna escorregou do rosto para o ombro.

Ela deu um passo para trás.

— Desculpe. Eu devia ter ligado, mas estava com vontade de tomar um drinque no White Horse e imaginei que você talvez quisesse me acompanhar.

Dan fez que não.

353

— Não estou no espírito.

— Ah, vamos — insistiu ela, puxando-o pela mão. — Você vai adorar depois que estivermos lá. Olha só, você já está até calçado.

Dan olhou para os pés. Ele esfregava a ponta do sapato no degrau da entrada. Eu o vira fazer aquilo umas mil vezes, sempre que era forçado a fazer algo contra sua vontade.

— Não estou com a carteira.

— Não tem problema — Anna replicou animada. — Estou com dinheiro. Vamos, por favor. Estou me sentindo sozinha. Vem tomar um drinque comigo, Danny.

Ela deu outro puxão na mão dele e o arrastou para o pátio. Para meu horror, ele se virou e fechou a porta, e deixou-a conduzi-lo para a rua. Agachei-me atrás do carro de novo quando eles se aproximaram.

— A gente pode ir a uma boate depois — falou Anna. — Eu até te deixo me levar a uma de rock independente. Sei o quanto gosta desse tipo de música.

— Não quero ir a boate nenhuma — replicou Dan, puxando a mão. — Na verdade, vamos esquecer a coisa toda. Quero ficar em casa hoje.

Anna riu, mas havia um quê de desespero na risada.

— Posso ficar com você. A gente pode comprar uma garrafa de alguma coisa e assistir um filme ou algo parecido.

Dan deu um passo para trás e cruzou os braços. Seu maxilar estava tenso, mas os olhos pareciam exaustos.

— Só quero ficar sozinho, tudo bem?

Anna se empertigou, esforçando-se para fazer contato visual com ele.

— Isso é por causa da outra noite — constatou ela, a voz tensa —, não é?

— Deixa pra lá, Anna. — Dan suspirou. — Por favor.

— Não! — gritou ela, andando de um lado para o outro da calçada. — Não quero deixar pra lá. Quero conversar sobre o que aconteceu. Você ignorou todos os meus telefonemas, o que foi uma surpresa, considerando o quanto pareceu gostar do meu beijo.

— Sinto muito — disse ele, passando a mão na testa e cobrindo os olhos com os dedos. — Eu estava bêbado.

Anna parou de andar e congelou. Por um segundo, ela pareceu arrasada, em seguida, no espaço de um piscar de olhos, a Anna defensiva estava de volta.

— Ah, é? — bufou ela. — Bom, você parecia saber exatamente o que estava fazendo. Até me chamou de anjo, lembra? Me pediu para te salvar. Você me queria tanto quanto eu te quero, Dan.

— Eu estava confuso, Anna — retrucou ele, afastando-se dela. — Não sabia o que estava fazendo. Isso não era para ter acontecido.

Agarrei o para-choque traseiro do carro, meu coração martelando como louco. Eu tinha cometido um erro terrível, terrível. Dan não amava Anna. Ele não queria que ela cuidasse dele. Eu tinha entendido tudo errado. E tinha dito ao Bob que ia para o céu. O que eu tinha feito? Que diabos eu tinha feito?

— Confuso! — exclamou Anna, cutucando-o no peito. — *Você* estava confuso? Você me disse que eu era importante. Que eu estava te ajudando a lidar com a morte da Lucy. Disse que adorava estar comigo.

Dan deu de ombros.

— Disse... e digo. Você sempre foi uma das melhores amigas da Lucy.

— Você não entende, entende, Dan? — gritou Anna a plenos pulmões. — Estou apaixonada por você. Há semanas. Achei que sentisse o mesmo. Me beija de novo, Dan. Me beija e diz que estou errada!

Levantei bem a tempo de ver Anna jogar-se em cima dele, passar os braços em volta de seu pescoço e beijá-lo com aqueles lábios escarlates. As mãos do Dan deslizaram pelas costas dela até encontrarem a cintura, e ele a empurrou para longe. Em seguida, deu um passo para trás, na direção da rua.

— Você entendeu tudo errado, Anna — disse. — O beijo não significou nada. Sinto muito, mas não significou. Eu estava bêbado e arrasado. Foi um erro.

— Você me ama — insistiu ela, agarrando-o pelo pulso e puxando-o. — Você me ama, mas não quer admitir.

— Não amo não — gritou ele, afastando-se novamente. — Ainda estou apaixonado pela Lucy, Anna. Ainda a amo.

Ele soltou o braço com um safanão e cambaleou para trás. Ao fazer isso, o tornozelo torceu em câmera lenta, Dan escorregou no meio-fio e voou de costas para a rua. Seguiu-se uma série de freadas e duas mulheres gritaram. Uma delas fui eu.

O motorista do ônibus, baixo e atarracado, tremia ao descer do veículo e olhar, de boca aberta, para o homem esparramado a alguns metros do para-choque dianteiro.

— Chame uma ambulância — gritou para Anna. — Chame uma ambulância, agora.

Anna, pálida e trêmula, tateou dentro da bolsa e puxou o celular. E discou como se esfaqueasse o teclado.

— Alô — disse, a voz trêmula. — Venham rápido! Um homem foi atingido por um ônibus e está sangrando muito. Isso. Isso. White Street. Não, não sei se ele está respirando. Por favor, venham rápido. Por favor, não quero que ele morra!

— Você viu isso? — o motorista do ônibus perguntou para mim. — Viu o que aconteceu? Ele simplesmente caiu na frente do ônibus. Tentei parar, mas não consegui frear a tempo. Você viu o que aconteceu?

Como que em transe, passei pelo motorista e pelos passageiros que tinham descido do ônibus e rodeavam o Dan. Passei também pela Anna, me agachei no concreto frio ao lado do corpo dele e afastei o cabelo ensanguentado de seu rosto.

— Lucy — disse ele, abrindo um olho. — Lucy, é você?

— Sou eu — murmurei, roçando meus lábios nos dele. — Sou eu, Dan.

— Eu sabia que você voltaria. — Ele suspirou. — Sempre soube que voltaria.

Afastei-me um pouco, a fim de poder olhar em seus olhos, mas eles estavam fechados. Os lábios estavam ligeiramente entreabertos, e o peito, imóvel.

— RCP! — gritou Anna, empurrando-me para longe. — Alguém sabe aplicar uma RCP? Por favor, por favor, não o deixem morrer. Por favor, façam alguma coisa. Alguém faça alguma coisa!

# Capítulo Quarenta

Atravessei como um tufão a porta da Casa dos Aspirantes a Fantasmas, subi a escada de dois em dois degraus e segui para meu quarto. Eu tinha ficado no local do acidente até a ambulância chegar. Eles haviam substituído um dos passageiros na RCP e, vendo que não estava funcionando, tentaram o aparelho para choque elétrico no peito.

— Sinto muito — disseram para Anna, agachada ao lado do corpo do Dan. — Não havia nada que pudéssemos fazer. Ele se foi.

Quando Anna gritou, dois passageiros do sexo masculino imediatamente se colocaram ao lado dela. Ninguém me viu fugir do local e descer a rua correndo, o mais rápido que conseguia.

— Merda — gritei, escancarando a porta do armário e puxando a maçaneta da porta que dava acesso à escada rolante do limbo. — Abre! Me deixa entrar, Bob. Me deixa entrar!

Eu estava prestes a tentar a maçaneta de novo quando me lembrei... o anel. Ele ainda estava na mesinha de cabeceira.

Peguei-o, enfiei-o no quarto dedo da mão direita e corri de volta para a porta. Quando virei a maçaneta de novo, a porta se abriu.

Subi correndo o máximo de degraus que consegui, antes de ficar sem ar e ter de me sentar.

— Anda logo — implorei, enquanto a escada rolante continuava subindo e a atmosfera ia gradualmente passando de um verde musgo para um cinza apagado. — Anda logo.

As emoções eram tantas que eu não conseguia separá-las. Observar o Dan morrer tinha sido horrível, não conseguia afastar da mente a imagem do ônibus atingindo o corpo dele e o jogando para o alto. Só que ele tinha me reconhecido. Sabia que eu voltara por causa dele. Ele sabia.

— Por favor — roguei em voz alta. — Por favor, faça com que ele esteja no limbo. Por favor.

São Bob estava esperando por mim no topo da escada, parecendo mais dourado e reluzente do que da última vez que o tinha visto.

— Lucy — ele me cumprimentou, abrindo os braços. — Fico tão feliz que tenha conseguido vir. Você quase meteu os pés pelas mãos, se não se importa que eu diga, mas agora está aqui.

Abracei-o.

— É bom te ver de novo, Bob.

Ele me olhou, surpreso.

— Jura? Achei que estivesse completamente determinada a se tornar um fantasma. Pelo menos, foi isso o que você disse antes de sair daqui.

— As coisas mudam — falei. — As pessoas mudam de ideia.

— Ótimo, ótimo. — Bob sorriu e começou a me conduzir para e escada que levava ao céu. — Rezei para que isso acontecesse.

— Não, Bob. — Afastei-me dele. — Não posso subir agora.

— Como? — Ele ergueu as grossas sobrancelhas. — O que você disse?

— Eu vou subir. — Dei alguns passos para trás. — Prometi que ia e vou, mas preciso encontrar alguém primeiro.

— Lucy — Bob gritou ao ver que eu me afastava correndo e me metia no meio das pessoas cinzentas. — Lucy, volte aqui, agora!

Ignorei-o e prossegui, avançando em meio à multidão, empurrando aqueles que estavam no caminho.

— Dan — gritei. — Dan, sou eu, Lucy. Cadê você? Dan! Dan!

Ninguém respondeu e ninguém reagiu. Continuei, os corpos frios roçando contra o meu enquanto prosseguia.

— Dan — gritei de novo. — Dan, cadê você?

Abri caminho pela multidão até me deparar com um muro.

— Onde você está? —- gritei, seguindo o muro. — Dan, cadê você?

— Lucy Brown, apresente-se na frente da escada para o céu, imediatamente — anunciou um alto-falante.

— Só um minuto — berrei de volta. — Por favor, só mais um minuto.

Eu estava prestes a virar uma esquina quando vi dois homens de cinza marchando em minha direção. Corri de volta para o grupo de pessoas cinzentas e lamurientas.

— Dan — chamei. — Cadê você? Sou eu, Lucy. Eu te amo.

— Lucy — uma voz masculina sobressaiu em meio aos murmúrios. — Lucy?

— Continua falando. Vou te pegar, continua falando.

Segui o som da voz dele, tirando do caminho aos empurrões um cavalheiro vitoriano, um cavaleiro medieval e uma mulher das cavernas. Começaram a aparecer buracos em meio à multidão até

que, por fim, lá estava ele, enroscado no chão, os joelhos grudados ao peito, os olhos fechados. Dan estava com a mesma roupa,
jeans sujo, camiseta preta e tênis enlameados, que usava na hora
do acidente, embora a cabeça não estivesse mais ensanguentada
e seus ossos continuassem inteiros.

— Dan — chamei baixinho, abaixando-me ao lado dele. —
Sou eu, Lucy.

Ele piscou e abriu os olhos.

— Lucy?

Acariciei seu rosto. Estava cinzento, porém ainda quente, e a
barba espetava a ponta dos meus dedos.

— Estou aqui.

— Estou sonhando — murmurou ele. — Você está morta.
Estou sonhando com você de novo.

— Você não está sonhando. Estou realmente aqui.

Ele sorriu e acariciou meu cabelo.

— Seu cabelo parece de verdade.

— Isso é porque eu estou realmente aqui com você, Dan.

— Eu te amo, Lucy — sussurrou ele. — Nunca deixei de te
amar.

Pressionei o rosto contra o pescoço dele. Dan ainda exalava o
mesmo cheiro.

— Eu também te amo. Te amo tanto, tanto. Sinto muito pela
discussão que tivemos antes de eu morrer. Não quis dizer nada
daquilo. Fui burra, egoísta e idiota.

Dan se ergueu num dos cotovelos e olhou de relance para as
pernas cinzentas que nos rodeavam.

— Discussão? Não discuti com você. Eu estava discutindo
com a Anna na rua, na frente da nossa casa, e então... então eu
me afastei dela... — Ele franziu o cenho. — ... e não sei bem o
que aconteceu depois. Onde estou, Lucy?

Abri a boca para responder, mas fui interrompida por uma mão em meu ombro. São Bob estava de pé ao nosso lado, e sacudia a cabeça.

— Deixe que eu resolvo isso, Lucy — disse com firmeza. — Você poderá vê-lo de novo em alguns minutos.

— Quem é ele? — perguntou Dan, olhando de mim para o Bob, e de volta para mim. — E por que ele está brilhando?

Sorri.

— Vai com ele. Vou esperar por você na porta do escritório.

Agachei-me do lado de fora do escritório do Bob, a orelha pressionada contra o buraco da fechadura, mas não consegui escutar nada. Dan e Bob estavam lá há um tempão, e eu não sabia ao certo se isso era bom ou ruim. Eu ficara muito animada ao ver o Dan no limbo, mas ele estava tão confuso que eu não sabia como reagiria ao descobrir que estava morto também.

Quando a porta finalmente se abriu, dei um passo para trás e prendi a respiração.

— Lucy — chamou Dan, o rosto sem expressão nenhuma.

— Sim? — Meu coração de morta-viva martelava loucamente.

— É você mesma, não é? — perguntou ele, os olhos fixos em mim. — É você mesma?

Fiz que sim.

— Sou eu.

— Nós dois estamos mortos?

— Estamos. — Lágrimas escorreram pelo meu rosto. — Nós dois estamos mortos, Dan.

Ele riu, aproximou-se de mim, me abraçou e me levantou do chão.

— Lucy — sussurrou ele enquanto me girava. — Minha Lucy, minha bela Lucy. Senti tanto a sua falta.

— Senti sua falta também, Dan. Mais do que você pode imaginar.

— Tem ideia do quanto eu te amo? — Ele me botou no chão, mas manteve os braços em volta de mim.

Fiz que não.

— Te amei desde o minuto em que botei os olhos em você — declarou ele, fitando-me olho no olho —, e te amei cada minuto desde então. Cada minuto.

— Então você não me odeia por não ter dito "eu te amo também" antes de eu morrer?

— Odiar você? Claro que não odeio você. Eu te amo, Lucy. Me culpei por te deixar naquela noite e por ter colocado a maldita caixa no sótão... — Os olhos dele ficaram marejados de lágrimas. — Me culpei pela sua morte.

— Não foi culpa sua, Dan — repliquei, secando as lágrimas que escorriam por suas bochechas. — Não foi culpa sua.

Ele abaixou a cabeça e beijou meus lábios carinhosamente.

— Eu te amo, Lucy — repetiu, entre beijos. — Eu te amo tanto.

Bob pigarreou.

— Desculpe interromper o encontro dos pombinhos, mas precisamos resolver mais uma coisa antes que vocês morram felizes para sempre.

Dan e eu nos viramos para ele.

— O que é? — perguntei, morta de medo de que houvesse ocorrido algum engano terrível e fôssemos separados novamente.

— Logo ali — respondeu Bob, apontando ao longe —, tem uma escada rolante com uma placa de "para cima". Sugiro que vocês dois a peguem imediatamente.

Olhei para Dan e sorri.

— O que você acha?

Ele apertou minha mão.

— Aonde você for, vou também. Não vou te perder de novo, Lucy Brown.